SINN UND FORM

BEITRÄGE ZUR LITERATUR

HERAUSGEGEBEN VON DER
AKADEMIE DER KÜNSTE

73. JAHR / 2021 / 4. HEFT

Juli / August

SINN UND FORM

Redaktion: Postfach 21 02 50, 10502 Berlin, Akademie der Künste, Hanseatenweg 10, 10557 Berlin, Tel. 030/20057-2220, -2221 oder -2222, Fax 030/20057-2223, E-Mail sinnform@adk.de, www.sinn-und-form.de. ISBN 978-3-943297-60-7. ISSN 0037-5756. Anzeigenverwaltung: Agentur Hanne Knickmann, Römerstraße 45, 69115 Heidelberg, Tel. 06221/67342-50, Fax -51, www.kulturzeitschriften.net. Satz: Dörlemann Satz, Lemförde. Druck: Thiele & Schwarz GmbH, Kassel. Printed in Germany. Der Chefredakteur ist v.i.S.d.P. Bei unverlangt eingesandten Manuskripten ohne beiliegendes Porto keine Rücksendung. Beurteilungen werden nicht gegeben. Auf den Textseiten erscheinen in der Regel keine Literaturangaben und Anmerkungen. Nachdruck eines Beitrages während der gesetzlichen Schutzfrist nur mit Genehmigung der Redaktion. Die Zeitschrift erscheint zweimonatlich. Jahresbezugspreis einschließlich Versand 45,00 € (Inland) und 60,00 € (Ausland). Einzelheft 11,00 €. Vorzugsabonnement für Schüler und Studenten 34,00 €.

Bestellungen von Abonnements und Einzelheften: tableau, Neumagener Straße 27, 13088 Berlin, Tel. 030/4236606, Fax 030/42850078, E-Mail tableau@t-online.de. Zuschriften, die den Inhalt betreffen, sind an die Redaktion, solche, die den Bezug angehen, an die Firma tableau zu richten. Das Abonnement kann spätestens sechs Wochen vor Ablauf des Bezugsjahres gekündigt werden. Die Kundennummer ist unbedingt anzugeben.

INHALTSVERZEICHNIS

JÜRGEN OVERHOFF

DER SCHMUCKEREMIT

Jean-Jacques Rousseau
und die exzentrische Betrachtung der Einsamkeit

Es ist nicht gut, daß der Mensch allein sei.
(Genesis, 2,18)

Der menschliche Atem ist seinesgleichen tödlich;
das gilt im eigentlichen nicht weniger als im übertragenen Sinn.
(Jean-Jacques Rousseau, Emile)

1

Seit es menschliche Aufzeichnungen gibt, wird an allen Orten und Enden der Welt von Einsiedlern berichtet, von freiwillig im Abseits lebenden Einzelgängern, die sich den verbindlichen Zusammenhängen von Gemeinschaft und Gesellschaft auf Dauer entziehen. In der Literaturgeschichte kommt diesen in selbstgewählter Abgeschiedenheit hausenden Gestalten sogar eine herausragende Bedeutung zu. Die ältesten Werke und Epen verdanken ihnen ihre Wirkung oder gar Entstehung. Das Grundbuch der altchinesischen Weisheitslehre, Lao Tses jahrtausendealte Spruchsammlung Tao-Te-King, kann erst niedergeschrieben werden, als sich ihr Verfasser im Alter in die Einsamkeit der Berge zurückzieht. Dort, an entlegener Stätte, wohnt er ganz allein bei dem Greis Yin Hsi, der ihn dazu drängt, seine Lebensweisheit in knappen Sentenzen zu bündeln. Erst die steinige und karge Einsiedelei des monastisch lebenden Gastgebers bietet ihm den nötigen Ruheraum, fernab vom Getümmel der Welt seine Gedanken schriftlich zu ordnen. »Zieh dich zurück, wenn die Arbeit getan ist«, lehrt Lao Tse, denn nur »Stille und Ruhe bringen die ganze Welt ins Maß zurück«.
Ein einsam und in einer felsigen Höhle lebender Mann spielt auch beim gewaltigen Auftakt der altgriechischen Literatur eine gewichtige Rolle. Hier ist es der riesenhafte Polyphemos, ein Kyklop, der gleich am Beginn der europäischen Dichtung von Homer in seiner Odyssee als archetypischer Einzelgänger geschildert wird. Anders als der legendäre Chinese, dessen entrückte Zuflucht im Gebirge als Winkel kontemplativ-schöpferischer Muße gepriesen wird, ist der griechische Hüne ein abstoßender Outcast, den Homer in den widerwärtigsten Farben malt. Die Einsamkeit des Polyphemos ist gekennzeichnet durch Wildheit

und Willkür, er ist ein Mann, dem Gesetze nichts gelten und der weder willens noch fähig ist, durch Kultur zu glänzen. Ackerbau, Technik, Wissenschaft oder Literatur bedeuten ihm nichts, in seinem Alleinsein ist er ganz roh. Nur über ein einziges Auge verfügend, ist er mit einem Tunnelblick ausgestattet, der ihn einzig auf die Befriedigung der basalen körperlichen Bedürfnisse schauen läßt. »Er kümmert sich nicht um den andern«, heißt es lakonisch im neunten Gesang der Odyssee, und damit ist zugleich gesagt, daß der asoziale Kyklop nicht einmal über sich selbst und seine eigene dürftige Existenz reflektiert. Ohne Teilnahme an einer wie auch immer gearteten öffentlichen Versammlung, auch ohne den stillen Dialog mit sich selbst, bewegt sich der einsame Polyphemos in einem Zustand gefräßiger Lethargie und Stumpfheit. Bei Homer entbehrt die Einsamkeit jeder Verheißung. Die selbstgewählte Isolation ist hier der genaue Gegenentwurf zur Zivilisation.
Wieder anders stellt sich die Lage in den ältesten Passagen der heiligen Schriften Israels dar. Der Prototyp und Inbegriff eines Einsiedlers ist hier der Prophet Elia. Er begibt sich für lange Zeit in ein abgelegenes Tal, wo er auf eine Eingebung seines Gottes JHWH wartet. Nahrung bieten ihm dort nur die wenigen Brotreste und Fleischbrocken, welche die Wüstenraben hinterlassen. Erst nach langem Ausharren in einem vollständig ausgetrockneten Flußbett kommt »das Wort des HERRN« zu ihm, dem darbenden Propheten, der den göttlichen Zuspruch als Signal zum Aufbruch aus der Einsamkeit versteht. Doch wiederholt Elia zu späterer Zeit noch einmal seinen Weg in die Stille. Er geht »in die Wüste« – ἐν τῇ ἐρήμῳ [en te eremo] heißt es im griechischen Text der Septuaginta – und haust dort als Eremit, also als ein einsamer Bewohner dieser Ödnis und Wüstenei. Schutz bietet ihm allein eine Höhle auf dem Berg Horeb. Auch jetzt wird ihm die Rückkehr in die Gemeinschaft der Menschen erst gestattet, als er nach aufmerksamem Hören das Wort seines Gottes wie »ein stilles, sanftes Säuseln« vernimmt.
Die Urschriften des Christentums, die für das Verständnis der Einsiedelei in Europa bis in die Neuzeit maßgeblich sind, orientieren sich ausdrücklich und wiederholt am Propheten Elia als Vorbild des alleinlebenden Gottsuchers. Im Lukasevangelium wird auch der Messias Jesus von Nazareth in die Tradition des Elia gestellt: Im vierten Kapitel verbringt Jesus vierzig Tage allein in der Wüste – auch im neutestamentlichen Koine-Dialekt heißt es im Griechischen hier ἐν τῇ ἐρήμῳ –, bis er erst im unbedingten Vertrauen auf Gottes Wort die Kraft des Geistes verspürt, die es ihm ermöglicht, wieder die Gemeinschaft der Menschen aufzusuchen, denen er sogleich von den nachahmenswerten Taten des großen Elia berichtet, mit dem er sich ausdrücklich und vorbehaltlos identifiziert. In der Übertragung der Vulgata prägen diese Geschichten dann die gesamte lateinische

Christenheit und ermuntern asketisch gesinnte Menschen dazu, es Elia und Jesus gleichzutun, um in einer Einöde – dem klassischen *desertus locus* – als einsame Gottsucher auszuharren. Bemerkenswert ist in diesem Zusammenhang, daß der Verfasser der Vulgata, der heilige Hieronymus, in seiner Jugend zunächst einsam in der Wüste Syriens lebt, bevor er bereit ist, sich in Bethlehem seinem umfassenden schriftstellerischen Werk zu widmen. Die syrische Wüste ist dann auch der Ort, an dem sich in der Nachfolge des Hieronymus der Eremit Symeon aufhält, um dort als Stylit, also als ein auf einem hohen steinernen Turm lebender, langbärtiger Anachoret, als sogenannter Säulenheiliger, ein besonders extremes Einsiedlerdasein zu führen, das in den spätantiken und mittelalterlichen christlichen Hagiographien eine vielbeachtete Rolle spielt.

Bis weit ins 18. Jahrhundert – ein Zeitalter, in dem sich Aufklärer und Dichter gleichermaßen von der altchinesischen Philosophie, Homer, der Bibel oder auch den Schriften der Kirchenväter inspirieren lassen – ändert sich in Europa das auch in der Literatur festgehaltene Bild vom Einsiedler kaum. Der Eremit gilt als radikaler Einzelgänger, der über einen langen Zeitraum hinweg fernab der Menschen siedelt und sich zu einem solchen Lebensentwurf auch bewußt entschlossen hat. Er kann zwar, wie Polyphemos, entweder ein dumpfer und kulturloser Rohling sein oder, ganz im Gegenteil, wie Lao Tse, Elia, Jesus, Hieronymus und Symeon ein schöpferischer Sucher der stillen Einsamkeit, die als konzentrierter Raum dichterischer Inspiration oder göttlicher Erkenntnis geschätzt wird. Doch immer ist es ein klarer und fester Vorsatz, der dazu führt, daß der Einsiedler der Welt für eine lange Weile entsagt: Entweder ist man Eremit oder man ist Weltmensch, es gibt kein halbherziges Dazwischen, kein Sowohl-Als-auch. Für die Dauer des Aufenthalts in der Einsamkeit hat das Resultat der persönlichen Entscheidungsfindung einen fest umrissenen Ort.

Erst im Jahrhundert der Aufklärung, einem so innovativen wie extravaganten Säkulum, das durch vielfältige innere Spannungen und offenkundige seelische Zerrissenheit gekennzeichnet ist, taucht unvermutet eine neue, seltsame und geradezu bizarre Einsiedlergestalt auf, die es so zuvor noch nirgends gab und die symptomatisch ist für den Beginn der Moderne. Diese ganz und gar ungewöhnliche Figur ist eine Erfindung der englischen Aristokratie, deren Spleen sie entspringt, wobei sie sich dann rasch auf dem europäischen Kontinent verbreitet, um dort nicht nur die Imaginationskraft des Adels zu beflügeln. Diese genuin neuzeitliche Erscheinungsform des Einsiedlers steht für das aufkeimende Gefühl einer prinzipiellen Unentschiedenheit, für das durchaus beklemmende emotionale Dilemma, es weder in der Gesellschaft noch in der Einsamkeit ganz aushalten zu können. Sie ist der Versuch einer spielerischen Flucht aus einer Kalamität, der man nur mit den Mitteln der Skurrilität entkommt. Die Rede ist von jenen sich zuerst in den Landschaftsparks der Nobilität verdingenden Einsiedlern, deren Vertreter man in England als *Garden Hermit* kennenlernt und in Frankreich dann als *Ermite de Jardin* bewundern kann. Seinen vielleicht schönsten Namen erhält dieser sonderbare Typus des Einsiedlers jedoch in Deutschland. In einer entzückenden Wortkreation heißt er dort »Schmuckeremit«.

2

Es ist der Engländer Charles Hamilton, der in seinem ab 1738 in der Nähe von Cobham in der Grafschaft Surrey angelegten Painshill Park einen eigenwilligen Rückzugsort einrichtet, den er für einen Garteneremiten reserviert, mit dem er die an die Landschaftsformen der Natur angelehnte weitläufige Grünanlage in besonderer Weise schmücken will. Nicht nur erschafft Hamilton mit seinem Park in einer bewaldeten wildromantischen Heidelandschaft im Südwesten von London den ersten sogenannten englischen Garten, der bis ins 19. Jahrhundert zu einem Ideal der Landschaftsgestaltung avanciert; auch seine launenhafte Grille, einen Einsiedler auf Vertragsbasis anzuheuern, damit dieser sich im eigens für ihn gebauten Refugium im Gartengelände aufhält, bekommt in ganz Europa schrulligen Vorbildcharakter. Hamilton, Absolvent des Christ Church College Oxford, ist der neunte Sohn des sechsten Earl von Abercorn. Seine Apanage als letztes Glied in der männlichen Erbfolge ist so schmal, daß er sich hoch verschulden muß, um seine Gartenträume verwirklichen zu können. Doch Painshill Park ist seine Obsession und der darin lebende Schmuckeremit die marottenhafte Krönung des Ganzen.

Die Hütte des Eremiten befindet sich in einem Wäldchen und ist aus Tannenholz gezimmert. Möbliert ist sie nur mit einem Bett aus Stroh, einem Tisch und alten Stühlen. Die Außenwände sind mit Sand aufgeschüttet. Einen der ersten Besucher dieses Ortes erinnert die Klause an einen Fuchsbau. Nach dem Willen des Parkbesitzers soll sich aber genau dort ein Mensch niederlassen, den er bei seinen regelmäßigen Spaziergängen durchs Gelände, die er mit befreundeten Gästen unternimmt, immer wieder betrachten und in seinem Verhalten studieren kann. Um einen derart eigentümlichen Angestellten aufzutreiben, gibt Hamilton in einer Lokalzeitung eine Annonce auf, in der er die Anforderungen an den gesuchten Einsiedler, dem er Kost und Logis gratis anbietet, im Detail auflistet. Demnach soll der Eremit ein Gewand aus Kamelhaar tragen, regelmäßig vor seiner Behausung sitzen, in der Bibel lesen, nur Wasser und Brot zu sich nehmen, den Bart wuchern lassen, niemals das Haupthaar oder die Fingernägel schneiden, mit niemandem reden und unter gar keinen Umständen den Bereich der Einsiedelei verlassen. Wer es schafft, dort sieben Jahre lang unter diesen

Bedingungen zu leben, wird am Ende seines Dienstes mit 700 Goldmünzen entlohnt. Wer jedoch vor Ablauf dieser Zeit auch nur eine Regel bricht, geht leer aus. Asketische Gemüter sind in Surrey rar gesät. Als sich endlich der erste Aspirant findet, hält er es gerade einmal drei Wochen in Hamiltons Tannenhöhle aus, bevor er das Weite sucht, um in einer Dorfkneipe seinen Bierdurst zu stillen.
Hamiltons kuriose Suche nach einem Garteneinsiedler – die im zweiten Versuch mehr Erfolg hat – spricht sich schon bald herum und macht Schule. Es wirkt gerade so, als hätte die ganze europäische Adelswelt nur auf diesen wunderlichen Einfall gewartet. Bis zum Ende des Jahrhunderts lassen sich auch in Deutschland Schmuckeremiten nachweisen, es gibt sie in den großen Gärten von Kassel-Wilhelmshöhe, Dessau-Wörlitz oder Bayreuth. Sogar das gehobene Bürgertum findet an der Idee eines Einsiedlers im Anstellungsverhältnis Gefallen, wie der Eremit belegt, der 1795 im Flottbeker Garten des Hamburger Kaufmanns Caspar Voght wohnt. Dennoch ist und bleibt die eigentliche Heimat dieser neuartigen Einsiedlergestalt England. Man trifft sie dort besonders häufig an. Zu ihren bekanntesten Vertretern gehören unter anderem ein Garteneremit in Burley-on-the-Hill in Leicestershire oder der Einsiedlermönch »Father Francis« im Hawkstone Park in Shropshire.
Die bis heute reichhaltigste, auch literarisch ansprechende Sammlung von Berichten und Erzählungen über die Garteneremiten des 18. Jahrhunderts findet sich im Werk des viktorianischen Publizisten John Timbs. Ihm geht es in seiner akribischen Editionstätigkeit fast ausschließlich darum, menschliche Kuriositäten, naturgeschichtliche Merkwürdigkeiten und historische Anekdoten zu dokumentieren. Seine amüsante und höchst unterhaltsame Beschreibung der englischen Schmuckeremiten, die mit einem Porträt Hamiltons und der Einsiedelei von Painshill Park einsetzt, ist Teil eines wahren Kuriositätenkabinetts mit dem Titel »English Eccentrics and Eccentricities«. In diesem zweibändigen Werk von 1866 lernt der Leser das gesamte Arsenal englischer Exzentrizitäten kennen, das im 19. Jahrhundert hoch im Kurs steht. Timbs, ein stolzer Repräsentant des viktorianischen Zeitalters, liebt besonders die unnachahmlichen Exzentriker des 18. Jahrhunderts, deren charmante Verrücktheit ihresgleichen sucht. Neben Hamilton hat er Francis Egerton, den achten Earl of Bridgewater, und dessen Hunde in sein Herz geschlossen. Mit Ergötzen beschreibt Timbs die aufsehenerregenden Dinner-Partys, die der Earl regelmäßig für seine Vierbeiner ausrichtet. Zwölf ausgewählte Hunde dürfen in kostbaren Rokokosesseln mit ihm am Tisch sitzen, wobei ihr Essen von Dienern serviert wird, die ihnen jeden Wunsch von den treuen Blicken ablesen. Nur wenn einer der Kläffer zu sehr seinen tierischen Instinkten folgt und schlechte Tischmanieren zeigt, wird er von der Mahlzeit ausgeschlossen und in den Vorraum des Speiseraums

verwiesen, wo er sich dann zur Strafe mit einer Livree bekleidet bei den Bedienten aufzuhalten hat.

Mit solchen Geschichten über die schrägsten Erscheinungen des 18. Jahrhunderts – und gerade auch mit den Erzählungen über die in naturnahen Gärten der Aristokratie lebenden Eremiten – trifft Timbs den Nerv einer Epoche, die gar nicht genug von derartigen Absonderlichkeiten bekommen kann. Nur wenige Jahre vor dem Erscheinen des populären Buches von Timbs würdigt auch der liberale Philosoph und Politiker John Stuart Mill im dritten Kapitel seiner Abhandlung »On Liberty« (1859) die Bedeutung des Exzentrikers, dessen Auftreten wie nichts sonst unter Beweis stellt, daß eine Gesellschaft, die ihn aushält oder sich gar an ihm erfreut, wahrhaft frei ist. Für Mill ist das maximale Ausleben radikaler Individualität sowohl Nachweis als auch Garant einer gesunden Verfassung. Er glaubt, daß die Menge der in einer Gesellschaft vorhandenen und tolerierten Exzentrizität sich proportional zur dort gegebenen Menge an Genie, geistiger Kraft und moralischem Mut verhält. Wenn diese Einschätzung stimmt, dann leben Mill und Timbs in einem Reich großer Freiheit, denn ihre Zeitgenossen sind die exzentrischen Dandys und Dichter Oscar Wilde, Arthur Conan Doyle oder auch Benjamin Disraeli, der zwischen 1868 und 1880 sogar zweimal das Amt des britischen Premierministers bekleidet.

Man kann die originelle Erfindung des Garteneremiten im Sinne von Timbs als Kaprize oder Allüre eines radikalindividualistischen Freiheitsbewußtseins englischer Tönung verstehen. Doch läßt sich der Schmuckeremit ebenso und aus guten Gründen als augenfälligstes Phänomen einer neuen Auslotung des Verhältnisses von Gesellschaft und Einsamkeit deuten, wie sie im 18. Jahrhundert in Europa vorgenommen wird. Demnach wäre dieser sonderbare Einsiedlertypus weit mehr als eine beliebige Schrulle, nämlich geradezu das Merkmal einer Epoche, in der eine wachsende Anzahl von Menschen das Alleinsein scheut, aber auch die Gemeinschaft als Zumutung empfindet. Vor allem der Adel erstickt sowohl am *ennui*, das er in der höfischen Gesellschaft erdulden muß, wie auch an der grenzenlosen Langeweile, die ihm die Einsamkeit beschert. Mit dem Garteneremiten tritt nun jemand in Erscheinung, in dessen vorgespielter Lebensweise sich der im Park lustwandelnde Eigentümer experimentell spiegeln kann. Er versetzt sich als neugieriger Beobachter in dessen Lage, ohne mit ihm tauschen zu müssen. Irgendwie schaut sich der Eigentümer des herrschaftlichen Gartens somit beim stellvertretenden Alleinsein selbst über die Schulter, tritt zumindest in Gedanken aus sich heraus, ist also in noch ganz anderem Sinne ein exzentrischer Betrachter der Einsamkeit.

Eine besonders schräge Volte des Zeitalters der Aufklärung ist es, wenn ein Garteneremit sein merkwürdiges Dasein dann auch noch selbst in dieser Weise reflektiert und hernach als Schriftsteller derart mitreißend verarbeitet, daß die europäische Literatur durch ihn eine ganz neue Richtung erhält. Dieser Schmuckeremit ist keine Schimäre, es gibt ihn, er ist bislang nur noch nicht als solcher beschrieben worden. Im Jahr 1756 geschieht es, daß ihm von einer französischen Adligen in ihrem Park am Rande eines Waldes eine Eremitage eingerichtet wird. Diese ist zwar stattlicher als Hamiltons Fuchsbau, doch erinnert auch sie an die Höhle eines Tieres, weshalb der in ihr wohnende Einsiedler von der Aristokratin liebevoll »mein Bär« genannt wird oder auch mit selbstironischem Besitzerstolz »Mon hermite«. Sie heißt Louise Florence Pétronille Lalive, Marquise d'Épinay; ihr Garteneremit ist der europaweit bekannte Autor Jean-Jacques Rousseau.

3

Als Rousseau seinen Schlupfwinkel im Garten von Madame d'Épinay bezieht, kennen sich die Marquise und der Schriftsteller bereits seit vielen Jahren. Ihre erste Bekanntschaft machen sie allerdings an einem Ort, der das genaue Gegenteil einer abgeschiedenen Parklandschaft ist. Sie begegnen sich in der Riesenstadt Paris, diesem steinernen Meer vielstöckiger Häuser, bewohnt von lärmenden Massen. Über sechshunderttausend Einwohner beherbergt die Stadt an der Seine in der Mitte des 18. Jahrhunderts. Eine größere Bevölkerungszahl bietet in Europa nur London – und das zu einer Zeit, als im Weltenrund einzig China, das Reich der Traditionen des Lao Tse, mit der Kaiserresidenz Peking eine Millionenstadt vorzuweisen hat. Über eine feste Bleibe in der französischen Metropole verfügt Rousseau seit 1744. Nach einer vom frühen Tod der Mutter überschatteten Jugend im Geburtsort Genf, einer ziellosen Vagabondage durch die Westschweiz und Savoyen, einem längeren Aufenthalt als Schreiber des französischen Botschafters in Venedig – und nach vielen Jahren als Haushaltshilfe und Geliebter der im savoyischen Chambéry ansässigen Adligen Françoise-Louise de Warens – strandet der gelernte Graveur und Notenkopist als Glücksucher im tosenden Paris. Vergessen machen will der knapp über Dreißigjährige dort das traumatische Ende seiner Beziehung zu Madame de Warens, die ihn über Nacht durch einen anderen Liebhaber ersetzt hat.

Rousseau sucht in Paris den Erfolg als Schriftsteller. Was er über die Literatur der Welt weiß, haben ihm nicht die wenigen Lehrer vermittelt, die ihn in Genf vor dem Eintritt in die Lehre unterrichtet haben, sondern der eigene Lesehunger. Im Grunde bleibt er zeitlebens Autodidakt. In Savoyen hat er sich mit Hilfe der um dreizehn Jahre älteren Madame de Warens im Selbststudium die moderne Literatur erschlossen, dabei auch immer Texte der zeitgenössischen Wissenschaft studiert und die wichtigsten philosophischen Ansätze der Gegenwart tief in sich aufgenommen. Die Klassiker der Antike sind ihm seit seiner Kindheit in französischer Übersetzung bekannt. Er hat sie gemeinsam mit seinem Vater gelesen, vor allem die Griechen Plutarch und Homer. Auch ist ihm, wie könnte es bei einem Sproß des calvinistischen Genf anders sein, die Bibel urvertrauter Lesestoff. In seiner blühenden Phantasie stellt Rousseau sich in Gedanken regelmäßig an die Seite der römischen und griechischen Feldherren, mischt sich unter die homerischen oder biblischen Gestalten und malt sich aus, mit ihnen gewirkt oder wie sie gehandelt zu haben. Ob Cäsar oder Alexander der Große, Polyphemos oder Odysseus, Ahab oder Elia – mit ihnen allen pflegt er in der Imagination Umgang, seine Einbildungskraft kennt keine Grenzen. Gerade die Einsiedlergeschichten des Alten Testaments faszinieren ihn, doch weiß er auch um den Kontrapunkt, der gleich zu Beginn der Heiligen Schrift zu finden ist, wo es im Buch Genesis heißt, daß es für den Menschen nicht gut ist, allein zu sein.

Tatsächlich sucht und findet Rousseau in Paris rasch die Gemeinschaft mit einer Frau, Thérèse Levasseur, einer einfachen Wäscherin. Mit ihr zieht er 1745 zusammen. Wie er später in seinen Memoiren bekennt, hilft die fast zehn Jahre jüngere neue Freundin ihm über das Scheitern seiner Liebe zur doppelt so alten Madame de Warens hinweg. Thérèse ist für ihn nicht die große Leidenschaft, doch beeindruckt ihn ihre treue Anhänglichkeit. Mit ihrer schlichten, natürlichen Unbekümmertheit »füllt« Thérèse sein bis dahin »leeres Herz« wieder auf. Allerdings genügt Rousseau die häusliche Zweisamkeit nicht. Er, der sich bis zum Ende seines Lebens als der doch eigentlich »geselligste und leutseligste Mensch von allen« charakterisieren wird, schweift täglich durch die dichtbevölkerte Stadt und genießt das Zusammensein mit den unterschiedlichsten Menschen in vollen Zügen. Besonders die Amüsiermeilen haben es ihm angetan. Er trifft sich in Kaffeehäusern zum Schachspiel und unterhält in Gasthäusern lustige Tischgesellschaften, wo er sich auch an derben Zoten erfreut. Er liebt die ausgelassenen Volkstänze und musikalischen Einlagen, denen er auf den Straßen und Gassen der Stadt begegnet.

Neben den Vergnügungen der einfachen Leute sucht er im geselligen Treiben auch immer den Kontakt zur gehobenen Schicht. Die riesenhafte Stadt befriedigt nicht nur sein elementares Gemeinschaftsbedürfnis, sondern ihre elitären Zirkel sind ihm, wie er freimütig zugibt, eine Bühne, die er gezielt betritt, um sich im Glanz eines angestrebten Ruhmes zu sonnen. Ihn lockt die Aussicht auf eine ganz außergewöhnliche Achtung und Geltung, die er nur auf dem gleißenden Parkett der Salons des Adels finden kann. Bald schon gelingt es ihm, sich mit dem Philosophen Denis Diderot zu befreunden, der sein schriftstellerisches Talent erkennt und ihm Zutritt zu den führenden Adelsfamilien verschafft. 1746 wird Rousseau im Haus Dupin-Francueil in Dienst genommen, als Sekretär, was ihm ein wichtiges Zubrot verschafft. Auch verfaßt er im Folgejahr mehrere musiktheoretische Aufsätze für die von Diderot herausgegebene »Encyclopédie«. Besonders achtet er darauf, den adeligen Frauen genehm zu sein. Mit ihnen parliert er am liebsten, denn er glaubt, ohne die Damen in Paris nichts erreichen zu können. Eine Aristokratin, die ihn 1748 kennenlernt, findet besonderen Gefallen an ihm. Es ist Madame d'Épinay, zu dieser Zeit noch die Geliebte von Charles Louis Dupin de Francueil.

Louise d'Épinay erlebt mit, wie Rousseau 1749 sein Lebensthema findet, als er, von Diderot ausdrücklich dazu ermuntert, am jährlichen Preisausschreiben der Akademie zu Dijon teilnimmt. In der von ihm eingereichten Abhandlung schockiert er die Welt der geselligen Aufklärer und Salondamen mit der provokanten These, daß das von den meisten so begehrte Leben in der Gesellschaft die Menschen gerade nicht zu ihrem Vorteil bilde, sondern als Hauptursache ihrer seelischen Krankheiten zu verstehen sei. Der Geselligkeit zu frönen bedeute, Zwängen und Konventionen genügen zu müssen. Gerade in Paris sei man beständig darauf aus, einander gemäß den Moden und Sitten der Zeit zu gefallen, ohne auf das zu achten, was man wirklich will oder wer man eigentlich ist. Auf diese Weise erzeugt die Gesellschaft eine Konformität, die alle individuellen Anlagen des einzelnen unterdrückt. »Man traut sich nicht mehr, als der zu erscheinen, der man ist«, schreibt Rousseau, wenn man der »Herde« folgt, »die man Gesellschaft nennt«. Besser lebt man unter diesen Umständen allein.

Meint Rousseaus wirklich, was er sagt? Ist er der Gesellschaft plötzlich überdrüssig geworden? Oder will er mit der vollkommen unerwarteten These einen Überraschungserfolg erzielen? Jedenfalls trifft seine Behauptung den Nerv der Jury, die ihm den ersten Preis zuerkennt. Auch das Lesepublikum zeigt an diesem ungewöhnlichen Autor allergrößtes Interesse. Und Rousseau? Im Moment des Erfolgs beginnt er sich der Gesellschaft, um deren Gunst er doch so lange gebuhlt hat, zu entziehen. Als müßte er seinen Behauptungen im Lebensalltag konsequent folgen, meidet er die Zusammenkünfte mit Freunden und Bekannten. In seiner Wohnung schließt er sich im Arbeitszimmer ein, wo auch Thérèse ihn nicht stören darf. Mitten in der Metropole führt er, wie er später schreibt, ein »einsiedlerisches Leben«. Doch er bleibt produktiv. Als Notenkopist hat er sich derart erstaunliche Kompositionskünste angeeignet, daß es ihm gelingt, mit dem »Dorfwahrsager« eine populäre Oper zu schreiben. 1752 wird diese sogar vor dem König aufgeführt. Widerstrebend willigt Rousseau ein, der Aufführung beizuwohnen – um sich dort sogleich als Sonderling zu gebärden. Vor den Augen der höfischen Gesellschaft inszeniert er sich als der von ihr entfremdete Einzelgänger. Ganz alleine in einer hochgelegenen Proszeniumsloge stehend, noch dazu »mit langem Bart«, präsentiert er sich der gaffenden Menge auf dem erhabenen

Podest wie ein Säulenheiliger. Und die Betrachter weiden sich am Anblick dieses urbanen Einsiedlers, der ihnen Kulturgenuß beschert.
1755 legt er dem Lesepublikum einen weiteren Essay vor, in dem er sein Plädoyer für ein Leben im Abseits der Gesellschaft beredt wiederholt. Abermals wirbt er in dieser »Abhandlung über den Ursprung und die Grundlagen der Ungleichheit« für ein ungekünsteltes und einfaches Leben in der Stille, fernab von den Abhängigkeiten der großstädtischen Gesellschaft, am besten in der ländlichen Natur. Nur dort finde man Ruhe und Freiheit. Es komme darauf an, endlich wieder zu lernen, sich selbst genug zu sein. Louise d'Épinay nimmt ihn beim Wort. Sie lädt ihn auf ihre ländliche Besitzung La Chevrette bei Montmorency ein. Dort zeigt sie ihm beim Spaziergang durch den Park eine kleine Einsiedelei, wo er als ein von ihr ausgehaltener Eremit wohnen dürfe. Möchte er? »Ah, Madame«, entschlüpft es ihm, »welch entzückende Behausung!« Im Frühjahr 1756 zieht er dort ein – zu seinem stillen Glück und zu ihrer Zierde.

4

Weiß der prominente Stadtflüchtling Rousseau, der die einst von ihm so begehrte Metropole an der Seine im Moment seines Fortzugs als überquellende Menschenansammlung »voller Lärm, Rauch und Schlamm« schlechtredet, daß er im gepflegten, weitläufigen und waldreichen Park von La Chevrette ab sofort Madame d'Épinays persönlicher Schmuckeremit ist? Kokettiert er gar damit, als französische Variante des Garteneinsiedlers jenen skurrilen Gestalten Englands zu gleichen, die zur selben Zeit in den Gärten von Surrey, Leicestershire und Shropshire in Erdlöchern und efeuumrankten Lauben hausen, zum Vergnügen ihrer aristokratischen Gastgeber? Welches Spiel wird hier in Montmorency eigentlich inszeniert? Wie frei und unabhängig bleibt Rousseau als Gast seiner adeligen Gönnerin? Und wer spielt hier mit wem?
Eines ist gewiß: So wie Louise d'Épinay den Einsiedler bei ihren Spaziergängen durch den Park ausgiebig betrachtet – wie er vor der Eremitage sitzt, mit zerzaustem Haar und unrasiert, in die Sonne blinzelnd, müßig und entspannt –, so beobachtet der Schmuckeremit umgekehrt auch die Aristokratin, auf deren Kosten er hier wohnt, mit großer Aufmerksamkeit. Sie, die in Paris die literarischen Salons genoß und sich nicht ohne Eitelkeit daran erfreute, wenn sich die brillantesten Philosophen und Schriftsteller für ihre weiblichen Reize und auch für ihren geistreichen Intellekt interessierten, scheint sich jetzt insgeheim nach Einsamkeit zu sehnen. Seine Schriften waren es, die in ihr die Überzeugung aufkeimen ließen, daß der moderne und von der Gesellschaft verdorbene Mensch nur noch in der Abgeschiedenheit hoffen darf, wieder zu sich selbst zu finden.

Rousseau weiß genau, daß sein Postulat des Alleinseins Madame d'Épinay tief beeindruckt hat. Immer häufiger zieht sie sich von der Hauptstadt in ihr Schloß auf dem Lande zurück. Sie will allein sein, doch es fällt ihr schwer.
Dem wachsamen Garteneinsiedler im Park entgeht auch nicht, daß seine Gastgeberin vor allem von jenen Männern in der ländlichen Stille aufgestöbert wird, die ihr Fernbleiben von den Pariser Salons mit Unverständnis quittieren. Sie läßt sich die Herrenbesuche gefallen. Auch Friedrich Melchior Grimm stellt ihr dort nach, ein aus Regensburg stammender Literat, der zu den engsten Freunden Diderots gehört. Zwischen der Schloßherrin und Grimm entspinnt sich ein zartes Liebesverhältnis, das sich zur leidenschaftlichen Affare auswächst, so daß ihr neuer Favorit seine freie Zeit schon bald fast ausschließlich in La Chevrette verbringt. Schmerzlich vermißt wird Grimm in Paris nun wiederum von Diderot, der sich deshalb regelmäßig auf den Landsitz begibt, um dort mit dem Freund und seiner Geliebten zu disputieren und Tee zu trinken. Von echter Einsamkeit kann bei Louise d'Épinay also nicht die Rede sein. So sehr sie die Ruhe sucht, so sehr widerstrebt ihr zugleich die Stille der selbstgewählten Abgeschiedenheit. Und so sieht der aufmerksame Eremit in seinem lauschigen Observatorium am Rande des Waldes, daß die Leere, die die längere Abwesenheit von der Pariser Gesellschaft für Madame d'Épinay mit sich bringt, durch die ständigen Aufwartungen von Grimm und Diderot ausgefüllt wird. Dies ist, wie Rousseau meint, nur ein notdürftiger Ersatz für das reiche Salonleben, aber dennoch besser als eine »völlige Einsamkeit«, die die Marquise offenkundig »nie zu ertragen vermochte«.
Doch wie steht es um ihn selbst? Kann er die ländliche Zurückgezogenheit, die er seit Jahren eindringlich beschwört und nun auch lebt, so leichthin akzeptieren? Ist der Rückzug nach Montmorency für ihn nicht auch ein gewagtes Experiment? Noch vor seiner Abreise aus Paris hat ein illustrer Freund von Grimm und Diderot, der Baron von Holbach, spöttisch verkündet, daß der angeblich so gesellschaftsmüde Rousseau »des Weihrauches und der städtischen Vergnügungen viel zu sehr bedürfe, um es auch nur vierzehn Tage lang in der Einsamkeit auszuhalten«. Dazu stichelt Diderot öffentlich, »daß der rechtschaffene Mann in der Gesellschaft lebt und daß nur der Bösewicht sich ihr zu entziehen sucht«. Die drei Gefährten tun alles, um Rousseau das Alleinsein zu verleiden. Auch Louise d'Épinay stört seine Ruhe mehr als nötig, mitunter sucht sie ihn gemeinsam mit ihren Freunden in der Eremitage auf. Er fühlt sich von ihnen »belagert«. Zudem wird er auch immer wieder ins Schloß La Chevrette gerufen, viel zu häufig für seinen Geschmack. All das ist ihm lästig und beeinträchtigt seinen Lebensentwurf als Eremit.

Andererseits sucht er auch aus eigenem Antrieb das Zusammensein mit Menschen, obwohl das seinem Selbstverständnis als Einsiedler ja eklatant widerspricht. Das fängt schon damit an, daß er seine karge Behausung im Park mit der treuen Thérèse teilt. Zwar macht er, was er will, unternimmt Streifzüge durch den Wald von Montmorency, ganz wie es ihm beliebt, und übt nur wenig Rücksicht auf ihre Bedürfnisse. Doch ist sie stets zugegen, kocht, wäscht und plaudert beim gemeinsamen Essen über alltägliche Kleinigkeiten. Dennoch beschreibt er seinen Aufenthaltsort als einsame Wildnis, in der es sich lebt »wie am Ende der Welt«. Das ist eine maßlose Übertreibung. Paris ist für den Fußgänger nur vier Stunden von der Eremitage entfernt. Diesen Weg legt Rousseau von Zeit zu Zeit durchaus zurück – wenn es ihm in den Sinn kommt oder wenn bestimmte Geschäfte erledigt werden müssen. Doch sobald er über seine Zuflucht schreibt, dann klingt es, als lebe er ausschließlich in der entrückten Natur, im Hain der Nachtigallen, umgeben vom Duft der Veilchen.

Und Rousseau schreibt. Der Wald von Montmorency sei sein neues Arbeitszimmer, tönt er. Dort kultiviere er einen produktiven Müßiggang, wie er ihn sich immer schon gewünscht habe. Tatsächlich unternimmt er mit Schreibheft und Bleistift Spaziergänge durch Büsche und Bäume. Fällt ihm ein schöner Gedanke ein, notiert er diesen sogleich. Er muß sich dann nur im Moos niederhocken und seinen Schoß als Schreibpult nutzen. Dabei kommentiert er auch das Weltgeschehen. Als Voltaire in einem Klagegedicht das große Erdbeben von Lissabon betrauert, das wenige Monate vor Rousseaus Wechsel in die Eremitage die portugiesische Hauptstadt verheert und Zehntausende Menschen an einem einzigen Tag das Leben gekostet hat, fühlt sich der Einsiedler herausgefordert, darauf zu antworten. Am 18. August 1756 schreibt er einen Brief an Voltaire. Darin macht er nicht einen herzlosen Gott oder das blinde Walten der Natur für dieses große Unglück verantwortlich, sondern ganz allein die vielen Menschen, die unbedingt in einer unübersehbaren Masse an einem Ort zusammenwohnen wollen. Es künde von Wahnsinn, daß Einwohner einer Stadt meinten, sie müßten sich in »zwanzigtausend Häusern von sechs bis sieben Stockwerken versammeln«, statt »gleichmäßiger zerstreut« zu siedeln, am besten so wie er selbst, so weit wie möglich voneinander getrennt. Auch kommt ihm der Gedanke, daß Seuchen und ansteckende Krankheiten weniger fatale Folgen hätten, wenn Menschen mehr Distanz wahrten, denn: »Der menschliche Atem ist seinesgleichen tödlich; das gilt im eigentlichen nicht weniger als im übertragenen Sinn.«

Trotzig schreibt Rousseau gegen die Übel der Gesellschaft an, obwohl er selbst doch keinen so radikalen Geselligkeitsverzicht üben mag, wie er in seinen Schriften vorgibt. Auch der Atem des Menschen ist für ihn nicht gar so garstig, wie er glauben machen will. Es kommt darauf an, wer mit welchen Absichten keucht oder haucht. Eines Tages taucht vor seiner Eremitage eine junge Frau auf, von deren duftendem Odem er gar nicht genug bekommen kann. Es ist Sophie d'Houdetot, die Schwägerin der Louise d'Épinay, die sich dem Schmuckeremiten auf eigene Weise nähert. Sie mietet sich im Sommer 1757 im nur eine Meile von der Eremitage entfernten Schloß Meaux ein, um ihrerseits den Einsamen, von dem sie schon viel gehört und gelesen hat, in seinem Alleinsein zu studieren. Auch sie lebt in Meaux allein. Am besten aber tauscht man sich zu zweit über die Einsamkeit aus. So steht sie plötzlich unvorhergesehen vor ihm. Er ist von ihrer Schönheit, Anmut und Nähe hingerissen. Kein süßeres Parfüm gibt es, wie er später schreiben wird, »als das ihres Atems«.

So wird der Eremit von mehreren Seiten bedrängt. Zwei Frauen, die miteinander verwandt sind, beäugen ihn gleichzeitig aus La Chevrette und Meaux, um ihn in seinem Alleinsein und sich selbst in ihrer Zurückgezogenheit zu beobachten. Die gegenseitige Betrachtung der Einsamkeit ist für alle daran Beteiligten auch ein Gesellschaftsspiel, zumal man miteinander darüber im Gespräch bleibt. Und Thérèse ist ja auch noch da. Der Schmuckeremit Jean-Jacques betreibt in dieser merkwürdigen Situation eine exzentrische Betrachtung der Einsamkeit. Als Schriftsteller bekommt er einen gewaltigen kreativen Schub. Alles, was er jetzt im Dreieck der Frauen niederschreibt, verändert die europäische Literatur nachhaltig und befeuert den Wunsch des modernen Menschen, einsam und zugleich in Gesellschaft zu sein.

5

Es sind drei Werke, deren Ausarbeitung Rousseau in der Eremitage beginnt und die seinen Ruhm auf Jahrhunderte festigen werden. Seine Begegnung mit der betörenden Sophie d'Houdetot, die trotz seines aufflammenden Begehrens partout kein intimes Verhältnis mit ihm will, obwohl sie das Zusammensein mit dem geselligen Eremiten inspirierend findet, verarbeitet der zurückgewiesene Schriftsteller in dem Briefroman »Julie oder die neue Heloise«. Darin verleiht er seinem brennenden Verlangen nach der neuen Angebeteten in fiktiven Briefen an die imaginäre Geliebte Julie Ausdruck. Der Akt des Schreibens dient dem Autor als Ersatzbefriedigung. Zwar wandelt er im Schaffensprozeß zumeist einsam auf versteckten Pfaden im Wald von Montmorency, doch lebt er dabei in seinen Träumereien mit der angeschmachteten Phantasiefigur in steter Zweisamkeit. Nebenbei skizziert er auch die Anlage zu seinem »Gesellschaftsvertrag«, jenem utopischen Pakt aller mit allen, der die Konturen einer erdachten republikanischen Gesellschaft sichtbar werden läßt, in welcher auch der einzelne wieder gerne aus dem Abseits aufbricht, um in großer Gemeinschaft zu leben. Das einflußreichste Buch, das Rousseau als Garteneinsiedler im Landschaftspark von Madame d'Épinay entwirft, ist jedoch der Erziehungsroman »Émile«, mit dem er zukünftigen Generationen ein neues, reichhaltiges Vokabular unstillbarer Sehnsucht bereitstellt – zum Beklagen der so zerrissenen Lebenssituation der Moderne, die vorerst nur durch das Schreiben und Lesen einer darauf abgestimmten Literatur erträglich gemacht werden kann. In immer neuen Wendungen vermittelt der Autor dem Lesepublikum ein Gefühl davon, warum es der Mensch nicht gut alleine aushält, zugleich aber auch ständig an einer Gesellschaft verzweifeln muß, die ihm seine natürlichen Bedürfnisse mit ihren zivilisatorischen Anforderungen austreibt.

Wie ließe es sich nun einrichten, überlegt Rousseau im »Émile«, das doch eigentlich Unvereinbare auf geschickten Umwegen, sozusagen mit einem raffinierten Kniff, miteinander in Verbindung zu bringen? Könnte man nicht doch eine Form von geselliger Einsamkeit leben? Als Schmuckeremit hat Rousseau ja seine einschlägigen Erfahrungen gemacht. Außerdem liebt der Gartenphilosoph es, wie er über sich selbst schreibt, »ein Mann der Paradoxe zu sein«. Entsprechend voll von paradoxen Beschreibungen des geselligen Alleinseins ist sein Erziehungsroman – und auch sein späteres Werk, vor allem seine Autobiographie, die »Bekenntnisse«, in denen er am ausführlichsten von seiner Zeit in der Eremitage von Montmorency berichtet. Grundsätzlich behauptet er im »Émile«: »Ein wahrhaft glückliches Wesen ist ein einsames Wesen.« Deshalb ist in seinen Augen auch das von der lasterhaften Gesellschaft unberührte Individuum als »absolutes Ganzes« zu verstehen, als »natürlicher Mensch«, der »sich selbst alles ist«. Andererseits lehrt die Erfahrung aber doch auch immer wieder, vor allem dann, wenn unvermutet eine hübsche und sanfte Sophie vor einem empfindsamen Schmuckeremiten erscheint, daß man in aller Ausschließlichkeit wohl doch »nicht dazu geschaffen ist, allein zu leben«. Man fängt dann an, als erwachte man aus seiner Einsamkeit, wieder »Interesse an denen zu nehmen, mit denen man lebt«, und beginnt wieder »zu fühlen«. Die Kunst besteht nach Rousseau in diesem Dilemma des Daseins darin, sich in genau die Gesellschaft von wenigen Vertrauten zu begeben, mit denen man – wie es in einer seiner erstaunlichsten paradoxen Wendungen heißt – »zusammen so glücklich« ist, als »wäre man ganz allein«. Wenn man dann noch ein Schriftsteller ist, der dieses glücklich gefühlte Alleinsein in Gesellschaft in autobiographische Worte kleiden kann, potenziert man dieses seltene Wohlsein um ein Vielfaches. Man beginnt dann, wie er im »Émile« schreibt, mit Hilfe seiner »Einbildungskraft« aus sich »herauszutreten«, man »ist allein in menschlicher Gesellschaft« und »betrachtet sich selbst«.

Während Rousseau nun mit diesen Gedanken im Sommer 1757 eine tiefe Zufriedenheit in sich verspürt, entfernen sich die beiden Frauen Sophie d'Houdetot und Louise d'Épinay ab genau dieser Zeit voneinander und auch von ihm, weil sie das merkwürdige Dreiecksverhältnis der gegenseitigen Beobachtung im Park nicht länger goutieren. Das führt dazu, daß auch er die Eremitage verläßt und in ein nicht weit entfernt gelegenes Haus des Maréchal de Luxembourg-Montmorency nach Mont-Louis weiterzieht, um dort in der Gunst des Grafen seine drei Hauptwerke zu vollenden. Rousseau lebt nun jahrelang in der Phantasiewelt der Literatur. Als der »Émile« im Frühjahr 1762 erscheint, ist es für den Autor ein Schock, daß der Oberste Gerichtshof des Landes, das *Parlement de Paris*, auf Betreiben der theologischen Fakultät der Pariser Universität das Buch schon im Juni als Werk eines Ketzers brandmarkt, weil darin einige Passagen enthalten sind, in denen Rousseau die Offenbarungsreligion durch eine deistische Religion des Gefühls und der interkonfessionellen Toleranz ersetzt wissen will. Hals über Kopf muß er Frankreich verlassen und findet Zuflucht im Schweizer Kanton Neuchâtel, dessen Landesherr der preußische König Friedrich der Große ist, der den Sonderling Rousseau gerne nach dem Verlust von Voltaire als neues Schmuckstück in die Sammlung der von ihm beherbergten radikalen Philosophen aufnimmt.

Rousseau wird seine als Schmuckeremit von Madame d'Épinay genossene Ruhe allerdings weder in der Schweiz noch an einem anderen Ort jemals wiederfinden. Die Bevölkerung von Neuchâtel macht ihm das Leben so schwer, daß er trotz Protektion durch den preußischen Monarchen ab 1765 weiterflieht, über die Petersinsel im Bieler See bis nach England, von dort wieder zurück nach Frankreich, wo er unter einem Decknamen von Ort zu Ort zieht. Vorübergehend findet er auf einem Bergbauernhof in der Dauphiné eine Bleibe. Dort heiratet er dann auch seine treue Thérèse, die alle seine Fluchtbewegungen mitgemacht hat. In den 1770er Jahren ist es dann ausgerechnet die von ihm verschmähte Stadt Paris, in der ihn am Ende seines Lebens die Behörden nicht mehr behelligen, weil er in der anonymen Riesenstadt fortan zurückgezogen lebt, die Öffentlichkeit meidet und nur hin und wieder Tagesausflüge durch Seitenstraßen und Gassen unternimmt. Die unauffälligen Stadtwanderungen verarbeitet er in seinem letzten großen Text, der ab 1776 entsteht und den er bis kurz vor seinem Tod im Sommer 1778 immer weiterspinnt. Veröffentlicht werden diese Träumereien eines einsamen Spaziergängers, »Les Rêveries du promeneur solitaire«, erst posthum. In diesen literarischen Streifzügen radikalisiert er ein letztes Mal seine Überlegungen zum Gefühl des geselligen Alleinseins. Am Ende seines Lebens angelangt, ist er sich nur noch selbst als Gegenüber erhalten geblieben: »Allda stehe ich also, allein auf Erden, ohne Bruder, ohne Nächsten, ohne Freund, nur mich zur Gesellschaft, mich allein.« Indem er nur noch für sich selbst schreibt, beobachtet er sich wie jemand, der sich beim Nachdenken und Empfinden über die eigene Schulter blickt und dabei auch noch selbst den Puls fühlt. Aufmerksam notiert er alles, was in ihm vorgeht. Wenn er das so entstandene Logbuch seiner Seele liest, dann kann er, wie er schreibt, auch noch im fortgerückten Alter ein allerletztes Mal mit den Mitteln der Literatur seine »Existenz verdoppeln«. Nur im Buch findet das paradoxe Begehren nach geselligem Alleinsein seine Erfüllung.

*

Der unvergleichliche Ort, an dem Rousseau als Schmuckeremit die ungewöhnlichen Erfahrungen gesammelt hat, die ungezählte Leser seiner berühmtesten Schriften bis heute beeindrucken, ist in seiner historischen Gestalt ausgelöscht: Schon in der ersten Hälfte des 19. Jahrhunderts wurden in der von Madame d'Épinay angelegten Eremitage umfassende bauliche Veränderungen vorgenommen. Ganz abgerissen wurde die ehemalige Einsiedelei dann 1861. An ihrer Stelle errichtete man in der Mitte des 20. Jahrhunderts eine psychiatrische Klinik, die heute von einem börsennotierten und weltweit operierenden französischen Unternehmen mit dem Ziel der Gewinnmaximierung gemanagt wird. Seelische Krankheit bringt hier in Montmorency, in der nach Rousseaus Briefroman benannten »Clinique La Nouvelle Héloïse«, internationalen Aktionären Rendite. Auch die Einsiedelei im Park von Painshill, die der exzentrische englische Adlige Charles Hamilton aus Tannenholz erbauen ließ, wurde in den 1940er Jahren zerstört, um daraus Feuerholz zu machen. Hier jedoch wurde die Eremitenklause vor einigen Jahren nach historischen Vorlagen wiedererrichtet. Besucher aus China, Griechenland, Israel, Frankreich, Deutschland und allen anderen Orten der Welt können dort nun im geselligen Austausch über die alte Menschheitsfrage nachsinnen, wie wünschenswert es ist, allein zu sein.

RÓŽA DOMAŠCYNA

GEH DEM GESANG NACH

Gedichte

BITTERKLEE

die göttliche biene braucht ihn
du laß dich besser touristisch vermarkten
auf dem lochkäse der erdkruste dem urlaubsparadies
bis du dich hinlegst in den frisch aufgeschütteten
boden eingehst ihn bildest als wiederkehr
ein glücksklee dessen blüte die göttliche biene anfliegt

GEH DEM GESANG NACH

den du zu verstehen vermeinst
in einer gegend vielfach verformt
trete fest auf und durch die böschung
tauche ins wasser zu den getilgten orten
deren namen verschwimmen silben
hörst du wag einen schritt weiter schon
umspielen dich wellen wie wind du stehst
immer noch auf der eurasischen platte
umringt von mollusken hörst du
das getrampel von füßen das wischen
von flossen spuren im stein leiten dich
ziehen dich an sich du beugst du legst dich

AM FLIESS AUF DER INSEL

in der stadt Luba oder auf San Michele, Venedigs friedhofsinsel. Die gondeln gondelten vorüber, oder waren es kähne. Wir saßen jedenfalls am wasser, horchten dem stillewerden zu und wollten dem endgültigen gestilltsein entkommen. Jeder für sich vernahm, wie das wasser niemals lautlos dahinglitt. Dahin, wie Ezra Pound unterm lorbeergebüsch oder der fisch ohne namen, der im ab und auf der vorbeischippernden gefährte ans ufer gedrängt und wieder zurückgezogen wurde. Dabei rührte er sich nicht. Wir sprachen unsere verunsicherung fort, erzählten gewichtig von verockerung, fließgeschwindigkeit und vom blau des sienafahlen himmels, vermeinten die farbe in der blüte der wegwarte zu finden und gaben dem fisch den namen des heidegottes Crodo. Seine rückverwandlung schien schon eingesetzt zu haben. Die luft stand unter dem lichtgeschaukel, das uns die bäume vorgaukelten. Voll im blatt noch alle. Ganz nah am wasser tranken wir den trockenen roten, den wir seit jeher liebten. Und irgendwie war uns nach gesang, obwohl ungeübt. Die fröhlich machen sollende strophe klang nach klagelied. Das kommt vom Crodo zu unseren füßen, wußte ich. Das kommt von den toten unter unseren füßen, wußtest du. Derweil die passagiere in den kähnen oder gondeln johlend uns zuwinkten, die wir ihnen zuprosteten. Wie nur dem endgültigen gestilltsein entkommen? Wir schmiegten uns aneinander, zwei verängstigte kinder. Pound riet: *Geht zu denen, deren Scheitern versteckt ist.* Paul Gerhardts letzte worte fielen uns ein: *Kann mich doch kein Tod nicht töten.* Wir tranken aus und falteten unsere leiber ineinander. Am fließ, auf der insel. Das war der anfang.

UND DA KAM DAS KIND MIT DEM STEIN

Feldstein, sand klebte dran. Es kam mit dem roller. Blieb vor mir stehen und sah mich an. *Bist du eine katze, die frösche frißt!* Ich erkannte den uralten gruß. Das trifft eher auf dich zu, mager, wie du bist, konterte ich. Es legte den stein in meine hand. *Kannst ihn haben,* sprach es. *Kostet ein goldstück! Hier habt ihr doch schon jeden stein verkauft, nur diesen habe ich mir genommen. Also entscheide dich schnell.* Ich zögerte. *Hab mit ihm gespielt, er war teil der böschung um einen froschteich,* erklärte es. Das wasser wurde doch abgepumpt, warf ich ein. *Mein teich hielt das wasser bis jetzt! Nun haben die frösche einen froschkopf wie eine aalraupe. Hab hier einen für dich, kostet auch ein goldstück!* Ich gab ihm zwei gelbfarbene geldstücke, erhielt stein und frosch. Das kind biß in das geld und steckte es ein. Der frosch sprang mir aus der hand und war fort. Nun liegt der stein auf meinem tisch, als erinnerung an einen ort, den es nicht mehr gibt. Immer wenn ich ihn anseh, kommt mir das auflachen des kindes in den sinn, als stein und geldstück den besitzer wechselten, der frosch entwischte. Wohin mag es das kind verschlagen haben? Baut es immer noch teiche für frösche? *Den fröschen gefällt das quaken wie der lerche das lied,* hat es damals gesagt und gefragt: *Was gefällt dir besser?* Ich hatte mich für das quaken entschieden, um dem kind einen gefallen zu tun. *Das quaken steckt in deinem frosch und kostet ein goldstück!* Ich gab ihm noch ein geldstück. *Soll ich ihn wieder für dich einfangen? Kostet ein goldstück!* Ich wollte mich entfernen. Das kind stellte seinen roller quer vor mich hin, zog aus seiner manteltasche einen weiteren frosch und gab ihn mir. Ein geldstück wechselte den besitzer. Der froschkopf war ein aalkopf, überhaupt wurde aus dem frosch in meinen händen ein aal. *Jetzt hast du einen aal, kostet ein goldstück.* Der aal entwand sich mir. Ich ging, das kind setzte mir nach, trieb seinen roller schneller. *Kostet ein goldstück!* Knapp vor ihm erreichte ich mein auto, setzte mich hinein, verriegelte die tür. Startete. *Der frosch flieht vor dem hasen und der hase vor dem fuchs,* hörte ich das kind noch rufen. Und es lachte, lachte.

KEINE ÜBERLIEFERUNG WIE ES WAR

setz die beine achtsam in der hand
den grubenkompaß von vater und großvater
weiß nicht mehr wie großvater aussah

richte den kompaß in alle richtungen
himmel! die struktur eines baumwipfels
spiegelt die eingeweide der erde
wie auf dem röntgenbild die lunge des vaters
meine spüre ich kaum ich atme
selbstverständlich verästelungen aus erkenne
einen lichtstrahl in der gehängten stunde erinnere
die verwirbelungen des ersten warmen regens
in jenem frühling als die seuche uns lähmte
wie unvermittelt brach es ein das sichtnehmende
gegenlicht im sommer und auf welche art
sich feuerlinien auf meiner haut bewegten
als sich das getreidefeld über uns schloß
mit gotischen bögen uns schattete, liebster

das waren fakten ich erzähl sie die enkel
schlußfolgern: das hast du schon hundertmal …
so bleiben die fakten wie sie sind und wir

im erinnern an uns an die ostprovinz
mit dem kompaß der nach westen wies

FREMDE SCHERBEN

kopf einer statuette aus pfeifenton
zylinderamphore trichterhalskanne
mit standfuß 1300 vor Christi
fundort tagebau indirekt beleuchtet
ausgeleuchtet die konische tasse kunstvoll
zusammengeklebt scherbe mit stempelzier
kleine unstimmigkeiten in der spaltenführung
irritieren das gesehen habend
gehört zur bildung wo geht es jetzt weiter

GEBLIEBEN

diese exponate: mikrolithen 5600 vor Christi
randscherbe eines verkrusteten siedegefäßes
mit pechresten 14. jahrhundert der fuß eines
stangenbrechers im museum
   im nahen park des Peter August von Schönberg
unter mithilfe von Pöppelmann d. j. der löwe im wappen
und die palme aus sandstein als bezug zu den kreuzzügen
winters im holzkasten den lästigen blicken verborgen
   im nachbardorf motive die Tröger malte: kühe gärten häuser
ein traktor auf dem feld manchmal menschen die bilder
gehängt in die wohnstuben Laske als Radierung in Laske
   in der vitrine der teller mit den gekreuzten blauen
schwertern den großmutter gehütet hat als geschenk
ihres bruders der diente bei den husaren in Dresden
   wo aber ist jener abgeblieben aus der 9. landwehrdivision
der ihr feldpostkarten schrieb die letzte aus Grand Pré
vom november 1916 dein Georg
   das buch von Homer mit widmung das vater dem onkel schenkte
den du nie kennengelernt hast verschollen 1944 bei Kruševac
zu den partisanen wollte er
   und der kranz mit getrockneten blumen von Lenka
mit achtzehn zwischen die fronten geraten erschossen

die handschuhe der mutter aus blauer schafwolle innen
gepolstert auf dem ehemals eigenen acker getragen wärmen noch
die brille liegt stoßsicher im etui der orgelspielerin
welche die jahrtausendwende noch erlebte in ihrem liederbuch
das heiligenbild der Cäcilie von Carlo Dolci täglich übte sie
die klänge du hörst sie sobald du das etui öffnest
die tasten des computers berührst in der sprache schreibst
die gemeinhin als makuliersprache abgetan wird
du spürst den chitinpanzer um die worte
indem du buchstabe an buchstabe reihst und nicht darüber
nachdenkst wer sie erfand und wo
du hast scherben behälter blätter und bilder
reichst sie weiter

GÜNTER KUNERT

REISESKIZZEN AUS SÜDITALIEN

Abstieg ins Vorvorgestern

»Jene alte Stadt, am Fuße des Vesuvs liegend, war vollkommen mit Lava bedeckt, die sich durch nachfolgende Ausbrüche erhöhte, so daß die Gebäude jetzt sechszig Fuß unter der Erde liegen. (...) Jammerschade daß die Ausgrabung nicht durch deutsche Bergleute recht planmäßig geschehen«. Goethe, unsere späterhin so berüchtigte nationale Überheblichkeit naiv enthüllend, spricht hier von Herculaneum, das 79 n. Chr. zusammen mit Pompeji und Stabiae, dem heutigen Castellammare di Stabia, unterging. Aber während das Weimarer Allround-Genie noch in eine »Gruft« hinuntersteigt, um bei Fackelschein die Überbleibsel des Altertums zu bestaunen, steht der Besucher gegenwärtig inmitten der freigelegten Ruinen jener nach Herkules benannten Ortschaft oder schlendert durch die Gassen und Straßen. Eine von ihnen, eine Hauptstraße, die vom Festland zum Meer hin schnurgerade den Ort durchläuft, besitzt eine besondere Eigenart: Während an ihrem oberen Anfang die Bürgersteige im Vergleich zur Fahrbahn höchstens fußhoch sind, wachsen sie im weiteren Verlauf immer mehr, senkt sich die Fahrbahn zwischen ihnen ständig weiter ab, so daß die Trottoirs zu Mauern werden, zwischen denen der gepflasterte Damm schließlich in einem Tunnel verschwindet, an dessen Ausgang vor der Katastrophe sich das Wasser der Bucht breitete. Dieser direkte Zugang ist verschwunden, die Asche- und Schlammassen haben das Ufer hinausgeschoben: Der Verursacher, ein doppelhöckriges Massiv, ist dem Besucher stets präsent. Sobald er den Blick hebt, sieht er den lastenden Schatten des Vesuvs über sich, ein *memento mori*, das nur unter bestimmten Licht- und Witterungsverhältnissen seine Schwere verliert, indem es die zarte Bläue einer entrückten Ferne annimmt. Aufs Meer kann man nicht mehr hinausschauen: Das archäologische Areal, einst von einer zwölf Meter dikken Schicht vulkanischer Produkte bedeckt, liegt nun viel tiefer als das moderne Ercolano, das von ganz anderen tödlichen Gefahren als seine Vorgängerin bis unter die Dächer erfüllt ist. Denn man bewegt sich mit dem Wagen (wie übrigens in den meisten italienischen Städten) nur zentimeterweise in einer derart dichten Kohlendioxidwolke voran, daß man sein Ziel halbvergiftet erreicht. Und erst zwischen den antiken Ruinen, ausschließlich den Fußgängern vorbehalten, kommt man wieder zu Atem.

Schaut man aus dieser nahezu quadratischen Grube auf das soeben durchquerte Verkehrsinferno zurück, erblickt man neue Ruinen, als setze sich die uralte Polis in die Neuzeit auf ihre Weise fort. Die Ausgräber haben die sie hindernden Wohnhäuser abbrechen müssen, und nun rahmt ein fast bombenkriegsähnlicher Hintergrund das Vorvorgestern ein: aufgerissene Stockwerke, halbe Zimmer, Tapetenreste, Farbspuren, Wohnspuren von größerer geschichtlicher Nähe als die hier in der Tiefe. Und über dem allen ein Himmel, der so tut, als habe er niemals ein Wässerchen oder ein Menschenherz trüben können.

Sic transit gloria mundi

Fast am Ende der nördlichen Golfküste liegt eine Ortschaft, deren Name, oder vielmehr, deren schlechter Ruf durch die ganze Antike hallte: Baia. Nicht ohne einen Unterton von Entrüstung meint unser Lexikon: »Marius, Pisa, Pompejus, Julius Cäsar, Antonius, Lucullus, Varro u.a. hatten hier Landhäuser, die den Sitz des üppigsten Luxus bildeten. Horaz zog Baiae allen Orten der Welt vor; Seneca warnt vor diesem Badeorte, wenn man Herr seiner Leidenschaften bleiben wolle. Denn öfters wird B. als eine Stätte der Wollust und Üppigkeit geschildert; Seneca nennt es geradezu eine Herberge des Lasters.« Letzteres sucht der Reisende nun vergebens, und auch die Bauten der aufgezählten »Großen« sind vom Erdboden verschwunden. Reste von Thermen, wie mit dem sie tragenden Fels verwachsen, staffeln sich hügelan; mächtige Trümmer von Tempeln beweisen immerhin, welche Bedeutung der Ort einst hatte. Das Relikt des Venus-Tempels, ein turmartiger riesiger Stumpf aus rötlichem Ziegelwerk, wacht über die Einfahrt zum Hafen, von dessen Pracht und Herrlichkeit nichts geblieben ist als ein blauuniformierter, goldbetreßter Hafenmeister, der auf die Frage nach einem Parkplatz entrüstet den Verdacht von sich weist, ein Parkwächter zu sein. So stellen wir den Wagen unter den Schutz der Venus und an das hohe Gitter, das ihr ehemaliges Haus abschirmt. Noch bevor hier römische »Wollust« herrschte, war dieser Hafen der Hafen der berühmten ersten griechischen Siedlung auf italischem Boden: Cuma. Nun rosten zwei Dampfer mittlerer Größe am Kai vor sich hin, wohl eher Küstentransporter, und auf der kaum bewegten See dümpeln ein paar Fischerboote. Die meisten jedoch ruhen kieloben auf der Mole, bunte hölzerne Gefährte, die von alten Männern repariert und neu gestrichen werden. Parallel zur Mole verläuft eine Reihe von bonbonfarbenen einstöckigen Häuschen, die kaum bessere Tage gesehen haben und nichts von Nero und seinen hiesigen Besuchen ahnen: »Sobald er (…) am Golf von Baiae vorbeisegelte, wurden jedesmal bestimmte Stellen des Ufers eingerichtet, wohlausgestattete Lusthäuser, wo selbst vornehme Frauen die Wirtinnen machten und bald hier, bald dort ihn zu landen einluden«. Soweit Sueton, der nun wohl kaum etwas über die Erscheinungsweise des Platzes zu sagen wüßte. Auch wir wissen hier nicht mehr anzumerken, als daß der Hafenmeister uns am Ende bis zum Auto verfolgte, um, während wir schon starteten, noch einmal zu beteuern, daß er ganz gewiß kein Parkwächter wäre. Vom vergangenen Ruhm hat sich nicht mehr erhalten als eine Spur von Stolz und die Befürchtung, mit einem sozial niedriger Stehenden verwechselt zu werden.

Armut und großer Glanz von außen

Noch einmal Baiae, das sich längst Baia schreibt: Es wird von einer gewaltigen Zitadelle überragt, die zur Kleinheit des Ortes in einem grotesken Mißverhältnis steht: Erbaut von den Spaniern, diente sie einst der Sicherung spanischer Herrschaft über Teile Italiens. Ihre vieleckige und ausgedehnte Silhouette vor dem leuchtenden Himmel lädt ein, sie aufzusuchen. Ihr Tor steht offen, doch wird, nachdem man einen Passanten nach der Besuchsmöglichkeit befragt, letztere verneint. Trotzdem fahren wir ein: durch ein breites Tonnengewölbe, in dem rechterhand an einer Tür ein Schild mit dem verheißungsvollen Wort »Kustode« hängt, ohne daß jedoch der so Bezeichnete in Erscheinung träte. Hinter dem mächtigen Wall öffnet sich ein Platz, bestanden mit alten Bäumen, blühenden Büschen und Blumen und einem Weg, der zu einer Rampe führt, auf der man hoch hinaus möchte, um die Aussicht, deren Einzigartigkeit schon auf dieser Plattform auffällt, noch zu erweitern. Rechterhand dieser endlosen Rampe begleitet den Besucher eine Brustwehr, über die hinweg Küste und Meer, Licht und Bläue, Schiffe und Möwen, Felsen und Untiefen sich immer besser übersehen lassen. Linkerhand der Rampe niedrige Bauten in desolatem Zustand; vergitterte, aber zerschlagene Fenster, abblätternde Farbe, dann: eine offenstehende Tür, aus der Radiomusik und Stimmen dringen. Hier gilt es, noch einmal um Erlaubnis zur Besichtigung zu fragen. Einige Männer, die sich unterhalten; einer macht eine gewährende Geste, doch schon nach wenigen Schritten erscheint jemand hinter uns, um uns als unerwünschter Cicerone zu begleiten. Denn er hindert uns, manche Distrikte des verfallenden und nahezu leeren Bauwerkes zu betreten. Uns voran tritt er durch Türrahmen ohne Türen, steigt über faulende Matratzen hinweg und ignoriert Räume, in denen sich zerbrochenes Mobiliar stapelt. Im Düster dieser unbewohnten Kuben steckt die noch ungenutzte Chance einer ganzen Horrorfilm-Serie. Aus dem Kopfsteinpflaster ansteigender Wege und Treppen wuchert wilder Pflanzenwuchs, aus nicht mehr einsehbaren Ecken sprießt Gebüsch, Scharen von Eidechsen huschen irgendwohin davon: Sie erscheinen als die wahren Herren der Festung. Unser Führer weist auf Risse im Mauerwerk der kerkerartigen Aufbauten: Male des letzten Erdbebens. So erreichen wir die oberste, fußballfeldgroße Plattform, auf der uns wütend kläffende Hunde entgegenstürzen, um sogleich von Frauen, die aus den Türen kasernen- und barakkenähnlicher Flachbauten treten, zur Ordnung gerufen zu werden. Wäsche ist zum Trocknen aufgehängt, ein paar Kinder spielen verloren auf der besonnten Fläche, über die wir zur Brüstung gehen, um einer Aussicht teilhaftig zu werden, deren Kontrast zur Trostlosigkeit hinter unserem Rücken überdeutlich ist. So begnadet und einmalig ist die Landschaft ringsum, daß man Johann Wolfgang nur zustimmen kann, der angesichts dieser Vedute schrieb: »Mir ist schon genug daß ich das Bild in der Seele habe und mag nun wohl gelegentlich wieder in das Bergland zurückkehren …« Im zögernden Verklingen dieses Satzes liegt das aufseufzende Sichabwenden von diesem Anblick, von dem man im ersten Moment weiß: Er ist unvergeßlich. Freilich: Das Bild des Elends und der Armut, zu dem man sich nach traumverlorenen Sekunden umwendet, bleibt ebenso in der Seele, und der Kopf will nicht begreifen, wie das Grandiose der Umgebung mit der Kärglichkeit hierher versetzter Existenzen in Übereinkunft steht.

Gestein

Sobald man absieht von den Gegenständlichkeiten einer für den Trost wenig geeigneten Zivilisation und sich dem zuwendet, was immer da war, Gewässer, Gewächse und Felsen, empfindet man beruhigend die Dauer naturhafter Dinge. Zwischen dem Gemäuer einer antiken Villa, das sacht in den Urzustand zurücksinkt, steht die Zeit still. Die Steine sind von der Sonne erhitzt, so daß sie sich unter der Hand wie belebt anfühlen. Drückende Wärme in dem Quadrat der Wände, die den Eindruck machen, als seien sie über Jahrhunderte hinweg immer tiefer in den Boden gesunken. Selbst die Eidechsen verharren erstarrt und reglos. In den Wipfeln der ihre Arme weit ausspannenden Kiefern spürest du keinen Hauch. Tief unten in der Bucht reflektiert das Wasser das Licht und zwingt die Lider zum Spalt zusammen. Einsamkeit: Und alle Historie fällt von dir ab, Schichten von Dreck. So könntest du vor undenklichen Tagen auf dem zernarbten Felsen gehockt haben, den Blick hinaus und hinunter gerichtet, wo, winzig unter weißem Segel, Odysseus vorbeizog, genau hier, vor *Surrentum*, Sorrento, Sorrent, das, wie ein unbestätigter philologischer Glaube meint, seinen Namen von den Sirenen erhalten habe, deren Gesang von hier aufs Meer drang, um die Seefahrer anzulocken: Mythe, die unter solchem strömenden Licht, auf solchem Auslug zur begreifbaren Metapher wird, die nichts anderes besagt, als daß diese Küste selber die Verlockung darstellte, vor der sich die Vorbeisegelnden zu hüten hatten. Darum auch und keineswegs zufällig wird der Platz der

Sirenen verschiedenen Stellen des Golfes zugeordnet, um den Zauber, der das Kennzeichen der ganzen Region ist, bildhaft zu benennen.

»Bellevue Syrene«

Nicht, weil sich die schöne Aussicht mit der gesanglichen Verlockung im Namen vereint oder weil Fassbinder in den Räumen einen Film gedreht hat, war uns dieses Hotel empfohlen worden, sondern wegen seiner Altertümlichkeit und wegen seiner ruhigen Lage: Beides erwies sich als der Empfehlung entsprechend. Einst 1750 als Villa erbaut, wurde der Gebäudekomplex mit dem blumen- und pflanzenreichen »Patio« 1820 zum Hotel erweitert: zwischen den zartfarbig gestrichenen, mit zahlreichen Bildern bedeckten Wänden lebt ein Hauch des 19. Jahrhunderts, anheimelnd und museal zugleich. Sein Standort ist, wie bei seinen Nachbarn, der Felssturz der Tuffsteinküste: Unter der Doppeltür des schmalen Balkons geht es beängstigend steil und tief abwärts, vor sich hat man nur die Weite des Golfs und gegenüber den Vesuv mit dem hellen Band der Bebauung zwischen Wasserfläche und Bergmassiven. Wagt man sich bis zum Geländer vor, erblickt man unter sich ein schmales Strandstück sowie Anlegestellen für Boote, auf denen sich winzige Figürchen sonnen. Man ist dem Himmel näher als der Erde, wie in einem Schwalbennest, zwar flügellos, und doch erhoben. Eine Treppe tiefer befindet sich Historie und nicht zuletzt auch Literatur: »Wenn man«, so liest man neugierig, »auf einer Straße unterhalb des Hotels Bellevue Syrene hinabläuft, gelangt man zu einem Fels, auf dem sich Reste römischer Bauten erheben, die das Gewölbe einer Grotte tragen. Es sind die Ruinen des Venustempels, in dem Vergil während seines Aufenthalts in *Surrentum* zusammen mit dem Kaiser Augustus der Göttin einen Cupido aus Marmor für einen erfolgreichen Abschluß der Dichtung Aeneis opferte.«
Aber die zeitgenössischen und weniger bedeutenden Touristen lassen sich durch einstmals anwesende Prominenzen nicht bei den Genüssen der Welt stören. Im Gartenrestaurant des Hotels sitzt eine schottische Reisegruppe, meist Pensionäre, Frauen und Männer getrennt, welch letztere mächtige Bierhumpen vor sich haben, weil, wer seine Gewohnheiten aufgibt, sich selber verliert. Dabei sind sie schon beunruhigt genug der überall umherhuschenden Eidechsen wegen, über deren ungehindertes Vorhandensein sie in Edinburgh vermutlich niemand aufgeklärt hat. Sie wirken leicht deplaziert, doch das Hotel und Sorrent selber haben schon zu viele Gäste überstanden, um davon noch Notiz zu nehmen. Andere Besucher reisen mit ihrer Privatyacht an und ankern nur ein paar hundert Meter Luftlinie von unserem Balkon entfernt. Aber noch ist auf dem Wasser wenig Betrieb. Ein paar vereinzelte Fischerboote, die, sobald der Abend kommt und

der Vesuv unsichtbar und Neapel zur Leuchtschnur wird, mit grellen Azetylenlampen zum Fischen hinausfahren: Supernovae in sich verdichtender Schwärze. Oder es erscheint die Schar wildgewordener Müßiggänger in der Bucht – plötzlich wie aus dem Nichts in zehn, zwölf Motorbooten, dahinschießend mit bedrohlichem Tempo, so daß sie lange und lang vorhaltende Wirbelspuren hinter sich herziehen, über die sie rasend hinwegkreuzen, eine sinnlose Jagd, die, so schnell wie sie kam, verschwunden ist, um die durch die Dämmerung grenzenlos gewordene Fläche leer und glatt zurückzulassen: keine Aeneiden, zu deren Gedächtnis einen Gesang zu schreiben sich lohnen würde.

16.5.83

Capri

Je weiter in die Zeit zurück, desto unvorstellbarer das Dasein unserer Vorläufer: Wie sie da auf dem gleichen Felsen gesessen haben mögen, unter dieser gewaltsamen Sonne, den Blick aufs Meer, im Schatten von schwermütigen düsteren Kiefern, in einer Stille, die unwiederbringlich ist. Nicht ihre Gesten, ihr Aussehen, ihre Posen verweigern sich der mittäglichen und matten Beschwörung, sondern die Art ihrer Wahrnehmung. Leicht nähern wir uns ihren Gestalten über die Zeiten und über die nachgiebige Fläche aus braunen abgefallenen Nadeln. Man muß die eigenen Glieder lockern, sich selber auf den Boden betten und mit den Fingerspitzen den Tuffstein betasten, um schließlich doch nichts von ihnen zu spüren. Sie sind schon zu entfernt und so tief in die Poren des Gesteins eingezogen, daß man sie in keiner Hinsicht mehr erreichen kann. Selbst wenn der Archäologe mit seinem Hammer sorgfältig Brocken um Brocken zerschlüge, um an jene innersten Einschlüsse zu gelangen, wo vielleicht doch noch irgend etwas von ihnen als kaum erkennbares Kondensat bewahrt sein mag, es verdunstete sofort und unerkannt in der Hitze, und es bliebe nichts außer Bergen von Schotter, der in der gleichen Tonart schwiege wie der übrige Fels.

22.8.83

ZSUZSA TAKÁCS

DIE FREMDE

Gedichte

IN EINEM CAFÉ AM RING

Ich saß mit der Blinden Hoffnung am Ring,
an einem wackligen Tisch auf dem Gehsteig
vor einem kürzlich eröffneten Café. Wir saßen und unterhielten uns.
Sie fragte: Wie sind die Straßen zu Frühlingsanfang?
Ich sagte: schmutzig, das Herbstlaub
verrottet ungekehrt am Fuße der Häuser.
Und die Gesichter der Menschen? fragte sie dann.
Frag nicht, sagte ich, sie taxieren einander
mißtrauisch, und du hörst ja, denn du bist blind,
nicht taub, wie ordinär sie reden.
Und was für Kleider tragen sie? versuchte sie es noch einmal.
Ich schwieg, dann fing es zu regnen an,
die Tropfen klopften auf die Plane über uns.
Es regnete und die Sonne schien unbeirrt weiter.
Sollte ich ihr von den zerrissenen Jeans erzählen,
hatte sie denn nicht genug Sorgen? Von den formlosen, schmutzigen
Plastiksportschuhen? Die Autos spritzten
Schlamm auf den Gehsteig. Ich wollte zahlen.
Sie bat mich zu bleiben. Sie höre die Schritte von Engeln,
sagte sie, das Huschen ihrer nackten Fußsohlen,
wie sie in glänzenden Kleidern übers Wasser gehen.
Sie sagte, sie spüre die Tropfen des Meeres auf ihrem Gesicht.

DER GRÜNE ANORAK

Sie sitzen vor dem SPAR, zwei bekannte Lumpenhaufen,
ein Bettler um die Siebzig und seine Lebensgefährtin in ihren Sechzigern,
seit kurzem erst zusammen, er macht uns auch sofort
bekannt. Ich stelle mir ihr gemeinsames Leben vor.
Ihre Ferien im nahen Park, die Regentage,
ihr Ehebett: unter den Büschen, die Unmengen verdorbener
Speisen, die sie gegessen haben, den Winter auf der Tbc-Station
des Johannes-Hospitals, ihre Einsamkeit im Krankensaal
mit acht Betten, den Ekel der Patienten, den Streit
unter den Ärzten, bei dem schließlich das Mitleid und / oder
das Argument der Infektionsgefahr obsiegte.
Ich erinnere mich an den ersten Frühlingstag, als er
geheilt *»nach Hause entlassen«* wurde.
Mir hat mein Zuhause schon sehr gefehlt, seufzte er.
Da war er schon wieder allein. *Wie meinen Sie das?*
fragte ich: *Na, die Straße!* und er zeigte
und erklärte es mir, als wäre ich vom Mars.
Schließlich war es der in Amerika gekaufte grüne Anorak,
der meinen Groll entfachte. Ein altes Stück, makellos
und warm, jahrelang hatte ich darin Schnee geschippt,
und ihm hatte man seinen Mantel geklaut. Wieder war Winter.
Blaugefroren, allein saß er an seinem gewohnten Platz.
Ich ging nach Hause und brachte ihm den Anorak. Er stand auf und
umarmte mich.
Seine gesprungenen Lippen berührten mein Gesicht. Ich stieß
ihn von mir, wischte seinen Speichel ab,
er stammelte etwas. Ich schämte mich.
Es war eine tote Zeit, der Verkehr stand still. (Die Stadt
empfing gerade einen Gast – einen Tyrannen aus dem Osten.)
Unsere Szene hatte keinen Zeugen, keiner
sagte, *wenn man denen den kleinen Finger reicht,*
wollen sie gleich die ganze Hand! Aber ich spürte,
einer sah zu, den ich nicht sehen kann, der an jeder
Straßenecke hungert und friert und Gericht sitzt über mich.

DIE FREMDE

Gestern habe ich mein Tagebuch gelesen,
von vorn bis hinten, mein ganzes Leben, wie es heißt. Doch
ich fand nichts Erwähnenswertes darin.

Ich hatte genug Zeit, es regnete den ganzen Tag.
Aus den Fächern meines Schreibtischs ergossen
sich Notizen über Notizen: »Geständnisse

einer Antragstellerin«. Der Einbürgerungsbeamte
klopfte ungeduldig auf den Tisch, er suchte
nach einem annehmbaren Grund, um mir

eine günstige Beurteilung zu geben.
Doch ich konnte es nicht verleugnen,
ich bin eine Fremde. Und so wies er mich ab.

VERWANDLUNGEN

Plötzlich erwachst du mitten in der Nacht,
neben deinem Kopf auf dem schneeweißen Laken
siehst du einen schwarzen Käfer, erstarrt,
er schaut dich an. Du wischt ihn mit dem Kissen fort und
fängst an, ihn auf dem Boden zu suchen, hoffst,
daß es ein Hirschkäfer war. Weil Licht an ist, öffnet der,
den du liebst, die Tür. Was Schlimmes? fragt er.
Daß alles nur Einbildung war, weißt du nur,
weil du dich nicht so sehr gruselst,
als wenn du's nicht geträumt hättest. Nein, nichts, sagst du.
Ja, du weißt, daß es was Schlimmes ist. Der, der zuvor
auf deinem Kissen lag, beobachtet dich schwarz und starr.

Aus dem Ungarischen von Terézia Mora

SZILÁRD BORBÉLY

DER BULGARISCHE SCHAFFNER

1. »Die Sprache der Bulgaren ist in Europa unbekannt, und nicht anders verhält es sich mit der der Ungarn. Dennoch erheben die Ungarn Anspruch darauf, zu den europäischen Nationen gezählt zu werden. Denken sie, sie könnten dies wegen ihrer Religion beanspruchen? Oder glauben sie durch ihre Geschichte dazu berechtigt zu sein, die sie für einen Appendix der westlichen halten? Der Europäer spürt eine asiatische Fremdheit bei den Ungarn, bei den Bulgaren auch eine religiöse. Ihre Sprache beurteilt er, wie die Laute der Natur, nach Klang und Melodie. In einem Dialog zwischen Bulgaren und Ungarn bleibt, wenn wir diese Möglichkeit als Allegorie einbringen wollen, kein Platz für Europa.« (Das Zitat stammt aus einem parlamentarischen Redebeitrag von Julius Beneš. Ich danke István Vörös, der so freundlich war, mich darauf hinzuweisen.)

2. »3. September. Gestern abend ein Traum. Max und ich planen seit langem, ins Land der Bulgaren zu reisen. Eigentlich war es immer nur die Sehnsucht nach dem Exotischen, die uns trieb, wenn wir spielerisch darangingen, die Route dieser musischen Reise zu planen. Ungarn dachten wir uns immer so, als müßten wir es mit geschlossenen Augen hinter uns lassen. Es uns lieber vorstellen, als Blicke, hastige und gierige, herausfordernd prüfende Blicke darauf zu werfen. Mit dem D-Zug reisen, der nirgends länger Aufenthalt hat, nur einen Atemzug lang, wie wenn sich der Reisende hinausbeugt, in der Luft schnuppert, wie eine gewichtige, eine schwere Maschine, die schnauft und prustet und, ruhelos durch das brennende Feuer im Inneren, schon weiterstürmen will, immer weiter. So dachten wir immer an Ungarn, das die Sehnsucht kaum geweckt und gleich gestillt hat und dessen Stimme aus den Städten, von seinen überfüllten, verrauchten Bahnhöfen nicht bis zu uns reicht. Wir schauten immer aufgeregt aus dem Zugfenster, sahen reglose Gesichter vorüberhuschen, die erschrocken zu uns hersahen. Münder, die sich im Takt bewegten und uns vielleicht irgendeine Botschaft hätten übermitteln können. Vielleicht die einzige, die stets erwartete, die wichtigste, die wir je bekämen. Aber wir waren wie der Reisende, der durch den Zwang des Schicksals, als unerforschliche Strafe der Götter oder vielmehr infolge eines Irrtums ihrer alles erledigenden Hände die Kulissen seines Lebens hinter sich gelassen hat, in die er offenbar nie mehr zurück kann. An den Ufern an Land zu gehen, die er niemals, wirklich

niemals hätte erreichen, nicht einmal hätte sehen dürfen, ebensowenig wie die unberührbaren Tische, von umhereilenden befrackten Kellnern oder geflügelten Göttern für ihn gewissermaßen vorbereitet, deren aufgehäufte Köstlichkeiten zu kosten ihm aber nicht erlaubt war und an denen er sich, wie in den nebelverhangenen Landschaften seines Lebens, niemals niederlegen durfte. So sahen auch wir diesen Bildern hinterher und betrachteten, was die Linien der bewegten Münder versprachen. Und wie den honigsüßen und verführerischen Gesang der Sirenen hätten wir dieses Versprechen von uns gewiesen, wenn wir es nicht vielmehr als die bedrückende Last des unheilvollen Schweigens ebendieser Sirenen hätten empfinden müssen.

So glitt ich mit dir, Max, im Traum durch Ungarn, durch die Walachei, spurlos Europas Rand verlassend, und es war, als erfülle sich das Gebet des Sederabends, jene Sehnsucht, die uns nach Jerusalem zieht und mächtiger als die geheimnisvolle Schwerkraft nach Palästina, in die noch unbekannte, uns alle verschlingende Zukunft. So, mit diesem Glücksgefühl im Traum, ließ ich alle Angst hinter mir, die wir in Europa stärker spüren als die unergründliche Drohung der Zukunft, die durch ihr Schweigen noch beängstigender zu werden vermag als durch den verführerischen Gesang der Sirenen. In meinem Traum war all das ein Augenblick. Wir verließen Europa. Damals glaubten wir oder hofften vielleicht nur, es sei für immer.

Mitternacht war schon vorüber, als wir die bulgarische Grenze erreichten. Da jagte der D-Zug zwischen Bergen und Tälern dahin, bohrte sich in die dichte Dunkelheit, und das finstere Ungeheuer suchte schnaufend und prustend das Weite. Fern blinkten kleine Lichter auf, und im Traum sah ich, wie sich unserem Zug oben, in der Höhe, entsetzliche, furchterregend gewaltige Dämonen als Begleiter zugesellten. Es hilft nichts, daß wir Europa verlassen haben, dachte ich im Traum, wir nehmen die Geister mit uns, die durch all die vergeudeten, achtlos zurückgelassenen Laute zwischen unseren Wörtern zu Kräften gekommen sind und uns jetzt für immer begleiten.

Nicht einmal im Traum konnte ich schlafen, so wie ich auch sonst meine schlaflosen Nächte im Reich beklemmender Träume verbringe, und da ließ ich dich lieber im Abteil allein und trat in den Gang hinaus. Ich sah auf meine Taschenuhr, es war dreiviertel zwei. Am Ende des Ganges unterhielt sich der bulgarische Schaffner mit einem Mann. Er trug offenkundig eine lange Geschichte vor, war voller Leidenschaft, gab sich der Freude der Rede und des Redens hin und bemerkte gar nicht, daß sein Zuhörer ihn unaufmerksam mit den Blicken maß, in Gedanken anderswo war und von oben herab etwas schnarrte. Die bulgarische Rede des Schaffners war ein Donnern, in der reglosen Stille der Nacht wurde die Bärenartigkeit dieses untersetzten Mannes mit dem schwarzen Schnauzbart noch verstärkt durch sein halblautes, manchmal anschwellendes, von kleinen Lachern begleitetes Murmeln.

An den Mann erinnerte ich mich. Er war in Ungarn eingestiegen, hatte auf dem Bahnhof einer Frau zum Abschied zugewinkt, die eine sanfte, warme Schweigsamkeit an sich hatte, vielleicht war es Schwermut. Beide redeten in der weichen, sonderbaren, unverständlichen Sprache der Ungarn miteinander. Der Mann war bemüht freundlich und bemüht selbstbewußt, übertrieben eingebildet und zu eitel, um Angst oder Schmerz anderer zu bemerken. Dann trat er lässig auf die Treppe, und als der Zug schon anfuhr, hob er, während er sich mit der linken Hand festhielt, mit der Rechten vornehm den feinen, weichen Hut mit breiter Krempe, offenbar ein teures Stück, und schwenkte ihn in Richtung der sich entfernenden, immer weiter zusammenschrumpfenden Frau. Er bemühte sich, wie ein Bohemien zu wirken: selbstvergessen, rätselhaft und undurchschaubar, wie jemand, der, einem Zauberer gleich, Geheimnisse kennt, tiefe, schauerliche, unfaßbare Mysterien. Dies suggerierte auch sein selbstbewußtes Lächeln, mit dem er kurz darauf durch den Gang schritt, mit wichtigtuerischer Miene seinen Platz im Abteil suchte und sich niederließ. In Wirklichkeit wirkte er wie ein abgewetzter Schmierenkomödiant, der aus seinem weichen Hut sogleich Kaninchen ziehen, aus der Innentasche Tauben hervorzaubern oder ein jämmerliches Varietéprogramm improvisieren würde, um die teilnahmslosen Reisenden zu blenden.

Du weißt, Max, neuerdings sind die Großstädte voll von solchen Typen. Auch am Graben laufen nicht wenige davon herum. An der Grenze, als die verfetteten, beinahe zerfallenden Soldaten, die von kreuz- und querlaufenden Gurten straff zusammengeschnürt waren, seine Dokumente verlangten, sah ich zufällig, daß er mit einem internationalen Presseausweis wedelte, ihnen ins Gesicht lächelte und teure Zigaretten mit goldener Spitze anbot. Jetzt aber stand er draußen auf dem Gang und lauschte dem bulgarischen Schaffner, der in dem Zuhörer ein Mittel gegen Langeweile und Schläfrigkeit und zu seiner Zerstreuung gefunden hatte. Doch der Mann achtete eigentlich nicht auf das, was der Schaffner erzählte; wenn man ihn genauer betrachtete, war zu sehen, daß er nur die Musik einer fremden Sprache hörte und genoß. Seine Hand, in der er leger und elegant die Zigarette hielt, zuckte manchmal nervös. Wenn schon nichts anderes, so verriet doch zumindest dies, daß er ihn eigentlich verachtete, diesen Mann mit dem dichten türkischen Bart, mit der immer vertraulicher werdenden, einfachen Redeweise, dem spritzenden Speichel und anbiedernden Gesten. Ihn schützte die Gleichgültigkeit des Wohlstandsmenschen, die Haltung desjenigen, der sich dem Leben gegenüber immer im Vorteil fühlt, den niemals eine kleinliche Demütigung treffen kann, weil ihn seine Hülle bewahrt, das Selbstbewußtsein der vornehmeren

Klassen oder die Erhabenheit von Menschen, die in reicheren, ihre Bürger schützenden Ländern geboren werden, anders als die, die sich in einer ausweglosen Lage befinden. Diese Selbstsicherheit prägte jede seiner Bewegungen. Ich will nichts sagen, der Mann war nicht absichtlich böse, ich behaupte auch nicht, daß er diesen einfachen Schaffner, von dem ihn eine ganze Welt trennte, demütigen wollte, aus Langeweile oder nur zum Vergnügen. Die Welt einer anderen Kultur und einer anderen Vergangenheit, die, wie das Schweigen der Sirenen, auf jedem seiner Sätze lastete. Aber von dem Schaffner trennte ihn auch die verfeinerte Fähigkeit zur Leidenschaftslosigkeit der Beobachtung, deren Grundlage die Selbstbeobachtung ist. Dieses Werkzeug, diese Waffe der Herrschaft hat Europa ausgebildet und in den Jahrhunderten seiner intellektuellen Geschichte perfektioniert, um die anderen Völker zu unterwerfen und einzuschüchtern.
Diese Fähigkeit der Selbstbeobachtung des europäischen Menschen beruht jedoch immer auch auf Auslassungen, und obwohl er sich im klaren ist über das Bild, das er abgibt, gestattet er im Interesse seiner Ziele niemals, daß ihm dies zu Bewußtsein komme. Der Mann sah in diesem Menschen eine Art sonderbares Tier, und er fühlte sich dem Schaffner, je mehr sich dieser vergaß, immer überlegener. Der Schaffner wurde von der Erzählung, von der Leidenschaft des Redens ergriffen, er sehnte sich nach Publikum, nach Zuhörern, wie ein beleidigter und narzißtischer Schriftsteller, der in seiner Gekränktheit alles auf die Perfektion der Erzählung setzt. Mitgerissen von seinem eigenen Eifer, vom Strudel dessen, was er erzählte, erinnerte er immer mehr an diesen unglücklichen Autor. Es verlangte ihn danach zu gefallen, dieser Wunsch ergriff immer mehr Besitz von ihm, er sehnte sich nach Anerkennung seiner erzählerischen Leistung, und vielleicht hoffte er, daß seine Geschichte, was immer sie auch enthalten mochte, gutgeheißen und er dadurch freigesprochen werde wie nach einem Plädoyer oder einem perfekten Geständnis, das durch die Präzision seiner Ausarbeitung das Wohlgefallen der Richter gewinnt.
Der Mann jedoch spürte das, er erkannte, daß er seine Macht über ihn nur aufrechterhalten konnte, wenn er ihm seinen einzigen Wert nahm, den Besitz der Sprache und die Anerkennung ihres Gebrauchs. Er sah in die Ferne, aus dem Fenster, in der dunklen Nacht leuchteten immer mehr Lichter auf, der Zug bremste, der Schaffner hatte Verpflichtungen und mußte sich entfernen. Auch den Namen des schlecht beleuchteten Bahnhofs glaubte ich in meinem Traum zu sehen, in fremden, kyrillischen Buchstaben, die ich nur schlecht lesen kann, ich versuchte ihn zu entziffern, es konnte Biddin heißen, vielleicht Buddun oder etwas ähnliches. Es dauerte nicht lang, bis der Schaffner zurückkam, und der Mann, ich spürte es, war sich seines Sieges sicher. Von Anfang an war offensichtlich, daß der Mann die Sprache des Schaffners nicht verstand, dessen Schmerz

und Verzweiflung nicht an sich heranlassen und die Erzählung nicht nachsichtig und zugewandt anhören wollte. Es war unklar, wieviel der Schaffner davon begriff, aber etwas ließ ihn zusammenbrechen, er war mit seiner Kraft am Ende, der hilflose Männerkörper wurde vom Schluchzen geschüttelt. Der Sieg des anderen war perfekt, er schüttelte ihn, drehte den Schaffner zu sich und brüllte ihm heftig und drohend, wie das Klicken einer Waffensicherung, ins Gesicht. Sein Gebrüll war schmerzhaft scharf und gefühllos, dann machte er kehrt und ließ den gedemütigten, vernichteten Mann allein.
Da fiel mir eine übelwollende Bemerkung von Beneš ein, die ich von einem ungarischen Bekannten gehört hatte: Bulgaren und Ungarn sei gemeinsam, daß Europa, wenn es an ihnen läge, schon längst untergegangen wäre. Die nächtliche Szene überzeugte mich von etwas ganz anderem, nämlich davon, daß gerade die europäische Kultur diesem Mann die Stärke verlieh, das Vorurteil gegenüber dem anderen und zugleich die Fähigkeit zu präziser Beobachtung, was zusammen die Mischung ergab, die es ihm ermöglichte, gefühllos zu sein und auf erniedrigende Weise mit dem Schaffner wie mit einer Romanfigur zu spielen, über die er absolute Macht besitzt. In dieser Szene erkannte ich die Allegorie meines Lebens, meiner schriftstellerischen Pläne und Hoffnungen, als schmerzhafte Erkenntnis dessen, daß Europa heute, anders als in der Mythologie, nicht an die geraubte Schöne erinnert, sondern mit seinem Gleichmut, seiner Gleichgültigkeit und Verachtung vielmehr den Gesang der Sirenen zitiert oder noch eher ihr unheilvolles, drohendes Schweigen. Da beschlossen wir, erinnerst du dich, Max, daß wir ins Palästina unserer Träume auswandern wollten.«
(Bislang unveröffentlichter Abschnitt aus Franz Kafkas Tagebuch, aus den bei der Untersuchung der Oktavhefte entdeckten Fragmenten.)

3. »Als ich an der ›Aufgabe des Übersetzers‹ arbeitete, begann mich die Möglichkeit zu beschäftigen, wie das heuristische Ereignis des Verstehens zustande kommt und was die Übersetzung dazu beiträgt. Wie können wir irgend etwas verstehen, das nicht nur jenseits der Grenzen unserer Erinnerungen, Gefühle und unserer kulturellen Prägungen liegt, sondern auch für unsere Sprache das Fremde bedeutet. Wie ist es möglich, daß wir etwas verstehen, wenn wir für sein Verständnis keine Sprache haben, wie es sich bei der Übersetzung verhält, sofern wir nicht die Übersetzung selbst als eine Art Sprache ansehen wollen, als Gesamtheit von Regeln oder eher Momenten, noch dazu als die einzig ideale, gemeinsame Sprache, die beinahe schon auf die Idee einer vollkommenen Sprache verweist. Durch die Übersetzung kommt zwar eine gewisse verbale Vermittlung zustande, doch diese ist natürlich rudimentär, und wir wissen eigentlich gar nicht, was es ist, das man vermitteln kann, denn trotz der angenommenen und

tatsächlich existierenden Verwandtschaft der Sprachen ist es mit jeder einzelnen von ihnen doch wie mit einer Tulpe, die sich nicht vom Platz rühren kann, aber wissen will, welchen Begriff von der Welt der auf der Wiese wachsende Schlehdorn haben mag. Und obgleich beides Pflanzen sind und sich derselben solaren Metaphern bedienen können, gilt für beide ein abweichendes System von Analogien, wenn wir bei der Allegorie der Pflanze bleiben wollen und sofern wir die Sprache als ein mimetisches System komplizierter, oftmals indirekter, durch Verwebung einer Vielzahl von Analogien zustande kommender Zeichenketten betrachten. Und obgleich wir uns darüber im klaren sind, daß die neuen Bedeutungen aus der tiefen, verschwiegenen, niemals erreichbaren, nur durch interlineares Lesen erahnbaren Tiefe der Sprache an die Oberfläche gelangen, wird uns dies doch immer durch die Aufdeckung von Allegorien bewußt, die auch selbst stets einen Vermittler einsetzen, den sie aufgrund der Architektur der Allegorie keineswegs als Sprache, sondern als Wesen erscheinen lassen. Diese vermittelnden Wesen gewinnen, ebenso wie die Bedeutungen, die zu vermitteln sie berufen sind, ihr Sein aus den Spalten, Brüchen, Rissen und Abgründen, die sich zwischen jenen auftun. Wir sehen sie als Herolde vor uns, eingehüllt in die reglose Wolke der Geschichte, aus ihren Knöcheln sprießen winzige Flügelchen wie bei Hermes, sie lassen eine den Tiefen der Erde entsteigende, von üblen Dämpfen und Ausdünstungen vergiftete, zusammenhanglose wirre Rede ohne Sprache erklingen wie die Pythia. Oder sie sind aus furchterregenden Dämonen zu anmutigen Kindchen verwandelte mörderische Engel, die den Menschen, in Erinnerung an die Sprache im Garten Eden, Gottes fürchterliches Wort vermitteln. Weh dem, der sie versteht. Ihre Gemeinsamkeit besteht darin, daß sie allesamt Übersetzer sind, aber die Quelle ihrer Macht über Leben und Tod, das eigentliche Geheimnis der übersetzerischen Arbeit, den Menschen verborgen bleibt. Gewiß ist, daß sie, obgleich wir sie immer mehr als anthropomorphe Wesen betrachten, den geheimen Ursprung ihrer Kraft bis zum heutigen Tage für sich behalten haben, nämlich, daß sie in der Tiefe ihres Herzens mörderische Dämonen und Herolde des Todes sind. In ihnen können wir die vollkommenen Wesen sehen oder uns vorstellen, die Symbole der höchsten Aufgabe des Übersetzers sind, nämlich die fremden, sprachenlosen Bedeutungen zu einer faßbaren Sprache zu formen.

Zugleich braucht das Verstehen immer Sprache, und dies ist eine typische menschliche Eigenschaft, die paradoxerweise dennoch auf Perfektion hindeutet. Die reine Sprache wäre jene Form des Verstehens, wenn ein Sprecher die Sprache des jeweils anderen nicht kennt und dennoch – trotzdem oder gerade deswegen – ein Dialog zwischen ihnen entsteht. Ich denke dabei nicht an die alltägliche Erfahrung, daß Menschen, die in ein fremdes Land kommen, sich mit

Händen und Füßen verständlich machen. Obwohl auch in diesem Fall ein Verstehen zustande kommen kann, ist das doch die einfachste, in Wirklichkeit nur auf Aufrechterhaltung des Kontakts gerichtete Form der Kommunikation. Zu verstehen, daß der andere Durst oder ähnlich praktische, schnell zu befriedigende Bedürfnisse hat, kann nicht als Verstehen von Gedanken, von neuartigen, bislang unbekannten Bedeutungen betrachtet werden. Ich suchte nach Fällen von Dialogen ohne Sprache. Als ich in meiner Erinnerung bzw. der meiner Freunde nach solchen Geschichten forschte, empfahl mir mein ungarischer Bekannter die Erzählung eines ihrer für bedeutend gehaltenen Schriftsteller, an dessen Namen ich mich nicht mehr erinnere. Ich freute mich über den Hinweis, und als sich herausstellte, daß die Erzählung nur auf Ungarisch vorlag und noch in keine europäische Sprache übersetzt worden war, bat ich meinen Bekannten, mir den Zugang zu ihr zu eröffnen, und er übersetzte sie – da der Text nicht allzu lang war – gern ins Deutsche. Natürlich fertigte er keine literarische Übersetzung an, sondern beschränkte sich darauf, die inhaltlichen Zusammenhänge, den Gedankengang und die Besonderheiten zu skizzieren. In der Erzählung ging es darum, daß das Alter ego des Verfassers mit dem Zug durch Bulgarien fährt und die Landessprache nicht beherrscht. Als der Erzähler nachts nicht schlafen kann, geht er auf den Gang hinaus und beginnt ein langes Gespräch mit dem Schaffner, einem Bulgaren, aber so, daß dieser nicht ahnt, daß er nicht Bulgarisch kann. Die Erzählung unterscheidet zwischen Rede und Verstehen, denn diese lassen sich während der Kommunikation, wie der Erzähler wohlwollend anmerkt, leicht voneinander trennen. Den Versuch des Mannes, von dem der Erzähler anscheinend noch immer mächtig hingerissen ist, baut er auf diesen Unterschied auf. Da mein Bekannter seine Übertragung für mich, wie gesagt, nicht mit dem Anspruch einer literarischen Übersetzung angefertigt hat, kann ich den ästhetischen Wert der Geschichte nicht einmal annähernd beurteilen. Die Strategie des Erzählers verrät einen schrecklich narzißtischen und selbstgefälligen Text. Seine Blindheit entsteht durch die Anmaßung, »bulgarisch« als Kennzeichen für die Ausgrenzung und die bulgarische Sprache als ein der Macht der Rede fremdes Gebiet zu betrachten. Diese Blindheit ist nicht nur von kulturellem Chauvinismus, sondern auch von tiefer anthropologischer Xenophobie gefärbt. So wie die Juden zur Zeit Jesu fragten, ob aus Galiläa etwas Gutes kommen könne, ist der Erzähler unfähig, dem Attribut »bulgarisch« ohne Vorurteile zu begegnen. Weder er noch seine narzißtische Projektion, also der Protagonist der Erzählung, stellen durch den Text die Frage, die sich die Ungarn – meines Wissens – damals wie heute selbst oft stellen: was das Ungarische eigentlich sei.

Auf diese Weise wird »bulgarisch« zum anthropologischen Zeichen für etwas, das außerhalb des Systems steht, in dem seine eigenen kulturellen und zivilisatorischen Regeln gelten. Das Bulgarische wird im Text zum Kennzeichen des Ausschlusses, der Extraterritorialität, dabei ist es in Wirklichkeit nur ein beliebiges Accessoire, dessen Eignung einzig aus der Annahme resultiert, es befinde sich außerhalb Europas. Der Erzähler, stolz auf den europäischen kulturellen Rahmen seiner Sprachkompetenz, wählt für seine Fiktion einen Ort und eine Zeit, wo er in Gestalt eines bulgarischen Schaffners auf die Grenzen des Verstehens und der klassischen hermeneutischen Perspektive stößt. Seine Motivation ist der Sieg über die durch den Schaffner verkörperte Fremdheit, er unternimmt nicht den geringsten Versuch, sie zu verstehen. Darauf ist auch der Protagonist gar nicht aus. Der Erzähler der Geschichte deutet zwar nachträglich etwas derartiges an, gibt aber dann schnell und leichthin jeden Versuch in diese Richtung auf.

Der Erzähler weiß jedoch nicht so viel wie sein Held, der uns Lesern mehrere wesentliche Momente nicht mitteilt, so wie er auch gar nicht erst versucht, die Rede des Schaffners einer Interpretation zu unterziehen. Es entsteht eine Kommunikationsaporie aus der Situation heraus, daß ein Gesprächspartner gegenüber dem anderen immer einen uneinholbaren Vorsprung hat. Der Schaffner rollt nämlich die gleich einem Schneeball stetig anwachsende bulgarischsprachige Geschichte vor sich her, während sein Partner, der verbergen möchte, daß er die Sprache nicht versteht, sich bemüht, das Gespräch mit metakommunikativen Mitteln aufrechtzuerhalten. Es stünde in seiner Macht, das Gespräch als Kommunikationssituation aufzufassen, dazu unternimmt er jedoch keinen konkreten Versuch. Und der Erzähler möchte nur noch interpretieren, was er geschrieben hat, er verhält sich zum erzählten Ereignis wie zu einem Text. Den eigenen Text zu verstehen heißt natürlich nicht, auch die darin enthaltene Fremdheit zu verstehen, daher wird er dieser Erfahrung nicht begegnen. Auf die Fiktionalität der Situation verweist auch, daß der Leser, obgleich die Verwendung des metakommunikativen Repertoires ein wichtiges Element der Geschichte ist, weder vom Protagonisten noch vom Erzähler darüber informiert wird, daß die Bulgaren – anders als im europäischen Gestensystem – mit jener Kopfbewegung bejahen, die bei uns Verneinung signalisiert, während sie das Nein durch Nicken ausdrücken.

Der Ausschluß des »Bulgarischen« durch den Text ähnelt einem anderen Ausschluß, der in unseren Tagen Europa überschattet, dem der Juden. Im Krieg schweigen die Musen, heißt es. Europa bedroht ein Krieg nie gesehenen Ausmaßes, für den der erste Krieg nur die Generalprobe war. Kafka spricht in einem rätselhaften Text vom Schweigen der Sirenen. Das Schweigen des Mannes in der Erzählung ist nicht im Sinne des ›Zuhörens‹, sondern des ›verführerischen Schweigens‹ zu verstehen. Der an den geistigen Rändern Europas entstandene

Text des ungarischen Schriftstellers, an dessen Namen ich mich leider nicht erinnere, ist unsensibel und gefühllos und vielleicht gerade durch die in dieser offenen und groben Gefühllosigkeit zum Ausdruck kommenden Blindheit von überraschender Voraussicht. Ich will nicht glauben, daß diese Grenzen zu einem inneren Merkmal der Ungarn geworden sind; vielleicht liegt es eher daran, daß auch sie selbst an dieser Grenze, in dieser Projektion des Verachtetseins leben.«
(Ausschnitt aus Walter Benjamins Ausgewählten Aufsätzen, die in Bälde unter dem Titel »Das Schweigen der Sirenen« in der Übersetzung von Csaba Szabó im Osiris-Verlag erscheinen.)

Aus dem Ungarischen von Christina Kunze

CHRISTIAN LEHNERT

DIE JUNGEN AALE

Gedichte

DIE WIESENWEIHE (CIRCUS PYGARGUS)

Die Weihe öffnet sich dem Sturm / fast ohne Regung.
In Böen steigt sie auf und ruht in der Bewegung.

DIE SOMMERLINDE (TILIA PLATYPHYLLOS)

Der Lungenbaum / die Linde / atmet ein.
Die Blätter zittern / und der Wind dringt tief.
Weit draußen war der Baum und drinnen schlief
Die Wurzel / das Erinnern im Gestein:

Dort ist die Luft im Haargewirr zu Haus.
Dort ruhen / ungeschieden / Tag und Nacht.
Dort ist das Wachsende schon stumm gedacht.
Der Lungenbaum / die Linde / atmet aus.

GLÜHWÜRMCHEN (LAMPYRIS NOCTILUCA)

Ich bin im Sehen blind / ich bin im Hören taub /
Vor mir im Dämmern glänzt ein körperloser Staub.

ISLÄNDISCHES MOOS (CETRARIA ISLANDICA)

Die Zungen liegen weich auf Schotter und auf Schollen.
So fließen Flechten aus im Willen nichts zu wollen.

DER AUFBRUCH DER GRAUGÄNSE

Ein Schwingen / Laut und Schwingenschlag / gesagt
War nichts / doch nichts blieb seiner gleich:
Die Auen zitterten um einen Teich /
Dort war kein Land / dort war ein andrer Tag.

Ich stand in einer Schalung / einem Pochen /
Das in die Beine kroch / sah Flügel ragen /
Und Leiber stiegen auf / ein Tausendklagen /
Und alles schrie / das Licht war wie gestochen.

MEHLSCHWALBE (DELICHON URBICA)

Das Junge zuckt und fällt.   Was Nest war / Halt / verschwindet /
Die Böen greifen zu.   Es sucht nichts mehr / es findet.

DER SPRINGSCHWANZ (ISOTOMURUS MACULATUS)

Er handelt nicht / er frißt nur / bei Gefahr
Schlägt eine Gabel aus den Haken / schnellt
Den Ahnungslosen fort aus dem / was war
Und werden sollte / humussatt behält
Er keinen Flug im Sinn / schaut auf / so klar
Reißt das Erinnern und die Zeit zerfällt:
Das ist der Tag / ist jetzt / ist nicht bestimmt /
Wenn Ungestaltes einen Anfang nimmt.

DER ZUNDER-PORLING (FOMES FOMENTARIUS)

Das Rieseln / dies Gesumm   aus einer weichen Welt /
So lauscht der alte Baum   dem Anlaut / der ihn fällt.

SPOREN ODER VON DER SEELENWANDERUNG

Verstreute Seelenteilchen / was sie zeigen /
Verging und ist noch nicht / sie weisen hin.
Verschalt / vertrocknet / ausgewehter Sinn:
Sie sind gesagt und sind die Antwort / Schweigen.

Ob lebend? Tot? Sie treiben hin und her /
Von Schlaf zu Schlaf / noch wissen sie kein Licht /
Erinnern dumpf von einem Punkt die Sicht
Auf einen Vorhang / Wuchs und Wiederkehr?

KRÄHENFLUG

Die Nebel werden fest / sie schärfen ihre Krallen /
Sie ballen sich im Schwarm / sie strömen aus und fallen.

DER KALKSCHWAMM

Und wieder diese wirren Einzelheiten:
Du rührst die aufgeweichten Kalkschwammwaben
Und schäumst sie auf / ein Schlamm von losen Zellen /
Die eben eine Becherform ergaben.
Dann siehst du / wie im Glas an vielen Stellen
Die Trübung kriecht / sich sammelt / kleinste Zinnen
Der alten Form errichtet / das Erinnern
Will einen neuen Leib dem Tier bereiten.

DIE JUNGEN AALE

Sie kehren heim und wissen nicht wohin.
In einem schnellen Strom sind sie wie Glas
Und wachsen / ihre Dunkelheit gerinnt
Vom gelben Bauch her / findet Schlangenmaß.
Sind sie erinnert? Doch von wem? Beginnt
Ein Traum von neuem / der sie schon besaß?
Sie werden schwer in einem schwarzen andern /
Im Schlamm versteckt / und wimmeln / suchen / wandern.

DAS GRAB

Wo Zeit hing / ist nun ungeteilte Schwebe /
Ein Tropfen Tag / ein Tropfen Nacht / und Wochen
Sind mit den jungen Raupen fortgekrochen /
Und in den Zweigen schimmern nasse Weben.

So ist es still / nichts wird und nichts vergeht.
Du nimmst dem Pfad zum Berg / es ist für immer.
Du löst Geröll und leuchtest auf im Glimmer
Und siehst / wie alles eben erst entsteht.

WILLIAM BECKFORD

REISE DURCH ENGLAND, FLANDERN UND DIE VEREINIGTEN PROVINZEN IM JAHRE 1780

19. Juni 1780

SOLL ich Dir meine Träume erzählen? Rechenschaft darüber zu geben, wie ich meine Zeit verbrachte, wäre, kann ich Dir gestehen, nur wenig besser. Niemals gab es dafür ein geeigneteres Wesen. Oftmals hangt mir ein Schleier vor den Augen, durch welchen ich die Dinge so undeutlich und verschwommen sehe, daß deren Farben wie auch Formen mich gerne täuschen. Dies sei ein für einen Reisenden seltenes Geständnis, behaupten die Weisen; artige Berichte von fernen Ländern soll dieser erstatten: Zweifelsohne müssen seine Briefpartner großen Nutzen aus solch stockblinden Beobachtungen ziehen. – Doch halt, meine lieben Freunde; einen Augenblick Geduld! – Fürwahr geht mir die Eitelkeit ab, während meiner Reise eine einzige Bemerkung zu machen: falls ——— meine träumerische Art der Wahrnehmung genügt, bin ich es mehr als zufrieden und werde ebenso frei schreiben wie Mr. A, Mr. B, Mr. C und eine Million anderer, deren Briefe sich der Bewunderung der höchsten Kreise erfreuen.

Durch ganz Kent döste ich wie immer; ab und zu öffnete ich die Augen, um mir einen Begriff von der grünen, waldichten Landschaft, welche ich durchreiste, zu verschaffen; alsdenn schloß ich sie erneut, versetzte mich zu meinen heimatlichen Hügeln zurück, stellte mir vor, ich geleitete eine Schar der mir liebsten Menschen durch ihr Schattenreich und fühlte mich glücklich in den Armen dieses Blendwerks. Die Sonne ging unter, ehe ich wieder ausreichend bei Sinnen war, um deutlich die gescheckten Hügel bei Canterbury zu erkennen, wo schlanke Birken wogten und güldener Ginster überfloß. Noch wähnte ich mich in meiner geliebten Einsamkeit, vermißte allerdings meines Schlummers Gefährten. Wo sind sie? – Vielleicht hinter jenen blauen Bergen oder auf des dichten Waldes anderer Seite. Meine Einbildungskraft reiste diesen Deserteuren hinterher, bis wir die Stadt erreichten, die wahrlich abscheulich ist und nur dazu taugt, im Schlaf passiert zu werden. Aus der Kutsche auszusteigen und mich in die Cathedrale, einen alten Lieblingsplatz, zu verfügen, war eines. Immer schon hatte ich ihre hochaufragenden Säulen, düsteren Seitenschiffe und geheimnisvollen Bögen bewundert. Gestern abend erweckten diese größere Ehrfurcht als je zuvor und ließen keinen anderen Laut denn meine Schritte vernehmen. Ich erkundete den Chor und die Kapellen, bis sie so finster und bedrückend wurden, daß ich beinahe Angst bekam, über meine Schulter blickte, an Gespenster, welche die unangenehme Eigenschaft besitzen, Namen von Menschen an düstern Orten zu lallen, dachte und mir einbildete, eine Grabesstimme riefe: »Bete meine Zehe in Gent an; meine Rippen in Florenz; meinen Schädel in Bologna, Siena und Rom. Wehe Dir, wenn Du diesen Befehl mißachtest; denn meinen Gebeinen wie auch meinem Geist eignet die wundersame Fähigkeit, hier und da und überall zu sein.« Diese Aufforderungen wurden, wie Du Dir denken kannst, gebührend angenommen und allesamt blind in mein Notizbuch eingetragen (denn ich konnte nichts erkennen); als ich nach draußen eilte, ward ich im Dunkeln eilends nach Margate gebracht. Frage nicht, welche Träume mich auf dem Weg dorthin heimsuchten: nichts als Greuel, versunkene Grabkammern und fahle, wenn auch entzückende Gestalten, die dort ausgestreckt lagen; in meinen Ohren ertönte schrilles Geschrei, das mich mit Trauer erfüllte, und die Erinnerung glücklicher Stunden schwand vielleicht für immer dahin! Ich bedauerte nicht, daß das Getöse unserer Ankunft diese Trugbilder verscheuchte. Der Ortswechsel allerdings vermochte meine Trübsal nicht zu vertreiben; denn als erstes in dieser Welt zeigte sich eine riesige Wasserfläche, soeben sichtbar im wolkenverhangenen Mondesschimmer; eine kühle Brise kräuselte die Wellen. Wenige schwermütige Augenblicke lang fröstelte mich am Strand. Wie oft schon versuchte ich den Umstand der Trennung von meinen Lieben hinwegzuwünschen und mir einzureden, es sei lediglich ein Traum!

Heute morgen war ich fröhlicher gestimmt durch die sonderbaren holländischen Angesichter mit kurzen Tabakspfeifen und Pfefferkuchenteint, die scheinheilig schmunzelnd daherkamen, um uns an Bord ihrer Boote zu verfrachten; da ich jedoch bereits ein Schiff für mich angeheuert hatte, waren all ihre Einladungen vergeblich. Der Seegang ist günstig; sollte er in derselben Stärke noch ein paar Stunden anhalten, werden wir keinen Grund haben, uns über die Überfahrt zu beklagen. Adieu! Denke zuweilen an mich. Wenn Du unverzüglich schreibst, werde ich Deinen Brief in Den Haag erhalten.

Der Abend ist strahlend sonnig: die See spiegelt unzählige herrliche Farben wider, in ein oder zwei Minuten werde ich über sie dahingleiten.

Ostende, 21. Juni

Soeben weilte ich noch in Griechenland, Blumen am Hymettos pflückend; itzt jedoch bin ich in Flandern gelandet, tabakdurchräuchert und halb vergiftet vom Knoblauch. Müßte ich zehn Tage in Ostende bleiben, würde mir wohl nicht ein einziges köstliches Traumgesicht zuteil; der Ort ist so unklassisch! Wenn Du emporblickst, beleidigen abgeschmackte flämische Dächer Dein Auge: Unten begegnen ihm als erstes großtuerische Holländer und Mischlingsbarbiere. Ich sollte mich glücklich schätzen, wenn das Weh dieses Seehafens lediglich zwei Sinne beträfe; doch leider erweist sich die Wohnung über meinem Haupt als kreischende Brutstätte; der aus ihr dringende Lärm ist so unerträglich und beständig, daß man sich sonder alle Übertreibung in der Vorhölle wähnen könnte. Bin ich nicht zu bedauern, wenn ich Dir mitteile, daß ich gestern abend auf die nämliche Weise gequält ward? Aber ich weiß es nicht; wer sich am lautesten beklagt, erweckt das wenigste Mitgefühl. Dennoch, glaube ich, sollte abermals in der nächsten Herberge über mir Nachwuchs logieren, würde ich so unflätig wie Dr. Smollett werden und mir den Beinamen *Jüngerer Smelfungus* wohl verdienen. Wohlan, verstehe mich, wer wolle, ich bin entschlossen, meinem Ärger Luft zu machen; wie Luzifer, jedem Trost unzugänglich, quäle ich andere mit den Einzelheiten meines Ungemachs. Denn Du mußt wissen, daß ich mich, erschöpft von der Überfahrt, zur Kapuzinerkirche verfügte, einem riesigen, ehrwürdigen Gebäude, auf der Suche nach Stille und Einsamkeit; daselbst ward ich abermals enttäuscht: Auf den Emporen kratzte und dröhnte ein halbes Dutzend quietschender Fiedeln, ebenso viele gichtbrüchige Mönche plärrten vor den Altären, indes eine ganze Schar Frömmler, angetan mit mächtigen weißen Kapuzen und Flanellgewändern, beidseits dahinschmolz. Solche Frömmigkeit war in der Hitze keine sehr erquickliche Angelegenheit; daher suchte ich wieder, so rasch ich konnte, an die frische Luft zu gelangen. Die Heiterkeit des Abends, gepaart mit meinem Verlangen, noch einen Blick auf den Ozean zu werfen, lockte mich zu den Wallanlagen. Dort zumindest, dünkte mich, könnte ich ungestört umherschweifen, mit meinen alten Freunden, den Abendbrisen, Zwiesprache haltend, meine Rede an die Wellen richten und nach Gutdünken romantisch und grillenhaft sein; doch es begab sich, kaum hatte ich mit der Ansprache begonnen, daß vor mir ein ganzer Trupp Offiziere einherstolzierte, mitsamt Damen, Abbés und Welpen, die sangen, schäkerten und solchen Lärm machten, daß mir nicht ein einziger friedvoller Augenblick verblieb, um die leuchtenden Farben des westlichen Horizonts zu betrachten oder mich an den mannichfaltigen antiken Vorstellungen zu ergetzen, die ein heiterer Sonnenuntergang stets bei mir hervorruft. Da ich draußen keine Ruhe fand, kehrte ich in meine Herberge zurück und hätte sogleich, in der Hoffnung, wiederum in den Schoß von Traum und Wahn zu fliehen, zu Bett gehen sollen; die bereits erwähnte Hölle wurde jedoch so unerträglich, daß ich meine Nachtruhe verschieben mußte, bis Schmeichelei und Kinderstubenberedsamkeit sie verstummen ließen. Endlich herrschte wieder Frieden, gegen eilf Uhr schlummerte ich ein, und mein geistiges Auge ward erfüllt von den herrlichsten sizilianischen Ansichten. Ich nahm die klassischen

Schauplätze jenes berühmten Eilands vorweg und vergaß alle Sorge in den Gefilden von Enna. Am nächsten Morgen, vom Sonnenschein geweckt, stand ich auf, erquickt von den wohltuenden Eindrücken meines Traums und voller Vorfreude auf künftige Glückseligkeiten in jenen Himmelsstrichen, die diese angeregt hatten. Auf der Reise nach Gent vermochte ich an nichts anderes als an Trinacria und Neapel zu denken. Weder hörte ich den rohen flämischen Dialekt, der um mich herum ertönte, noch gewahrte ich die regelmäßig angelegten Alleen des Sumpflands, welche wir passierten. Als wir innehielten, um die Pferde zu wechseln, schloß ich die Augen zur Gänze und wurde sogleich in eine griechische Einsamkeit versetzt, in welcher Theokrit und seine Hirten die Luft mit Wohlklang erfüllten. Für jemanden, der so tief in die antike Dichtkunst versunken ist, kann Gent niemals der geeignete Ort sein, um wieder zu Sinnen zu kommen; ich weiß nur, daß es eine ausgedehnte, schlecht gepflasterte, düster wirkende Stadt mit einem gehörigen Anteil an Klöstern und Kapellen ist, vollgestopft mit Denkmälern, ehernen Toren und funkelndem Marmor. In der großen Kirche befanden sich zwei oder drei technisch vorzügliche Gemälde von Rubens; diese Wirklichkeitstreue jedoch war nicht so anmutig gestaltet, daß sie mich die bloßen Beschreibungen, die uns Pausanias von den Werken griechischer Künstler gibt, vergessen ließ, weshalb ich in einer flämischen Cathedrale jederzeit zugunsten einer Vision von Jupiters Tempel auf dem Olymp einnicken könnte. Doch ich vermeine in diesem Augenblick eine gravitätische und angesehene Persönlichkeit mich ob meiner Leichtfertigkeiten schelten und deklamieren zu hören: »Wahrhaftig, Sir, wäret Ihr doch lieber zu Hause geblieben und träumtet in Eurem Fauteuil, anstatt Euch der Mühe zu unterziehen, Europa auf der Suche nach inspirierenden Orten für ein Schläfchen zu bereisen. Wenn Flandern und Holland nur auf diese Weise zu durchträumen sind, nähmt Ihr besser gleich ein Schiff und döstet den gesamten Weg nach Italien.« – Fürwahr hätte ich nicht viele Einwendungen gegen einen solchen Plan; denn wenn ein Zauberer mich im Nu auf den Gipfel des Ätna versetzen könnte, dann mag wer will durch die Niederlande waten. Jedoch bereits so weit gekommen, gab es kein Zurück mehr; da es itzt drei oder vier Jahre her ist, daß ich beinahe die Hoffnung aufgab, einen Geisterbeschwörer ausfindig zu machen, beschloß ich mit meinen Gefährten *Frieden* und *Genügsamkeit* weiterzureisen. Diese beiden trostspendenden Gottheiten haben, nach meinem Bedünken, Flandern unter ihren besonderen Schutz genommen; auf Schritt und Tritt zeigt sich ihr Einfluß von neuem. Die gepflegten Häuser und die durchweg sauberen Dörfer zeigen deutlich, daß ihre Bewohner behaglich und fröhlich leben. Alles ist ruhig und friedlich in diesen fruchtbaren Niederungen; an jeder Tür erblickt man nur runde, nichtssagende Gesichter, aus jedem Fenster lacht eine arglose Einfalt. Das Vieh, sanft wie seine Herrschaft, grast ungestört weiter; ich kann mich auf der gesamten Fahrt keines grunzenden Schweines oder keiner knurrenden Dogge entsinnen. Vor jeder Stadt befindet sich ein reichhaltiger Misthaufen, der nicht stört, da er nur selten aufgerührt wird; daselbst wärmen sie sich in der Sonne und suhlen sich, bis die Todes- und Speckstunde naht, wenn Schmerbäuche ihrer harren. Darf ich vom gesunden Aussehen und ruhigen Wesen der Flamen ausgehen, so haben sie allen Grund, einen friedvollen Tod zu erwarten.

Aber es ist höchste Zeit, unsere schweinische Sittenlehre hinter uns zu lassen und uns nach Antwerpen fortzuschleppen. Weitere fruchtbare Triften, üppige Kornfelder, blühende Weidenbäume! – Vor dieser Stadt eine endlose Ebene, mit Kühen und Blumen getupft; von wo aus ihre Kirchtürme und wunderlichen Dächer am besten zur Geltung kommen! Die fahlen Himmelsfarben und ein paar wäßrige Sonnenstrahlen verliehen der Szenerie ein wahrhaft flämisches Aussehen, wobei alles so folgerichtig erschien, daß mir nicht der Hauch eines Vorwands verblieb zu glauben, ich schliefe. Nachdem wir einen breiten, prächtigen Strom überquert hatten, auf der einen Seite von Auen mit wunderschönen grünen Korbweiden, auf der anderen von abgeschmackt häßlichen Toren und Türmen gesäumt, erreichten wir unsere Herberge über einige Straßen voller vornehmer Häuser. Ihre Lage am *Place de Mer*, einem riesigen, offenen Raum, umringt von zahllosen Gebäuden und Dächern, ist erstaunlich und einzigartig. Ein hochaufragendes vergoldetes Kruzifix aus Bronze, geschaffen von einem großen Künstler, mehrt seine Pracht; die Wipfel einiger büscheliger Bäume, über einer Reihe herrlicher Paläste zu erkennen, verstärken die Wirkung der Ansicht beträchtlich. Es dämmerte beinahe, als wir ankamen; da ich eine besondere Vorliebe dafür hege, Neues in diesem unsteten, geisterhaften Licht zu entdecken, begann ich sogleich meinen Streifzug. Nicht ein einziges Geräusch störte meine Meditationen: weder gab es Scharen zankender Kinder noch geschwätziger alter Weiber. Die Stadt schien sich in ihre hintersten Winkel zurückgezogen zu haben; ich durchmaß und erschloß Straße um Straße, Gasse um Gasse, ohne einem einzigen Einwohner zu begegnen. Hie und da allerdings huschten in einiger Entfernung ein oder zwei Frauen in langen Mänteln und Umhängen vorüber; ihre Kleidung jedoch glich so sehr Leichentüchern, und sie wirkten so gespenstisch, daß mir davor graute sie anzusprechen. Als die Nacht hereinbrach, wurden die Häuserreihen immer düsterer und die sie umgebende Stille immer schrecklicher. Die Grachten, die mancherorts die Straßen kreuzen, lagen ebenso totenstill da; es herrschte gerade noch genügend Licht, um auf den reglosen Wassern die Spiegelungen der darüber liegenden Bauwerke betrachten zu können. Bis auf das Flackern von zwei oder drei Kerzen hinter einigen Fensterflügeln ließ überhaupt nichts auf menschliches Leben schließen. Ich hätte mich – ohne allzu romantisch zu erscheinen – in der Stadt der versteinerten

Menschen wähnen können, von welcher arabische Fabeldichter so gerne berichten. Sollte mich jemand nach völliger Abgeschiedenheit um meinen Rat fragen, würde ich ihm entgegnen: Begib Dich unbedingt nach Antwerpen. Keine Einöde in den Alpen, keine Klause auf dem Berg Libanon ist ruhevoller: Du kannst Deine Tage in dieser großen Stadt verbringen, ohne im geringsten ihrer sechzigtausend Einwohner gewahr zu werden, es sei denn, Du besuchst eine Kirche. Dort kann man fürwahr manch frommes Geflüster vernehmen, und zuweilen, freilich, läuten auch die Glocken ein wenig; doch lustwandle gleich mir in der hochsommerlichen Abenddämmerung und sei versichert, daß nichts Deine Ohren belästigen wird. Du kannst Dir nicht vorstellen, wie viele wundersame, ergetzliche Phantasiegebilde mich beim Umherstreifen heimsuchten; noch, wie sehr mich die Neuheit meiner Umstände in Entzücken versetzte. Erst vor wenigen Tagen, so überlegte ich mir, befand ich mich inmitten des Getümmels und Getriebes von London; itzt bin ich, wie durch Zauberkraft, in eine Stadt versetzt, deren Straßen und Gebäude ebenso bemerkenswert sind, doch deren Einwohner tief zu schlafen scheinen. Wie schade, daß wir von dieser Schlafbegabung nicht ein bißchen borgen können! Dies würde jene Rastlosigkeit lindern, die uns mitunter so heftig zusetzt. Doch seien wir nicht zu voreilig, eine solche Totenstille zu ersehnen; es kommt der Tag, an welchem wir, wie Antwerpen, in die Arme des Vergessens sinken; da ein edler Grasteppich zu unserer Börse führt und Fußgänger den *Strand* überqueren können, ohne Gefahr zu laufen, von der Menge erstickt zu werden oder im Wirrwarr der Gefährte unterzugehen. Dergestalt über die Stille des Ortes sinnierend, im Kontrast zu dem Getriebe, wofür er dereinst berühmt war, näherte ich mich unmerklich der Cathedrale und befand mich, bevor ich es gewahrte, zu Füßen ihres riesigen Turmes. Sich ein erhabeneres und prächtigeres Bauwerk zu jener Stunde vorzustellen, da ich es zuerst erblickte, ist schwierig. Dunkle Schatten ließen nicht zu, daß ich die unteren Emporen und Fenster betrachtete; ihr kunstvolles Schnitzwerk war nicht zu erkennen; ich sah lediglich kolossale Gebäudemassen; der 460 Fuß hoch aufragende Turm wirkte noch eindrucksvoller ob der darunter herrschenden Finsternis. Da der Himmel vollkommen klar war, strahlten einige Sterne durch das Mosaik der Turmspitze, die nicht wenig zu ihrer zauberischen Wirkung beitrugen. Mich verlangte, ihn sogleich zu besteigen, mich ganz oben auszustrecken und in so hehrer Höhe den Einfluß der Planeten zu berechnen. Während ich in meinen astronomischen Träumereien schwelgte, schlug eine schwere Glocke zehn, worauf ein solches Geläut folgte, daß das massive Gebäude in seinen Grundfesten erbebte, was mich eilends vertrieb. Kein Pöbel versperrte mir den Durchgang, weshalb ich frei und unbehelligt durch eine Reihe von Straßen rannte, als würde ich über die Hügel von Wiltshire hinwegfegen. Die Stimmen meiner Bediensteten, die sich vor dem Hôtel unterhielten, waren auf dem ausgedehnten *Place de Mer* der einzige Widerhall. Diese allumfassende Stille war um so ergetzlicher, da ich die Greuel und das Geschrei erinnerte, welche in London noch vor ein oder zwei Wochen herrschten, als Gefahr nicht nur bei Nacht und in den Außenbezirken der Hauptstadt dräute, sondern unsere Straßen selbst am hellichten Tag heimsuchte. Hier konnte ich die gesamte Stadt durchstreifen; am Hafen schlendern, mich sonder Angst durch die finstersten Gassen wagen, ohne einen roten und unheilschwangeren Himmel durch die Glut brennender Häuser zu erblicken oder wirres und schreckliches Schreien und Stöhnen, untermengt mit Artillerieberichten, zu vernehmen. Sei versichert, daß ich mich überglücklich schätze, einer weiteren solchen Woche der Verheerung entronnen zu sein und in Antwerpen rastend zur Ruhe zu kommen. Wäre ich nicht immer noch erschöpft von meiner beschwerlichen Reise durch Sand und Morast, so würde ich noch ein wenig länger die Segnungen einer so stillen Hauptstadt preisen; doch es wird spät, weshalb ich mich zurückziehen muß, um sie genießen zu können.

Antwerpen, 23. Juni

Meine Fenster blicken geradewegs zum *Place de Mer;* die Sonne, deren Strahlen durch die weißen Vorhänge scheinen, weckte mich aus einem Traum voll arabischer Glückseligkeit. Die Phantasie erschuf ein Zelt auf dem Gebürg von Sanaa, übersät mit blühenden Kaffeebäumen. Sie bot mir die Essenz ihrer Blumen dar und ließ mich wissen, daß Du auf einem nahen Hügel einen Pavillon besäßest, als der Sonnenschein das Traumgesicht vertrieb; sobald ich die Augen aufschlug, fand ich mich eingepfercht zwischen flämischen Kirchtürmen und Bauwerken; keine Hügel, kein Grün, keine wohlriechenden Brisen, keine Hoffnung, Dir nahe zu sein: Alles war mit den Schatten der Einbildung verschwunden; ich war allein, Deine Abwesenheit beklagend. Doch es erscheint mir fast egoistisch zu wünschen, Du wärest hier; denn welche Freude könnte es jemandem wie Dir bereiten, von einer tristen Kirche zur nächsten zu stapfen? Ich glaube nicht, daß Du an heulenden Magdalenen und plumpen Madonnen Gefallen fändest, wenn Du in Rubens' Stuhl lümmeltest; auch kann ich mir nicht vorstellen, daß der Anblick der Ostades und Snijders, die so reichlich jedwede Sammlung zieren, Deinem Stift übermäßig aufhülfe. Heute morgen nach dem Frühstück nahm ich meine Pilgerreise zu all jenen berühmten Cabinetten in Angriff. Zuerst besuchte ich das von Monsieur Van Lencren, der eine Zimmerflucht besitzt, in der vom Boden bis zur Decke die seltensten Erzeugnisse der flämischen Schule hängen.

Der Himmel verhüte, daß ich auf Einzelheiten ihrer Fürtrefflichkeiten eingehe! Ebenso gut könnte ich die Tautropfen auf einem von Van Huysums Blumenstilleben zählen oder die Pickel auf dem Antlitz ihres Besitzers; ein braver Mann, fürwahr, von dem erlöst zu werden mir aber gar nicht leid tat. Meine Freude währte jedoch nur kurz, da ich ein paar Minuten später im Innenhof der Wohnstätte des Chorherrn Knyff stand: eine behagliche Behausung, trefflich eingerichtet mit Lehnstühlen und althergebrachten Liegen. Nach Besichtigung der Räume im ersten Stock erklommen wir eine sachte Treppe und betraten einen Vorraum, welchen jene, denen Nachahmungen der Kunst eher als solche der Natur zusagen, was die Ähnlichkeit von Klappstühlen und die Porträts von Krügen anbelangt, vorzüglich ausgestattet fänden: Doch muß man einräumen, daß sich unter diesen belanglosen Arbeiten einige treffliche Berchems und gefällige Poelenburghs befinden. In der angrenzenden Galerie verdienen zwei oder drei Rosa de Tivolis Beachtung; ein großer Teniers, der St. Antonius, umringt von einer boshaften Schar Kobolde und lüsterner Teufelinnen, darstellt, ist bestens geeignet, die absonderlichen Possen einer holländischen Phantasie bloßzustellen. Ich betrachtete dieses merkwürdige Durcheinander, als der Canonicus eintrat; flämischen Vorstellungen gemäß wirkte er höchst beeindruckend. Meiner bescheidenen Ansicht nach machte Hochwürden einen etwas verwirrten Eindruck; fürwahr bestätigt die Schilderung seines Lebenswandels, die ich darnach vernahm, in nicht geringem Maße meinen Verdacht. Dieser ehrenwerte Würdenträger genießt – mit seinem Privateinkommen und den Segnungen der Kirche – Einkünfte von ohngefähr fünftausend Pfund Sterling, welche er durch die Freuden der Tafel und die Förderung der Malkunst loszuwerden versteht. Vielleicht tragen seine Bediensteten nicht wenig dazu bei, ein so erquickliches Einkommen zu vergeuden; zumal der Chorherr mit allen sehr vertraulich umgeht. Um vier Uhr nachmittags begleitet ihn eine auserwählte Gesellschaft in seiner Kutsche zu einer ohngefähr eine Meile von der Stadt entfernten Bierschenke; wo eine mit Bierkrügen und ansehnlichen Käsesorten reich gedeckte Tafel ihrer Ankunft harrt. Nachdem sie diese ländliche Kost genossen haben, bringt sie dieselbe Equipage viel schneller wieder zurück, wie man allenthalben hört, als sie gekommen waren; was leicht einzusehen ist, da der Kutscher einer der hellsten Köpfe der Gesellschaft ist. Leider goutierte dieser muntere Herr, wie Du Dir denken kannst, meine Komplimente nicht übermäßig. Ich fand ein paar lobende Worte über Poelenburgh und pries das Andenken Berchems ein wenig; doch da ich mich gegen Mijnheer Knyff nicht durchzusetzen vermochte, machte ich eine meiner gelungensten Verbeugungen und überließ ihn dem Genuß seines häuslichen Glücks. Auf dem Heimweg guckte ich noch in ein anderes Cabinet, dessen Hauptzierde eine höchst erhabene Distel von Snijders war, überlebensgroß und so naturgetreu wiedergegeben, daß ich zu behaupten wage, kein einziger Esel könne sie ungerührt lassen. Schließlich ward es Zeit, heimzukehren; da ich mich durchaus weigerte, am Nachmittag weitere Cabinette zu besuchen, ließ ich mir ein Cembalo von Ruckers kommen und spielte mich restlos aus den Niederlanden heraus. Spät war es, ehe ich meine musikalische Exkursion beendete; ich nutzte die Gunst dieses dämmrigen Augenblicks, um die Cathedrale abermals zu besuchen. Ein Starenschwarm flatterte um die Turmspitzen; ihr dumpfes Zwitschern war das einzige Geräusch in der Stille. Keine menschliche Gestalt zeigte sich an einem der umliegenden Fenster; kein Schritt war auf dem Platz vor dem Hauptportal zu vernehmen; während der halben Stunde, in der ich unter dem Turm hin- und herlief, sprach mich ein einziger Franziskaner an. Von ihm erfuhr ich, daß am nächsten Tag ein Hochamt zu Ehren Johannes des Täufers zelebriert werden sollte und zu diesem Anlaß die hervorragendste Musik aus Flandern aufgeboten würde. Da ich genügend Cabinette besucht hatte, um mir ein bescheidenes Urteil über die flämische Malkunst zu bilden, beschloß ich, einen weiteren Tag in Antwerpen zu verbringen, um ein wenig zu hören, wie es seine Bewohner mit der musikalischen Harmonie halten. Nachdem ich diesen Beschluß gefaßt hatte, machte ich die Bekanntschaft des Mijnheer Van den Bosch, des ersten Organisten am Ort, der mir zuvorkommenderweise gestattete, auf seiner Empore während der Feier der Hochmesse neben ihm Platz zu nehmen. Als der Gottesdienst beendet war, schlenderte ich durch die Seitenschiffe und begutachtete die sie schmückenden zahllosen Kapellen, indes Mijnheer Van den Bosch seine gewaltige Orgel mit fünfzig Registern losdonnern und -blitzen ließ. Sobald die ersten Wetter des Vortrags ein wenig verhallt waren, nahm ich die Gelegenheit wahr, um die gefeierte Kreuzabnahme zu betrachten, die stets als eines von Rubens' *Chefs-d'œuvres* erachtet ward und von der man hierzulande munkelt, der alte Ludwig der Affe habe nicht weniger als vierzigtausend Gulden dafür geboten. Zweifelsohne ist die Hauptfigur von einer höchst verdienstvollen Blässe und sieht so tot aus, wie ein Künstler es nur wünschen kann; die übrige Gruppe ward bereits so überschwenglich gepriesen, daß es ein Ding der Unmöglichkeit ist, das geringste Lob hinzuzufügen. Ein voranstürzender St. Christophorus, mit einem Kind auf den Schultern durch einen Bach watend, muß unweigerlich alle Aufmerksamkeit auf sich lenken. Diese überlebensgroße Figur ist auf die Flügeltüren gemalt, welche das soeben erwähnte Meisterwerk vor unberufenen Blicken schützen sollen; hier hat Rubens einen überaus angemessenen Gegenstand auserkoren, um die ungeheure Grobheit seines Pinsels zu demonstrieren. Hätte dieser großartige Künstler sich damit begnügt, Diebe in Todespein oder verstockte Barabasse darzustellen, wäre niemand bereitwilliger gewesen, Weihrauch vor seinem Schrein darzubringen, als Dein gehorsamster Diener; wenn ich ihn jedoch in die Falten des Gewandes der Jungfrau verloren oder von der Anmut des Lächelns der St. Catharina aus der Fassung gebracht sehe, alsdenn vergib mir, wenn ich ihm meine Bewunderung versage. Nachdem ich höchst pflichtbewußt alle Rubensgemälde in der Kirche inspiziert hatte, durchmaß ich halb Antwerpen auf der Suche nach den Reliquien von St. Johannes, welche in einer Prozession umhergetragen wurden; doch da ein gotteslästerlicher Wind all ihre Kerzen ausgeblasen und den Baldachin über dem Allerheiligsten hinweggefegt hatte, vermag ich nicht fürder von diesem erhebenden Schauspiel zu berichten. Wurden meine Augen nicht sonderlich von des Heiligen Pracht ergetzt, so rührte die abends zu seinem Lobpreis erklingende Musik meine Ohren sehr. Die Cathedrale wimmelte von Gläubigen und duftete nach Weihrauch. Gar manche ihrer marmornen Altäre schimmerten im Widerschein der Lampen; insgesamt war das Schauspiel für mich neu und eindrucksvoll. Ich kniete in einem der Seitenschiffe nieder, indes eine Sinfonie im besten Stil eines Corelli, mit Geschmack und Gefühl vorgetragen, mich in italiänische Himmelsstriche versetzte; weshalb ich äußerst verärgert war, als eine Unterbrechung den Zauber zerstörte und mir klar ward, daß ich noch zahllose jenseits der Alpen liegende Gebiete zu passieren hätte, um endlich jenes klassische Land betreten zu können, in welchem mein Geist schon so lange geweilt hatte. Gewahr werdend, daß es vergeblich war, jedwedes übernatürliche Eingreifen zu erhoffen oder zu erwarten, und weder einen Schutzengel noch ein Loretto-Gefährt erblickend, die meiner in einem dunklen, geheiligten Winkel harrten, um mich hinwegzuführen, kehrte ich demütig in mein Hôtel am *Place de Mer* zurück und tröstete mich mit irdischer Harmonie, bis mir die Augen zufielen, ich fest schlief und das Reich der Träum, wie es üblich ist, durch die elfenbeinerne Pforte betrat. Was sich in diesen Schattenregionen zutrug, ist allzu ärmlich und unwesentlich, um zu Papier gebracht zu werden. Der bloße Atemhauch erwachender Sterblicher würde den Troß zerstreuen und immerdar vertreiben; gestatte mir deshalb, den Bericht meiner imaginären Reisen auszulassen, und bringe die Geduld auf, Dich einem Aufriß meiner tatsächlichen, von Antwerpen nach Den Haag, zu widmen.

Montag den 26. Juni befanden wir uns wiederum auf Kopfsteinpflaster, zwischen gestutzten Hecken und verödeten Alleen dahinratternd und -hoppelnd. Die Plagen von Ägypten, könnte man beinahe meinen, sind in dieses Land zurückgekehrt, wird man der Eichen ansichtig: Kein einziges Blatt wurde von den Insekten verschont. Nach dem Mißvergnügen, stundenlang nichts anderes als diese verdorrten Baumreihen zu sehen, verwandelte sich die Landschaft in weitläuftige Gebiete flachen Landes, begraben im Sand und überwuchert mit Heidekraut, deren besondere Beschaffenheit ich zur Genüge gründlich erfahren durfte, da eine Schildkröte mit uns hätte Schritt halten können, ohne ein einziges Mal außer Atem zu geraten. Gegen Abend langten wir im Herrschaftsbereich der Vereinigten Provinzen an, da sich ihre Kanäle, Schleppkähne und Windmühlen in all ihrer Pracht vor uns ausbreiteten. Die außerordentliche Sauberkeit der Dörfer, ihre roten Dächer und das saftige Grün der ihnen Schatten spendenden Weiden entsprachen den Vorstellungen, die ich mir von chinesischen Ansichten gebildet hatte; eine Ähnlichkeit, die dadurch nicht geringer ward, daß allenthalben flache Triften voller Blumen, Streifen klaren Wassers durchziehend, auf welchen zahllose Lastkähne emsig dahinschipperten, zu sehen waren. Das Wetter hätte nicht schöner sein können; unablässig ward es besser, als wollte es meine exotischen Gedankenflüge begünstigen; bei Sonnenuntergang trübte keine einzige Wolke den Horizont. Mehrere Störche stolzierten am Ufer zwischen Schwertlilien und Korbweiden; so weit das Auge reichte, genossen zahlreiche Herden prächtig gefleckten Viehs die Fülle ihrer Weiden. Ich befand mich genau in der Gegend von Canton oder Ning Po, bis wir in Moerdijk anlangten. Wie Du weißt, ist in der romantischen Literatur das gängige Mittel, eine Verzauberung aufzulösen, stets das Ausräuchern; daher verscheuchten, kaum hatte ich mein Gefährt verlassen und meine Herberge betreten, die Tabakswolken, welche all ihre Gemächer erfüllten, meine chinesischen Traumgesichte und brachten mich im Nu nach Holland zurück. Weshalb sollte ich näher auf meine Erlebnisse in Moerdijk eingehen? Dies wäre ein allzu armseliger Gegenstand. Dir mitzuteilen, daß seine Einwohner die flegelhaftesten Zweibeiner auf der Welt sind, wäre nichts sonderlich Neues noch Unterhaltsames; daher laß mich sogleich dieses Dorf passieren, Rotterdam, selbst Delft, die großartige Geburtsstätte der Töpferkunst, verlassen und Dich mit einem Federstrich nach Den Haag befördern.

Weil der Abend angenehm warm war, ging ich sogleich aus, um mich im Schatten der langen Allee, die nach Scheveningen führt, zu ergetzen. Obzwar es frisch und angenehm genug war, gelang es mir nicht, einen jener echten holzichten Düfte einzuatmen, welche sonst aus den Tiefen der Wälder strömen und meine Einbildungskraft unverzüglich zu den Schlupfwinkeln Pans und des guten alten Silvanus geleiten. Mit meinem Streifzug jedoch war ich alles andere als unzufrieden; mich mit der Hoffnung tröstend, alsbald in den waldichten Labyrinthen von Nemi ruhen zu dürfen, lief ich weiter bis zu dem Dorf an der Küste, welches den Blick begrenzt. Da nahezu jede Haustür offenstand, um frische Luft einzulassen, ward es mir möglich, in ihre niedlichen Wohnungen zu gucken. Tische, Regale, Steingut, alles blitzt vor Sauberkeit; die Landleute tranken Tee nach des Tages Mühsal und plauderten über ihre Geschäfte und Pläne. Ich verließ sie, um mich am Strand zu ergehen, und war von der weiten, azurnen Fläche des Ozeans, welche sich mir jäh eröffnete, so bezaubert, daß ich daselbst eine halbe Stunde verweilte. Mehr als zweihundert Schiffe unterschiedlicher Größe waren zu sehen – indes die letzten Sonnenstrahlen ihre Segel purpurn färbten und eine Schneise voll unzähliger Brillanten in die Wellen schlugen. Was hätte ich nicht dafür gegeben, dieser gleißenden Bahn zu folgen! Sie hätte mich geradewegs zu jenen glückverheißenden westlichen Gefilden, jenen Eilanden der Glückseligen, geführt, welche Du so gerne malst und von denen ich so gerne träume. Doch unglücklicherweise war dies die einzige Durchfahrt, welche meinen Nachbarn, den Holländern, nicht bekannt war. Gewiß besitzen sie Inseln, gewürzreich und von der Sonne reich gesegnet, welche jedoch ihre Regierung, vermute ich, keineswegs glücklich macht. Itzt daher jede Hoffnung auf eine so abenteuerliche Reise fahren lassend, kehrte ich nach Den Haag zurück; auf dem Heimweg besuchte ich ein Landhaus des verstorbenen Grafen Bentinck, mit Gartenanlagen und Hainen, die keinesfalls (wie man meinen sollte) den Gärten der Hesperiden ähneln. Doch angesichts der Tatsache, daß das gesamte Ensemble von Bäumen, Terrassen und Grünflächen gleichsam aus Sandhügeln geschaffen ward, verdient es schon gewisse Anerkennung. Den Fußsteigen und Alleen eignet all die Steifheit und Geziertheit, welche unsere Vorfahren bewunderten; die dazwischen liegenden Räume hingegen, mit Baumgruppen getupft und mit Blumen gesprenkelt, werden in Holland als englischer Stil angesehen. Ein Engländer sollte sie allerdings mit Nachsicht betrachten, da jedweder nur mögliche Versuch unternommen ward, sie dem Geschmack seines Vaterlandes anzupassen. Unnötig zu erwähnen, wie reichlich ich Lobeshymnen auf Graf B.s geschmackvolle Absichten anstimmte, noch, wie froh ich war, mich wiederum auf der großen Allee zu befinden, nachdem ich mich gebührend durch seinen Garten geschlängelt hatte. Den gesamten Heimweg über beschäftigte mich die Sparsamkeit der Holländer, welche Gärten aus Sandhaufen und Städte aus Meerbusen errichten. Ich erfuhr noch einen weiteren Beweis dieser haushälterischen Veranlagung; da ich als erstes einem ungelenken Kerl begegnete (unfähig, oder vielleicht unwillig, sich Pferde zu leisten), der seinen Leib in einem Hundekarren lüftete. Das arme Tier schnaubte und keuchte, Mijnheer rauchte und gaffte mit höchst wonnevoller Gleichgültigkeit um sich.

30. Juni

Den Morgen widmete ich dem Cabinet mit Gemälden, Naturalien und Curiosa des Prinzen von Oranje. Unter den Bildern, die mir am besten gefielen, befindet sich ein St. Antonius vom Höllenbreughel, der diesen Titel wohl verdient; denn eine diabolischere Versammlung von Kobolden hat noch nie die menschliche Vorstellungskraft heimgesucht. Breughel läßt seinen Heiligen in einem Graben Zuflucht nehmen, welcher von unzähligen Harpyien und Kriechtieren wimmelt, deren Bösartigkeit, sollte man meinen, selbst Hiob den Ruf, geduldig zu sein, gekostet hätte. Burgen aus Stahl und feurige Türme gleißen allseits, aus denen eine Schar von jungen Teufeln stürzt; diese scheint es köstlich zu amüsieren, in den armen St. Antonius zu stechen und ihm, wie ich Dir versichern kann, schmutzige Geschichten ins Ohr zu flüstern. Nichts Beklagenswerteres kann es geben als das Aussehen des Leidgequälten; nichts Elenderes als seinen Bart; nichts Mitleiderregenderes als sein Auge, welches einen schrillen Kontrast zu dem kessen Zwinkern und den heimtückischen Blicken seiner Verfolger bildet; von denen einige, was ich nicht zu erwähnen brauche, offenkundig dem weiblichen Geschlecht angehören. Doch im Grunde schäme ich mich, Dich so lange solch schlechtem Umgang ausgeliefert zu haben; hätte ich ein wenig mehr Zeit, so wärest Du einer besseren Gesellschaft in dieser Galerie vorgestellt worden, wo einige der vorzüglichsten Berchems und Wouvermans, welche ich je erblickt, Dich stundenlang erfreuen könnten. Vermutlich würdest Du die Poelenburghs nicht ausgiebig betrachten; es gibt deren lediglich zwei, der eine ist alles andere als ein Meisterwerk; kurzum, ich bin in großer Eile; deshalb verzeihe mir, Carlo Cignani, wenn ich Deinen Vorzügen gegenüber ungerecht bin; vergib mir, Potter, wenn ich an Deinen Herden vorübergehe, ohne Dir Bewunderung zu zollen. Mijnheer Van Irgendwas war ebenso bestrebt mich herumzuhetzen wie ich gestern abend, den Dämpfen und Wirrnissen von Sorghvliet zu entkommen; daher führte er mich eine wenig ansehnliche Treppe empor und geleitete mich zu einer Reihe von dachstubenartigen Gemächern; die, angesichts der Armseligkeit des Äußeren, zu meiner Überraschung einige der wertvollsten Erzeugnisse des Orients bargen. Mit Edelsteinen verzierte Goldtassen, chinesische Miniaturpaläste aus Elfenbein, glitzernde Rüstungen aus Hindostan und japanische Schatullen füllten jeden Winkel dieser peinlichen Schatzkammer. Was mir von all ihrem kostbaren Tand am besten gefiel, war eine gewaltige Kassette aus edlem Holz, die emaillierte Flacons voller orientalischer Duftessenzen enthielt, genug, um ein ganzes Frauengemach zu parfümieren; so wohlriechend, daß ich den Mogul selbst für einen Holländer hielt, da er sie für diese ungeschliffene Nation verschwendete. Wenn unangenehme Gerüche, wie ich bereits erwähnte, Bezauberungen auflösen können, alsdenn vermögen solche aromatischen Öle es zweifelsohne, sie zu erwecken; denn als ich ihren Duft genoß, hätte nur wenig mich überzeugen können, daß ich nicht in der Kleiderkammer der Hekabe sei,

»wo lang gehegte Düfte kostbaren Wohlgeruch atmeten«.

Ich sah, vielmehr glaubte ich zu sehen, die gewölbten Gemächer, den Umzug ehrwürdiger Matronen, die heiligen Gewänder: Der Tempel selbst stieg allmählich vor meinem geistigen Auge auf, bis ein wohlgenährter Holländer mit einer tiefen Verbeugung auf mich zukam; seine Willfährigkeit glich Satans Ruchlosigkeit, als dieser, katholischen Legenden zufolge, von Calvin oder Dr. Faustus Abschied nahm. Gegen eine solche Ausräucherung ist kein Zauber gefeit; hinweg flogen Palast, Hekabe, Matronen, Tempel &c. Ich blickte empor und, siehe da, befand mich in einer Mansarde. Da die Dichtkunst nur viel zu oft mit einer so erhabenen Lage konfrontiert ist, wird Dich mein Gedankenflug kaum wundernehmen. Als ich mich ein wenig von ihm erholt hatte, taumelte ich die Treppe herab, betrat die Cabinette der Naturgeschichte und war alsbald wieder bei Sinnen. Ein würdevolles Nilpferd trug einiges dazu bei. Die Schmetterlinge, muß ich gestehen, hätten mich beinahe woanders hingeführt: Ich gedachte ihrer heimischen Hügel und geliebten Blumen auf den Gipfeln des Haynang und Nan-Hoa; doch das Kauderwelsch um mich herum verhinderte den Ausflug, weshalb ich jenem geräumigen Gemach eine gewisse Aufmerksamkeit angedeihen ließ, das konservierten Schlangen und eingelegten Föten dient. Da ich das nämliche Schauspiel im Britischen Museum genossen hatte, war hier nicht viel Neues oder Besonderes zu entdecken. Einer der daselbst befindlichen Gegenstände ist das Wachsmodell eines menschlichen Schädels, fürwahr höchst fachkundig abgezogen! Ekstatische Lobpreisungen von Dilettanten wurden dieser Leistung zuteil. Ein deutscher Professor konnte kaum glauben, daß er künstlich war; von Wahrheitsliebe getrieben, biß er in diesen köstlichen Happen, um sich von seiner Echtheit zu überzeugen. Mein Glaube ward auf weniger gefahrvolle Weise begründet; so machte ich mich in der Überzeugung davon, daß die Kunst noch nie etwas so erschreckend Naturgetreues hervorgebracht habe. Es war ein Uhr, ehe ich das Reich der Mineralien erledigt hatte; eine weitere Stunde verstrich, bevor ich schicklich den Bereich der ausgestopften Vögel und Meeresgeschöpfe verlassen konnte. Schließlich war mein Aufbruch zulässig; ich verfügte mich zu Sir Joseph Yorke, um dort mit Leuten aus aller Welt und aller Sprachen zu dinieren. Den Haag ist auf Erden *der* Ort für eine bunt zusammengewürfelte Gesellschaft; und in mancher Stimmung meiner Ansicht nach der angenehmste. Nach dem Kaffee lustwandelte ich zum Haager Wald; welcher, angesichts der Tatsache, daß seine Zweige beinahe die Stadt streifen, erstaunlich einem Forst gleicht. Da kein Ast je gestutzt werden darf, bewahren die Eichen und Buchen ihre natürliche Pracht und bilden einige der malerischsten Formationen, die man sich nur vorstellen kann. An manchen Stellen ragen ihre geraden Stämme sechzig Fuß ohne einen einzigen Ast empor; an anderen beugen sie sich wundersam über die Alleen; welche sich biegen und winden, wie ein Maler es sich nur wünschen kann. Ich folgte ihnen mit Eifer und Neugier; zuweilen zwischen Büscheln von Farn und Kraut vom Weg abkommend. In dieser kühlen Abgeschiedenheit konnte ich es nicht fassen, ohnweit von Kanälen und Windmühlen zu weilen; alle holländische Steifheit war vergessen, als ich das riesige Laubwerk über mir und die wilden Blumen und Gräser zu meinen Füßen betrachtete. Mehrere Hasen und Kaninchen huschten an mir vorüber, während ich dasaß und die Vögel ihr Abendlied zwitscherten. Ihr Fortbestand ist der Politik des Landes geschuldet, die so planmäßig und gut eingerichtet ist, daß sie keinerlei Raubbau im Bereich dieses weitläuftigen Waldes duldet, dessen Fülle und Dichte dazu geeignet scheinen, die Hälfte aller Sünden einer Hauptstadt wettzumachen.

Im Vertrauen auf diese behagliche Sicherheit schlenderte ich unbehelligt zwischen den Buchen umher, bis das rötliche Gold der untergehenden Sonne nicht länger auf ihrem Blattwerk erglühte; darnach ließ ich mich, allerdings nicht ohne Bedauern, auf dem nächstgelegenen Weg aus dieser erquicklichen Waldeslandschaft zu den staubigen, pomphaften Gartenanlagen des Griffier Fagel geleiten. Jede Blume, die für Geld zu erwerben ist, verströmt ihren Duft auf der einen Seite; indes jedweder Gestank, den eine Gracht nur ausdünsten kann, die Luft auf der anderen Seite verpestet. Diese faulichten Pfuhle trotzen aller Macht der Vereinigten Provinzen und stinken trotz deren Bemühungen ungehemmt fort; doch vielleicht gehe ich zu weit; denn es obliegt mir nicht, Versuche zu erwähnen, diese giftigen Tümpel zu reinigen. Wer weiß, wie trefflich ihr Geruch zu einer holländischen Verfassung paßt? Man sollte zu dieser Annahme ob der zahlreichen Speisesäle und Lusthäuser neigen, die unmittelbar über ihnen hangen und eigens dafür bestimmt sind, sich daran zu ergetzen. Wären Frösche nicht von der Verwaltung ihres Landes ausgeschlossen (ich kann mir nur schwer vorstellen, daß sie es sind), so sollte man sich über diese Wahl nicht wundern. Dergleichen Bürgermeister könnten ihre Pavillons in solcher Umgebung aufschlagen; allerdings bin ich ob der fischigen Gemeinde nicht sonderlich überrascht, da mich schon der geringste Beleg überzeugen könnte, daß es eine Zeit gab, da Holland aus Wasser bestand und die Vorfahren der heutigen Einwohner Fische waren. Eine gewisse Austernartigkeit des Blicks und eine gewisse Schlaffheit des Äußeren sind beinahe Beweis genug für diese wäßrige Herkunft: Denn sag mir bitte, wofür die Pluderhosen da sind, welche sich die Holländer selbst antun, denn einen zappelnden Schwanz zurückzuhalten und so die Unförmigkeit ihrer delphinartigen Hinterteile zu verbergen? Nachdem ich ein Weilchen in den feuchten Alleen, welche diese trägen Gewässer säumen, Buße getan hatte, wurde ich über spiralig gewundene Sandwege zu einer weitläuftigen Ebene geleitet, die nur spärlich bewachsen war. Mich in solch einem Labyrinth zu verirren, war ohne jeden Reiz; deshalb entkam ich, dank der späten Stunde und einiger dahingemurmelter höflicher Versprechen, bei erstbester Gelegenheit wiederzukommen, der Langeweile dieses ausgedehnten Gesträuchs und langte zu Hause mit dem Entschluß an, weiser und weniger neugierig zu sein, sollten mich meine Sterne jemals wieder nach Den Haag führen. Morgen sage ich ihm Lebwohl; falls die Pferde mich nicht im Stich lassen, werde ich in ein paar Tagen von den mannichfaltigen Mühsalen der Vereinigten Provinzen erlöst sein.

Aus dem Englischen von Wolfram Benda

DURS GRÜNBEIN

SCHLACHTENSEE

Gedichte

DER EXPRESSIONISTISCHE FILM

Wir kamen im Dunkel ans Ziel,
über die Avus. Das grüne Auge
des Funkturms blinkte, als wir
die Stadt vor uns liegen sahen.

Die breiten Straßen griffen alle
strahlenförmig auf eine Mitte zu,
Finger von Stummfilmmonstern,
die sich um eine Gurgel schließen.

Die Fahrt ging an Gruben vorbei,
frischen Baustellen, Häuserlücken,
in denen die Erde ausgeschachtet
wie Schlachtvieh am Haken glänzte.

Unter S-Bahn-Brücken thronten
in Decken gehüllt, auf Matratzen,
Nachtgestalten aus allen Ländern
Europas, die Fürsten des Alkohols.

Zackige Schatten aus Hinterhöfen
kreuzten sich über Plakaten
für eine Retro mit Ufa-Filmen,
betitelt: Von Caligari zu Hitler.

SCHLACHTENSEE

Unter dem blinden Silberspiegel in der Dämmerung
löst sich das Schwarz, sinkt zurück auf den Grund,
von dem herauf, für das manische Ohr hörbar,
ein versunkener Volksempfänger plärrt.

Von den Ufern her wächst in Blasen das Eis:
Ochsenaugen, ins Weiße verdreht bei der Schlachtung.
Eine Zunge schwebt über den Bäumen, blutrot
gerändert vom Schein der untergehenden Sonne.

Wege in den Morast, und der Waldboden bebt,
als reichte das U-Bahn-Netz bis unter den See.
Tiefer im Dickicht, heißt es, liegt einer der vielen
Bunkereingänge ins Reich der Legende.

Warum die Negativbilder todsicher wiederkehren,
sagt der Wald nicht. Sie haben den Krieg überdauert.
Eine Naturgeschichte der Wörter: Der Abstand
unter den Toten wird mit jedem Lebenden größer.

SCHOTTERALARM

Schotterlärm schon am Morgen:
das hallt durch die Straßen, hallt
in den Traumhinterhöfen.
Sie schreddern Beton
im Backenbrecher,
im Bauschuttbrecher.

Sie brechen durch Wände, sie reißen
das Haus in der Mitte entzwei,
kein Stein bleibt auf dem andern.
Ein Beben geht durch die Stadt.
Das Außen verteilt sich im Innern.

Ein Kreischen von Straßenfräsen
den Tag lang, ein Rütteln
von Preßlufthämmern
direkt an den Schläfen.
Das sind sie, die Grenzen
der offnen Gesellschaft, die feinen
Membranen sind alle eingerissen.
Der Lärm tobt im Haus der Psyche.

IN KALTEN WASSERARMEN

Ich habe am Wannsee Rosen gepflückt
und weiß nicht, wem ich sie schenken soll.
Jakob van Hoddis

Wir gingen am Ufer stadtauswärts
auf schlammigen Pfaden. Kahles Gehölz
folgte uns unbemerkt wie die Schatten
im eisigen Wasser, die grauen Schraffuren.
Wir streiften den Schlehdorn, wir brachen
der Schwarzerle Äste ab mit den Schultern.
Wir stapften durch unvermintes Gelände.
Mit uns die Toten, der Atemnebel.
Fast alle Gefahren gebannt, das war neu.

Es war in den Tagen zwischen den Jahren.
Die Angst war nun namenlos. Aber der Wald
stand in Quarantäne, unpassierbare Zone.
Durch Baumstämme glänzen sah man ihn:
den Wannsee, den Wahnsee, den Silbersee.
Hier brach der Dichter im Eis ein. Hier war
ihm nicht mehr zu helfen gewesen auf Erden.
Eine Maske hing in den Brombeerdornen.
In kalten Wasserarmen fing sich die Nacht.

DREILINDEN

Überwachtes Gelände, die Bäume
sind alle durchnumeriert.
Der Postenweg durch den Wald
erzählt von der Teilung,
er erzählt es dem Stein.

Gleise, verbindungslos: Unkraut
deckt ihren Rückzug.
Hinter Mauern, rostigen Gittern
die Reste der Hundezwinger.
Nur der Stacheldraht glänzt
nach dem Regen wie aufgefrischt.

Peitschenlampen erinnern daran:
Nachts war der Wald hier grell
ausgeleuchtet, der Hochstand
mit Schützen besetzt
für das menschliche Wild.

RINGBAHN

Stehe am Fenster, haltlos, ein Jahrhundert verging.
Die S-Bahn-Wagen, im Regen vorüberrauschend,
erinnern an ihre Vorläufer, genauso blankpoliert,
nur mit anderen Menschen an Bord, eine Fracht
zwischen zwei Arbeitsschichten beiseite gebracht.

Spurlos verschwunden der Engel, der da im Sturm
umherflog, flügelschlagend, ein taumelnder Falter
mit Tunnelblick – zwischen den Grenzanlagen,
den Wachtürmen, Platten aus abwaschbarem Beton.
Begrünt sind die Trümmerberge. Die Gleise entlang
zieht ein feiner Singsang, der die Tage verschweißt.

Nicht vergangen ist an der Böschung das Unkraut,
das graue Licht über den Schrebergärten, die Trauer
der krummen Birken und das kindliche Staunen
des geborenen Rip van Winkle, wenn anderntags
durch brandneue Fensterfronten die Sonne bricht.

GAITO GASDANOW

DER KLUB PIK ACHT

Ich erwachte in nebliger Dämmrung,
Aber wußte nicht, an welchem Tag.
Alexander Blok

Ihr Schicksal weissagte ihnen ein Jude mit langem Bart und gräßlichen roten Händen. Seine Augäpfel waren chronisch entzündet; von Beruf war er Handleser und Wahrsager, und an der Tür des legendären Häuschens, in dem er wohnte, stand geschrieben:

»Ich enthülle euch eure Zukunft. Isaak Siphon.«

Und Isaak Siphon schilderte ihnen ihr Schicksal. Gekommen waren sie alle zusammen: Waßja Morgun, Fantaseur und Falschmünzer; der unabhängige Borja Wertunenko; Wowa, ein Zeichner; die Gymnasiastin Alfjorowa, genannt Jane; Kazimierow, ein polnischer Poet; der Schauspieler Baritonow; Marja Gawrilowna Sirotkina, genannt Stehauf-Marußja, Betreiberin eines Wachsfigurenkabinetts; und ein Realschüler, fünfte Klasse, mit Spitznamen Jungfuchs.

»Ich kann euch schildern, jedem einzeln, was ist bei euch die Sache«, sagte Isaak Siphon. »Aber weil ich ja kenne eure Kosten, sage ich allen auf einmal. Wenn ihr möchtet, könnt ihr euch setzen.«

»Dann also los«, sagte Jane. Sie setzten sich. Durch den gelben Glimmer des Fensters drang schwaches Licht, verstaubte Hefte lagen in Haufen auf dem Boden, im Raum roch es nach Moschus; riesige weiße Kerzen loderten gespenstisch in grauer Luft. Isaak Siphon beschaute ihre Handflächen und warf einen ärgerlichen Blick auf Jane, die zu langsam die Handschuhe abstreifte. Dann stellte er ein Töpfchen auf eine Spirituslampe, ließ etwas sieden, seufzte und murmelte auf Jiddisch. Stehauf-Marußja, die besser als die anderen diese Sprache verstand, übersetzte, erschrocken flüsternd:

»Er sagt: Was für eine Zeit, was für eine Zeit!«

»Besser, ihr wärt nie geboren worden«, sagte ihnen Isaak Siphon. »Ihr erklärt mir vielleicht, wozu ihr seid geboren?«

Des weiteren sagte er zu Marußja: »Von eurem Besitz bleiben nur Rauch und Reste.« Er sah zum Zeichner Wowa: »Herr Bildhauer, ihr werdet hungern euer Leben lang. Fräulein«, Jane zuckte zusammen, »ihr könnt umkommen mit eurer Schönheit, das sage ich euch gleich. Schaut mich nicht an mit einem Lächeln« – das galt dem Jungfuchs –, »wir werden uns nie mehr wiedersehen.«

»Ihr macht euer Sach«, fuhr Isaak Siphon fort. »Denkt bloß nicht, das wär' eine gute Sach. Was soll ich euch raten? Es gibt solche Linie in eurem Schicksal, und wär' besser, es gäb' sie nicht. Die Linie von Verbrechen. Ihr könnt sie durchreißen, ganz ohne Anstrengung, braucht bloß sagen: Auf Wiedersehn, liebe Kameraden, weil nämlich, wenn wir zusammenbleiben, kann sogar Isaak Siphon uns nicht helfen.«

*

»Wir haben keine Zeit, um Isaak Siphon Glauben zu schenken«, sagte Waßja Morgun.

Und da Waßja Morgun eine gewisse Autorität genoß, weil er mehrfach im Gefängnis gesessen hatte und dort nie länger geblieben war, als er es für nötig hielt, stimmten sie ihm zu und vergaßen Isaak Siphons Warnung.

Und um elf Uhr abends trafen sie sich wie immer in der Wohnung von Stehauf-Marußja. Klingelten an der Tür, wo statt einer Visitenkarte eine Pik Acht angenagelt war. Marußja kam zur Tür und fragte:

»Wer da?«

Sie antworteten:

»Wir sind die Acht!«

Marußjas Wohnung war so eingerichtet, daß es Stühle zum Beispiel nicht gab, bloß einen einzigen Drehhocker. Es gab Teppiche, niedrige Sofas, Kissen und wieder Teppiche. Die Gäste saßen nicht, sie lagen. Waßja spielte Klavier, Wowa zeichnete unzüchtige Bildchen und zeigte sie der lachenden Jane und der ächzenden Marußja. Der Poet Kazimierow, ein Mensch von deutscher Kultur und slawischer Chaotik, rezitierte auswendig den »Faust« und »William Ratcliff«. Wertunenko, der Trägste von allen, schlief zur Musik und zu den Versen sanft ein.

Um ein Uhr nachts brachte Marußja Wein und belegte Brote. Der Schauspieler Baritonow trank, brüllte dann einen Monolog aus »Der junge Adler«, verhedderte sich zuletzt und schrie:

»Sein oder Nichtsein? Jane, wir warten!«

Und Jane begann zu singen.

So ging das Lied:

> Es beginnt mit einer vibrierenden Note,
> mit langsamen, gewundenen, sich aufschwingenden Tönen,
> danach
> klingt es im Gleichmaß,
> und rührt an das Herz,
> und umgürtet es

mit der Kette der Schwermut,
mit dem Atlasband des Blutes
und dem zuckenden Spüren der Tränen
und dem durchdringenden Empfinden,
daß aus dem Gedächtnis Phantome davonfliegen.

Dann begann das Lied zu wachsen.

Es steigt auf
und gleitet dahin
und rüttelt am Plafond
und fliegt bis zum Dach,
und wenn es herabsinkt,
gelangt es
auf die Höhe der menschlichen Brust
und strömt über das Atlasband
und klirrt mit der Kette.

So zumindest sang Jane.
Entkräftet und schaudernd lagen sie auf dem Teppich. Aus dem Nebenzimmer drang Janes Klagelied und Äthergeruch. Die elektrischen Glühbirnen wurden gelb, sie wichen der heraufziehenden Morgendämmerung.
Und wenn Jane zurückkam, begann Waßja zu improvisieren. Er machte die Augen auf und zu, schaukelte vor und zurück und erzählte Geschichten, die um so überraschender waren, je durchdringender Jane gesungen hatte. Wie alle Fantaseure hatte Waßja ein Gefühl für Kunst, ließ sich von Musik überwältigen und weinte.
»Einst erblickte ich mich in Ägypten«, hob Waßja an. Wowa skizzierte eine Kleopatra mit länglichen Augen, die ein Krokodil liebkoste, eine Pharaonenmumie in obszöner Pose auf einer Pyramide und eine Sphinx, die der Wüste zuzwinkerte und sich mit der Tatze am Hinterkopf kratzte. Das zeichnete er mit kurzen, raschen Bleistiftstrichen, und darunter schrieb er:

Umspült vom gelben Nil
Die heißen Pharaonengräber
Mitsamt dem Krokodil.

»Die verstaubten Bilder aus meiner Vergangenheit«, sprach Waßja, »versanken in den langsamen Wogen des Nils, unter der gemächlichen und weisen Grausamkeit der roten ägyptischen Sonne …«

Draußen vor den Winterfenstern quietschten hie und da Schlittenkufen. Das nachtwandlerische Gemurmel, manchmal abgelöst von langsamem Geflüster, wurde restlos von den weichen Teppichen und Polstern verschluckt. Ein Kronleuchter mit Milchglastropfen beleuchtete die Körper auf dem Boden; Waßjas schwarzer Schatten fiel auf die Polster und glitt lautlos über die Wände.

Waßja erzählte, murmelnd und sich überstürzend, als tauchte er in die schwarzen Meere seiner Fantasie, die sich urplötzlich unter dem gelben Licht der Sonnen und Lampen aufgetan hatten. Er erzählte, wie er in Ägypten zum Bettler wurde, dann zum Schuster, wie er einem schönen Mädchen begegnete, sie liebgewann – und entsetzt erfuhr, daß sie seine Schwester war. ›Ein Maupassant-Thema‹, dachte sich Jungfuchs.

Gegen fünf Uhr morgens verstummten die Gespräche und Schreie. Lange tranken sie Tee, dann ging Jane ins Gymnasium, Jungfuchs in die Realschule. Die anderen schliefen ein. Um zehn Uhr begab sich Marußja in ihr Wachsfigurenkabinett mit der bedeutungsvollen Inschrift: »Nur für Erwachsene«.

So geschehen in der fernen Epoche der Träumer, im Rußland der Jahre siebzehn und achtzehn. Schwer zu sagen, dank welcher Mittel der Klub Pik Acht existiert hätte, wenn die Idee zu anderen, prosaischeren Zeiten aufgekommen wäre. Der Fantaseur Waßja, der Zeichner Wowa und der unabhängige Borja Wertunenko bildeten im Klub eine Art *status in statu*, eine eigene Kompanie, zusammengeschweißt durch die klassische Einheit von Zeit, Ort und Handlung. Waßja kaufte ukrainische Karbowanez-Banknoten aus Odessaer Produktion, die aus Halbrubelscheinen gefertigt waren, dazu große Druckbögen und lange Serien von Kerenki-Banknoten. Für ihre Verbreitung waren vor allem Wowa und Borja verantwortlich. In besonders schwierigen Zeiten zeichnete Wowa aktuelle Karikaturen für die dreiste Satirezeitschrift »Der Stachel«.

Finanzzentrum des Vereins war Stehauf-Marußja, Inhaberin des Wachsfigurenkabinetts, der Wohnung und eines Automobils der Marke Benz. Ihr Ehemann, ein Junker, war schon neunzehnvierzehn im Krieg gefallen. Das Geld war in ihre Verfügungsgewalt übergegangen, doch sie scheute sich lange, es in zweifelhafte Unternehmungen zu investieren, und wußte nicht, was tun. Ein Zufall führte sie mit Waßja zusammen.

»Verstehen Sie, Marußja«, sagte der, »das beste Geschäft ist der Verkauf von Rauschmitteln und daneben irgendein unauffälliger Laden. Nehmen wir mal an, Sie machen ein Wachsfigurenkabinett auf. Sie zahlen, wo es sich gehört, dann steckt kein Hund seine Nase in Ihr Geschäft. Weil ich sehe, daß Sie eine Frau mit Ansprüchen sind und schlichter materieller Wohlstand Ihnen nicht genügt, werden wir anschließend, das habe ich längst vor, den Klub Pik Acht organisieren und Sie zerstreuen.«

Das Gespräch fand im Lustgarten statt, dem Tivoli. Es knirschte der Kies unter den Füßen der freien Chansonetten mit den schwarzen Hüten samt wogenden Federn. Auf der Bühne sang ein Coupletsänger mit Frack: »Dafür schwärmen alle Mädels«. Marußja war einverstanden.

Waßja machte sich daran, den Klub Pik Acht zu organisieren. Borja Wertunenko und der Zeichner Wowa waren die ersten Mitglieder. In Marußjas Wohnung fühlten sie sich sofort wie zu Hause, denn beiden war das Milieu, in das es sie verschlug, gleichermaßen gleichgültig. Der Schauspieler Baritonow wurde dank eines Irrtums Mitglied: In Marußjas Haus wohnten, ein Stockwerk höher, Bekannte von ihm. Sturzbetrunken, Verse und Monologe brabbelnd, verzählte er sich einmal bei den Stockwerken. Der Stolz der Trunkenheit gestattete ihm nicht, den Gedanken zuzulassen, er könnte sich bei einstelligen Zahlen vertun. So fiel er in Marußjas Wohnung ein.

Zeichner Wowa, der unabhängige Borja und Stehauf-Marußja lagen gerade auf einem Teppich, und Wowa zeigte, wie man mit einer einzigen Linie eine Katze zeichnen kann, ohne den Bleistift vom Papier zu lösen.

Der Schauspieler Baritonow blieb auf der Zimmerschwelle stehen. Er war außerordentlich traurig. Ohne jemanden anzusehen, deklamierte er voll Gefühl:

> Das ist der alte Märchenwald!
> Es duftet die Lindenblüte!

Dem Schauspieler Baritonow wurde Portwein eingeschenkt. Er trank, schrie dann voll Verzweiflung: »Ich bin zwanzig Jahre!« und fiel zu Boden. Als er morgens aufwachte, bedankte er sich bei Marußja mit vorsätzlich altmodischen, theatralischen Wendungen – »bitte Euch, Verehrteste, um Euer großmütiges Verzeihen« –, ging und kam nach drei Tagen wieder, nun schon als alter Bekannter. Er wurde nicht fortgeschickt.

Nächstes Vereinsmitglied des Pik Acht wurde der Realschüler Jungfuchs. Waßja Morgun lernte ihn beim Billard kennen, nachdem er vierzehn Partien gegen ihn verloren hatte. Er wollte mit Falschgeld bezahlen. Aber der Realschüler Jungfuchs wußte seit langem, wer er war, und wußte um seinen Beruf.

»Genosse«, sagte Jungfuchs, »Ihr Geld ist tatsächlich gut gezeichnet. Nur glauben Sie zu Unrecht, man könnte mich übertölpeln. Ich mag eine andere Papiersorte. Zahlen Sie mir mit echtem Geld, oder Sie müssen Pelz und Mütze hierlassen.«

Einige Stammgäste, offenbar gute Bekannte von Jungfuchs, traten zum Billardtisch und blieben schweigend stehen. Waßja blickte rasch in die Runde und sah ein, daß die Lage hoffnungslos war.

»So jung, und versteht so zu reden«, meinte Waßja. »Was essen Sie zu Mittag, Genosse?«

»Zahlen Sie mir das Geld, Genosse Morgun, oder Sie werden es bereuen.«
»Ach, Sie kennen sogar meinen Namen?« Waßja wunderte sich. »Sagen Sie mir doch bitte: Wie alt sind Sie?«
»Bald fünfzehn«, erwiderte Jungfuchs.
»Na schön.« Und Waßja bezahlte den Spielverlust mit echtem Geld. »Hätten Sie Zeit?« fragte er. »Ich müßte mit Ihnen reden.«
Sie gingen nach draußen. Waßja schwieg, dann steckte er sich eine Papirossa an und sagte:
»Haben Sie Shakespeare gelesen, junger Mann? Oder irgendwelche anderen Schriftsteller? Überhaupt, haben Sie von irgendwas einen Begriff? Oder sind Sie nur in Billard stark?«
Jungfuchs war beleidigt. Er sagte:
»Ich habe Shakespeare, Dante und Voltaire gelesen. Außerdem Feuerbach, Hume, Spinoza, Schopenhauer und ein paar Philosophen, die weniger bekannt sind. In jüngster Zeit habe ich Nietzsche, Guyau, Comte, Spencer und die ersten fünfzig Seiten der ›Kritik der reinen Vernunft‹ gelesen.«
»Aha! Und haben Sie schon mal von einer Frau namens Stehauf-Marußja gehört?«
»Kenne ich«, gab Jungfuchs rasch zurück. »Sie besitzt ein Wachsfigurenkabinett, aber das ist nur der Aushänger. In Wirklichkeit spekuliert sie mit Kokain.«
»Welch eine Begabung!« sagte Waßja. »Und mögen Sie Portwein?«
»Genosse Morgun, allmählich geht mir das auf die Nerven.«
»He, Droschke!« schrie Waßja.
Es war gegen elf Uhr abends. Fünfzehn Minuten später befand sich Jungfuchs in Stehauf-Marußjas Wohnung.
»Jetzt fehlen noch zwei«, sagte Waßja am nächsten Abend zu ihm. »An Sie ergeht die Verpflichtung, uns diese in kürzester Zeit zu beschaffen.«
Drauf begab sich Jungfuchs ins Café Kristall. Poeten mit schwarz umrandeten Augen schrien dort ihre Verse. Jungfuchs forderte den Heine-Verehrer Kazimierow auf, dem Klub Pik Acht beizutreten. Der war einverstanden, stellte aber die Bedingung, mit ihm müßte auch Jane aufgenommen werden. »Jane? Wer ist das?« Anstelle einer Antwort deklamierte Kazimierow ein langes Gedicht über ein Mädchen mit roten Haaren. Der Realschüler runzelte die Stirn, war jedoch ebenfalls einverstanden.
Außergewöhnlich war an Jane nur ihre Stimme. Ansonsten unterschied sie sich kaum von den revolutionären russischen Gymnasiastinnen, die in die klassischen Gestalten der Bacchantinnen und die politische Blindheit der Charlotte Corday verliebt waren. Jedenfalls war das ein wunderbarer Frauentyp, frei von vielen Tugendkonventionen – und dazu verurteilt, sich mit der Zeit dem Spießerkanon

dessen zu unterwerfen, was der qualmenden Revolution auf dem Fuße folgte, nämlich einem unbeweglichen und kärglichen Dasein. Im Raum zwischen den Epochen jedoch, zwischen dem Untergang der imperialen Armseligkeit vorrevolutionärer Zeiten und dem Aufkommen der stumpfgesichtigen, fanatischen Formeln des neuen Daseins – im Raum zwischen den Epochen jedoch liebten wir keine anderen Frauen.

Im ersten Protokoll des Klubs Pik Acht stand geschrieben:

»Wir danken Jane für den hohen lyrischen Tonfall ihrer Lieder.«

Geschrieben hatte das Waßja, der Fantaseur, Liebhaber feierlicher Aussprüche und einer strengen Kunst beim Fälschen von Banknoten.

*

Das zweite Protokoll verkündete:

»Genossin Jane wird ermächtigt, in der Zentrale der Kaufmannsbank gemäß dem Scheck mit der Nummer 5794 (fünftausendsiebenhundertvierundneunzig) Geld in Empfang zu nehmen. Dieser Betrag wird Genossin Jane zu dem Zwecke anvertraut, den ehemaligen Gutsherrn Randolinski unbedingt in die Klubwohnung zu locken.«

*

Der ehemalige Gutsherr Randolinski führte eine Brieftasche mit sich, die prall gefüllt war mit ausländischen Banknoten. Er war vom Süden hergereist. Seine korpulente Gestalt und das aufgedunsene Gesicht tauchten regelmäßig an sämtlichen leichtlebigen Orten der Stadt auf. Er wurde im Moulin Rouge gesehen wie im Kaufmannsklub, wo er Karten spielte um große Summen, im Keller Kaukasus wie im Café Kristall, wo er den Poeten lauschte. Aus dem Klub Pik Acht wurde zuerst Jungfuchs auf ihn aufmerksam, denn er hatte gesehen, wie Randolinski im Billardsaal des Hotels Metropol seine Spielpartner mit Goldmünzen auszahlte.

Die Geschäfte des Klubs liefen nicht gut. Die wächserne Unzüchtigkeit des Figurenkabinetts wirkte auf die beeinträchtigte Sinnlichkeit der Bürger seit einiger Zeit nicht mehr aufputschend, Marußja mußte für ihre Spekulationen riesige Schmiergelder zahlen, darum lag in der Klubkasse nur noch wenig Geld. Falschmünzer Waßja war verzweifelt, denn weil die südlichen Armeen sich erneut regten, war der Draht nach Odessa abgerissen.

So nahm der Klub einstimmig Waßjas Vorschlag an, unbedingt den Gutsherrn Randolinski anzulocken.

»Ein Kapitalzufluß von außen ist unerläßlich«, wurde im Protokoll vermerkt.

*

Nach einem Abendessen im Moulin Rouge trat Gutsherr Randolinski durch die Drehtür und erblickte sogleich Jane, die mit speziellem Straßenschick gekleidet war. Er beschleunigte seine Schritte.

»M-lle ...«

Jane schaute ihn erschrocken an und ging weiter. Die Pik Acht folgte Randolinski auf den Fersen. Nach ein paar Minuten hielt der Gutsherr eine Expreßdroschke an. Jane drehte sich um, blickte aufmerksam Waßja ins Gesicht und schloß die Augen. Pik Acht rannte zu Marußjas Automobil, das eine Ecke weiter stand.

Als Jane zweimal klingelte, öffnete Jungfuchs die Tür. Randolinski blickte verwundert auf den Jungen in Realschülerjacke.

»Das ist mein Bruder«, sagte Jane. »Legen Sie den Pelz ab.«

Jane und Randolinski gingen ins Wohnzimmer. Jungfuchs drehte den Schlüssel um und verschloß die Wohnungstür.

Wenige Sekunden später drangen Schreie an Jungfuchsens Ohr. Alles lief wie abgemacht.

»Wie können Sie es wagen!« schrie Jane. »Sie nutzen es aus, daß niemand in der Wohnung ist außer meinem Bruder – ein Kind, das Sie nicht fürchten!«

In diesem Augenblick betraten alle Klubmitglieder den Raum. Janes Bluse war zerrissen, Randolinski hielt mit der einen Hand ihr Handgelenk, mit der anderen drückte er den sich windenden Körper an sich. Als Jane die Eintretenden erblickte, lachte sie und hörte auf, sich zu widersetzen.

»Uns steht ein kleines Gespräch bevor«, erklärte Waßja feierlich dem nun entgeisterten Randolinski. »Sie nehmen sich heraus, ein junges Mädchen zu beleidigen, Sie haben ihr sogar die Bluse zerrissen. Sie dringen in eine fremde Wohnung ein.«

»Aber ...«

»Gutsherr Randolinski, wir wissen, daß es keinerlei Argumente gibt, die Ihr Verhalten rechtfertigen könnten.«

Der Bedeutsamkeit wegen machte Waßja eine Pause.

»Wir entbinden Sie von jeglichen Kommentaren und der Notwendigkeit, sich zu entschuldigen. Statt dessen verlangen wir von Ihnen als Schadensersatz Ihre Brieftasche und beharren kategorisch darauf, daß Sie vor der Übergabe nichts herausnehmen.«

»Meine Brieftasche?« fragte Randolinski.

»Richtig, Ihre Brieftasche. An Ihren Socken beispielsweise oder den Hosenträgern oder sogar den Unterhosen haben wir keinen Bedarf.«

»Aber das ist Raub!«

»An Ihrer Stelle würde ich solche Definitionen vermeiden. Sie wollten vielleicht sagen – Ersatz?«

»Ich wollte sagen – Raub!« schrie Randolinski.
»Borja, bitte ihn, nicht nervös zu werden«, sagte Waßja.
»Regen Sie sich nicht auf, Gutsherr.«
»Die Brieftasche gebe ich nicht her. Und du bist …« An Jane gewandt sagte er ein nicht zensurfreies Wort. Eine schwere Ohrfeige von Kazimierows Hand loderte auf seinem Gesicht auf.
»Mag er seinem Gott danken«, murmelte Kazimierow, »wenn ich ihn unverkrüppelt hier rauslasse.«
Nun mischte sich der Zeichner Wowa ein: »Gutsherr Randolinski, setzen Sie den Edelsinn unseres Freundes nicht einer so schwierigen Prüfung aus.«
»Gegen Gewalt ist kein Kraut gewachsen«, sagte schließlich, langsam, Randolinski. Sogleich pflichteten Waßja, Wowa und Jungfuchs ihm bei.
»Eben. Der Schwächere gibt nach.«
»Man soll nicht gegen den Stachel löcken.«
»Allein vermag auch der Tapferste wenig.«
Und Gutsherr Randolinski gab die Brieftasche her.
»Aber ich warne Sie, meine Herren …«, sagte er, als er den Pelz überstreifte.
»Wir warnen Sie ebenfalls«, erwiderte Waßja friedlich. »Gehen Sie mit Gott, Herr Gutsherr. Schade, daß der Lift nicht funktioniert, diese Hausverwaltung ist furchtbar nachlässig, keinerlei Achtung vor Gästen, ein Saustall!«

*

Für das Geld des Gutsherrn Randolinski gab der Klub drei Nummern der Zeitung »Im Zeichen von Pik« heraus. Gefüllt waren sie mit Gedichten von Kazimierow, Erinnerungen von Baritonow, Fragmenten aus Stehauf-Marußjas Tagebuch, mit Literaturkritik des Fantaseurs Waßja, Karikaturen des Zeichners Wowa, Glossen des unabhängigen Borja unter dem Reihentitel »Mehr Luft!« sowie mit politischen Artikeln von Jungfuchs. Die dritte Nummer der Zeitung wurde von den Petljura-Behörden konfisziert.
Die Geschäfte gingen immer schlechter. Rußland brodelte, es schäumten die Seifenblasen politischer Abenteuer. Durch die Städte streunten Banden bewaffneter Machthaber, und die Mikrobe der Staatlichkeit vermehrte und verstärkte sich unaufhörlich, weitete sich zu einem großen Kreis von Verhaftungen und Erschießungen aus. Die Bürger dachten nicht mehr an Wachsfiguren, Marußjas Portwein neigte sich dem Ende zu. Odessa war in der Hand der Weißen, und das Geld aus der hiesigen Eigenproduktion war nichts wert und taugte zu gar nichts.
Da erinnerte sich die Pik Acht an die Warnungen von Isaak Siphon.

*

Jane verließ sie als erste. Sie reiste ab nach Moskau. Die Pik Acht veranstaltete für sie einen Abschiedsabend, der durchsetzt war von Marußjas Tränen, Baritonows Schreien und allgemeiner Verzückung. Fantaseur Waßja erzählte die Geschichte, wie er als Geiger zur Welt gekommen war und in einer der öden Gassen Roms von einem neidischen Musiker erschlagen wurde. Später steuerte das Leben seine prosaischen Korrekturen zu dieser Variante bei, denn es legte fest, daß Waßja als Falschmünzer zur Welt gekommen sei und in den Gefängniskellern Rußlands verschwinden sollte. Und noch später lasen die in Freiheit gebliebenen Mitglieder des Klubs Pik Acht in den Zeitungen von der feierlichen Beisetzung der Genossin Alfjorowa, die von einer unter ihr Auto geworfenen Bombe getötet worden war.

Dann verschwand der Poet Kazimierow und kam am anderen Ende Rußlands, in Polen, wieder zum Vorschein. Er hatte gesagt, er verreise für ein paar Tage, war aber für immer abgereist und hatte sich nicht einmal von den Klubmitgliedern verabschiedet.

Ihm folgte der Schauspieler Baritonow. Er heulte und schrie seine Monologe, und einen Monat später erblickte die Pik Acht sein Porträt in einer Zeitung der Weißen, die sich zufällig in die Republik verirrt hatte.

Nun nahten allerdings ganz schlechte Tage. Der Wahrsager und Vorausdeuter, der alte Jude mit den entzündeten Augen und den gräßlichen geschwollenen Fingern, Isaak Siphon, hatte, wie sich erwies, recht gehabt.

Eines Abends hörten sie während Waßjas langsamem Gemurmel Gewehrkolben gegen die Tür schlagen. Das war nicht mehr komisch.

»Marußja, vergessen Sie nicht den Hinterausgang«, sagte Waßja. »Sie dürfen nicht geschnappt werden. Borja, wir schießen gleichzeitig. Ich halte sie auf. Jungfuchs, wenn ich sage ›Borja‹, löschen Sie das Licht.«

Die Tür wurde geöffnet. Herein traten vier Milizionäre. Hinter ihnen zeigte sich die gemächliche Gestalt Randolinskis.

»Ich habe Sie gewarnt, meine Herren«, sagte er. »Wo ist denn eure Schöne?«

»Mir tut eines leid«, erwiderte Waßja und hob langsam die Augen.

»Was, wenn ich es wissen dürfte?« fragte Randolinski.

»Mir tut leid, daß Sie nicht mehr schaffen, zu Gott zu beten. Borja!«

Es dröhnten zwei Schüsse, Jungfuchs hatte das Licht gelöscht. Marußja schrie aus Leibeskräften. Wowa, Borja und Jungfuchs schleppten ihren schweren Körper fort, liefen die Hintertreppe hinab, rannten an anderthalb Häusergevierten vorbei und gelangten zu den finsteren Durchhäusern des allerräuberischsten Stadtrands, wo sie jeden Stein kannten. Selbst der Teufel hätte sie da nicht finden können. Die Nacht verbrachten sie in der Bruchbude von Taras Barsukow, dem Vorsitzenden der freien Stadtrandkommune. Als Jungfuchs am nächsten Morgen an Marußjas Haus vorüberging, sah er kaputtgeschlagene Wachsfiguren auf dem Trottoir herumliegen. Im Gespräch mit Passanten erfuhr er von der Verhaftung eines bekannten Falschmünzers und der Ermordung eines höheren Agenten der Geheimpolizei, der sich als Gutsherr Randolinski ausgegeben hatte.

*

Das letzte Protokoll des Klubs Pik Acht:
»Aus nicht von persönlichen Wünschen der Klubmitglieder abhängenden Gründen beendet der Klub Pik Acht seine Existenz. Der Klub Pik Acht spricht seinem Hauptorganisator, dem Genossen Wassili Morgun, seines Zeichens Fantaseur, Falschmünzer und Stilist, für heroisches Verhalten seine Hochachtung aus. Der Klub bekundet Stehauf-Marußja, anders gesagt, der Genossin Sirotkina, einmütig seine Dankbarkeit. Des weiteren verurteilt der Klub scharf die Fahnenflucht des Poeten Kazimierow und den Verrat des Schauspielers Baritonow an den hohen Prinzipien politischer Rechtschaffenheit.
Wir verneigen uns vor dem Schatten der Genossin Alfjorowa, genannt Jane, und betrauern nach wie vor den Tod der einzigen Lobpreiserin der Pik Acht.
Wir danken unseren übrigen Genossen für ihre Loyalität und ihre unwandelbare Solidarität angesichts fortwährend aufgetauchter Schwierigkeiten.
Dem Genossen Jungfuchs wünschen wir, den Besuch der Realschule erfolgreich weiterzuführen.
Wir gestehen, daß Isaak Siphon, der Mann, der die Zukunft kennt, mit seinen Voraussagungen recht hatte.
Der Klub beläßt jedem seiner Mitglieder für feierliche Gelegenheiten in ihrem Leben das Recht, im Namen von Pik Acht zu schwören.
Der Klub beendet seine Existenz infolge des Selbsterhaltungstriebs und infolge ungünstiger Umstände. Wir gehen auseinander und drücken einander die Hände.
Im Namen von Pik Acht: Auf Wiedersehen, Genossen!«

Paris, 18.4.1927

Aus dem Russischen von Rosemarie Tietze

IOAN ES. POP

DIE POESIE ÄHNELT DEM SELBSTGEBRANNTEN

Gedichte

DIE UHREN ZEIGEN NICHT MEHR DIE GENAUE ZEIT AN

es gibt ein paar gründe, weshalb die busse nicht mehr an den haltestellen
halten
und die straßenbahnen nicht mehr losfahren aus den depots.
die uhrzeiger am rathausturm sind eingefroren.
ein paar dachse queren ungestört die straße, wie gläubige beim kirchgang
unrasiert seit vierzig tagen oder mehr.

einer murmelt: nun ist auch unsere zeit mal angebrochen
und beten können wir in unseren eigenen höhlen
wie keiner der menschen es in einem kirchenraum mehr kann –
und dies, obwohl niemand einem anderen etwas böses getan –
doch in den höhlen haben wir uns vorräte angelegt für fünfzig jahre,
die großen überlebenden sind folglich einmal wir.

der bettler im keller des wohnblocks, wo sie zusammentreffen,
flüstert: glücklich die länder, die es nicht gibt,
die völker, die nie geboren werden.
der abend sinkt herab und breitet seine sanftmut über alle,
die luft ist rein, die großen kriege werden nicht zu früh beginnen
und sie verharren so brav wie's irgend geht:
die nun geretteten leben sind für die künftigen kriege da.

hörst du noch die nachrichten, fremder, vom warten verstümmelt?
gut, daß du noch hier bist, beinah im nirgendwo!
mit etwas glück werden wir morgen, übermorgen hinaustreten
und verkünden, daß die welt mit uns neu beginnt.
wir werden keine erinnerungen haben, wir werden alles neu erfinden.
werden ein klein bißchen bibbern unter dem mondlicht
und in den tiefen leeren himmel starren und hoffen.
groß, schier übergroß wird unsere hoffnung sein.
Schau, hier werden wir uns eine neue Festung bauen
mit mauern aus türkisen und straßen aus weichem iridium.

worauf alle unsere ungeborenen kinder treten werden,
glücklich, der vergangenheit entkommen zu sein
und sich nicht mehr kümmern zu müssen um die davor.

sie werden die neuen geschäfte überfluten,
als hätte vor ihnen niemand je seinen fuß hineingesetzt.
ihre delikaten mobiltelefone werden ihnen sagen,
daß die zukunft frei sei von allem, was je gewesen ist.

das ist auch sonst schon mal geschehen.
es ist samstag. die maschinen ruhen sich aus.
am montag könnte wieder aufruhr herrschen
in der technologie.

EIN ZUKÜNFTIGES KIND FLÜSTERT:

wir sind zu spät geboren worden.
wir werden zu früh sterben.

ansonsten hat alles sich verändert.

DAS MITTELALTER VON ZU HAUSE

die nacht ist klein und klebrig, und er fragt sie, warum, warum, warum,
sie sagt etwas, das ich nicht verstehe, aber ich lausche gespannt
und mein blut kocht, dann bläht die kleine nacht sich auf wie eine pelerine
im wind, vielleicht beginnt morgen früh um sechs eine neue nacht.

laß gut sein, ich werde mir am abend löß in die ohren schmieren
und schlafen wie der ofen, in dem sie ihr brot backen. ich werde
die bettdecke vollstopfen mit verwünschungen und vierhundert jahre
schlafen bis das mittelalter in diesem haus zu ende ist.

DIE POESIE ÄHNELT DEM SELBSTGEBRANNTEN

aus zehn kilo früchten kann man einen liter schnaps machen.
aus zehn beschriebenen seiten kann man eine seite poesie gewinnen,
vielleicht nicht einmal so viel.

ich aber kann so viel noch sagen: die krankheit bin ich los,
aber mit der gesundheit steht's zunehmend schlechter.

JAHRELANG BIN ICH VORBEIGEGANGEN

habe mich vor diesen rentnern gehütet und mir geschworen
ich würde niemals auf diesen bänken sitzen,
auf denen sie tag um tag zubringen.

ich habe auch niemals dort gesessen,
bis ich eines abends, verbittert und zum umfallen müde,
mich überwunden habe.

der sich jetzt neben mich setzt ist nicht mehr
der nachbar vom zweiten, der gegangen ist,
der arme, sondern einer etwa so alt wie ich.

ich könnte zu ihm sagen, da kann man mal sehen, auch
das leichte ist nicht mehr so leicht, wie es gestern noch war
und auch das schwere nicht so, wie es morgen sein wird
aber er schaut woanders hin – keine zwei schritte weiter
auf der straße brummt das leben.
hier glimmt es kaum leise mal auf.

OHNE UNS WERDEN DIE STERNE ALLEIN AM HIMMEL STEHN

gut, daß man unten weinen kann.
es wird sich nichts ändern, außer
der tatsache, daß alles sich ändern wird.
schläfst du noch? ist da noch platz
für einen weiteren schläfrigen wie mich?

gut, daß da noch ein platz ist, denn ich war
kurz davor anzunehmen, ich könnte sonst
vielleicht nicht mehr aufwachen.

Aus dem Rumänischen von Ernest Wichner

GABRIELE HELEN KILLERT

APOLL IM LESESESSEL – VOM GEIST DER POESIE UND IRONIE

Notizen zu Literatur und Literaturkritik

Unter dem Gesetz des Dichters

Wer hätte sie nicht schon erlebt: die Macht der Bücher. Die freiwillige Leibeigenschaft in der Gewalt eines Buches. Dieses für Stunden Abkommandiertsein aus der Wirklichkeit. Die Blödigkeit, mit der man aufschaut, wenn man gestört wird, so wie Marcel Proust es in »Tage des Lesens« beschreibt, wenn er im Garten saß und die Köchin fragte, ob sie ihm nicht einen Tisch heranrükken solle. Da »mußte man plötzlich innehalten und von weither seine Stimme holen (...) und, damit sie höflich ›Nein, vielen Dank!‹ sage, ihr den Anschein von gewöhnlichem Leben und den Tonfall einer Antwort geben, den sie verloren hatte«.

Glücklich, wer die Verlegenheit kennt, nach beendeter Lektüre seine Stimme wieder auf den Ton des gewöhnlichen Lebens justieren zu müssen. Jene aber, die nie über einem Buch ihre Stimme verlieren und das »gewöhnliche Leben« jederzeit einer ungewöhnlichen Lektüre vorziehen, werden wohl den Kopf schütteln. Diese Artgenossen muß man, auch wenn sie gelegentlich ein Buch in die Hand nehmen, als Nicht-Leser kategorial von der Spezies des genuinen Lesers unterscheiden. Beide leben verschiedene Leben, beide verstehen unter Glück etwas gänzlich anderes. Für den echten Leser ist schon die Abwesenheit des gewöhnlichen Lebens ein großes Glück und wesentliches Movens der Lektüre. Versunken im Buch erscheint das Leben aromatischer, herber, fiebriger, geheimnis- und glanzvoller. Aufregend fremd und vertraut zugleich als Echo der eigenen inneren Stimme. Und man erfährt zugleich, welche Spektralität des Empfindens erst mittels Sprache möglich ist.

Eine Erzählung, einen Roman zu lesen bedeutet: Gast in einer fremden Welt zu sein, das Abenteuer, als Eindringling auf unvertrautem Terrain willkommen zu sein. Bei Proust waren es zum Beispiel die Romane von George Sand, die er während der Osterferien in Combray verschlungen hatte. Im ersten Band der »Recherche« erinnert er sich an den Zauber dieser Jugendlektüre und vergleicht sie mit der Magie eines erschütternden tiefen Traums, der allerdings viel klarer sei als die nächtlichen Träume. Uns geht es heute ähnlich mit Proust oder dem poetischen Zauber des Erzählkosmos einer Virginia Woolf oder Elsa Morante, der unser unbekanntes Ich ergreift und aufwühlt.

Hermann Burger läßt in seinem letzten Roman »Brenner« den alten Professor und Brotgeber des Titelhelden Jérome von Castelmur-Bondo an die Proustschen Überlegungen anknüpfen. Die Erschütterung beim Lesen, so führt er aus, müsse damit zusammenhängen, »daß wir erfundene Figuren, Handlungen, Landschaften und Gespräche als wahrer empfinden als die realen; wahrer, weil sie unter dem Gesetz des Dichters (…) stehen und vom Zufall befreit sind«.

Ein wuchtiges Wort: unter dem Gesetz des Dichters. Im literarischen Prozeß findet also eine Umwandlung statt: Aus einem kontingenten Geschehen wird ein verbindliches. Das Organ, in dem sich diese Verwandlung abspielt, ist die Sprache. Der Dichter, fährt der Emeritus in Burgers Roman fort, verschlägt uns die Sprache, weil er über alle Nuancen »des unendlich schmiegsamen Wortes und Schachzüge der Syntax verfügt, wir verstummen, fühlen uns aber innerlich um so lebendiger, als wir teilnehmen an einer breiten Skala von Gefühlen (…), wie sie das Leben nie vermitteln kann, weil die Trägheit, mit der sich diese ›emotions‹ einstellen, die Intensität quasi aufzehrt, es entsteht so etwas wie Reibungsverlust«.

Literatur vermittelt uns demnach das volle Erlebnis ohne die Anstrengungen des realen Erlebens, sozusagen die luftige Essenz ohne alles gravitierend Materielle des realen Augenblicks. Beim Lesen erst erfahren wir, was wir erlebt haben oder erleben könnten, wenn wir nicht vom Leben zu sehr beansprucht würden. Lesen ist – so gesehen – eine glückliche Form des Nachsitzens, ein Lauschen in den Souffleurkasten der Sprache.

Vieles kann oder will man freilich nicht in vivo selbst erleben. Die strapaziösen Reiseabenteuer etwa eines Patrick Leigh Fermor entlang der Wegelagererrouten in der Walachei oder die tückische Schönheit Patagoniens. Doch im Lesesessel zu Hause: wie geht einem das Herz auf bei den episodischen Abenteuern in Feuerland, den Porträts von sensiblen Schuften. In Bruce Chatwins empathisch-beschwingter Vergegenwärtigung haben die Vitae der Haudegen, Aussteiger, Glückssucher eine besondere Dichte, ein poetisches Fluidum, umspült vom gischtigen Brausen der Ozeane, von Schweiß, Not, Einsamkeit und Verzweiflung, er erzeugt ein Gefühl für die Verlorenheit der mit heftigem Temperament geschlagenen Hasardeure, ein Sehnen und Dehnen in der Brust, das von Fernweh und Melancholie – wie bei Joseph Conrad, Stevenson oder Melville – nicht zu unterscheiden ist.

Das eigentliche Erlebnis ist also eins in und durch Sprache, die das Erleben erst kodifiziert. Bevor der Leser, die Leserin dieses Glück erfährt, wird es dem, der diese Lebendigkeit hervorzurufen in der Lage ist, zuteil: dem Schriftsteller. Auch er oder sie wird aus der Wirklichkeit abkommandiert. Erst im Akt des Schreibens, indem er das erfahrbare Leben *erfindet*, erlebt er es wahrhaft. Und bei dieser Metamorphose – von Sein in Bewußtsein – geschieht etwas Sonderbares: Die Sprache, der entstehende Text übernimmt mehr und mehr die Regie, wird zum Cicerone des Bewußtseins und steuert das Geschriebene oft eigenwillig in eine Richtung, die der Autor so gar nicht vorgesehen hatte. Er steht – Joseph Brodsky hat dies im Rückgriff auf Schelling und Novalis betont – unter dem »Diktat der Sprache«, die ihre eigene Logik, ihr eigenes, immer schon viel älteres Bewußtsein hat, ein pulsierender Speicher der Geistesgeschichte ist.

Wie das Lesen für den wahren Leser, die echte Leserin, so ist das Schreiben für den genuinen Schriftsteller ein Muß, ein stetes Bedürfnis.

Vor über hundert Jahren hat sich für das »Berliner Tageblatt« einer darüber Gedanken gemacht, der wußte, wo Bartel den Most holt. Zunächst einmal, so meinte er, muß der Schriftsteller der lebhaften Überzeugung sein, daß er der Menschheit etwas Wichtiges zu sagen habe. Ein »geheimnisvolles Etwas« zwinge ihn zur Selbstlosigkeit. Jede noch so »fadendünne Bereicherung« müsse er weitergeben. Wenn andere lachen, daß ihnen die Tränen kommen, studiert er diese Munterkeit. Wo andere das Vergnügen haben, mittendrin zu sein, steht er abseits, im Halbdunkel, und macht oft keine gute Figur. Dabei ist er »alles und muß alles sein« in seinen Empfindungen: Raufbold, Sänger, Schuster, General, Mutter, Vater, Kind, der Hungernde und der Satte, Regen, Mondschein, Hitze, Wind und Geld, Bettler und Betrüger, Liebe und Haß … »Er ist mit sich jedesmal fertig, wenn er das erste Wort schreibt, und wenn er den ersten Satz geformt hat, kennt er sich nicht mehr.« Das klingt sehr anspruchsvoll, aber der Schreiber dieser Zeilen (aus dem Nachlaßband »Feuer«) hat das volle Programm solcher »Selbstlosigkeit« oft genug eingelöst. Man kann ihn gar nicht genug empfehlen: Robert Walser.

Ein großer Bewunderer Walsers, der auf dieser Unbedingtheit des Schreibenmüssens in seinen Briefen und Tagebüchern immer wieder insistierte, war Franz Kafka. In einer Liste von Argumenten, zusammengestellt, um seine Verlobte Felice B. vor einer Ehe mit ihm zu warnen, betont Kafka sein Bedürfnis nach Einsamkeit. »Alles, was sich nicht auf Litteratur bezieht«, schreibt er, »hasse ich, es langweilt mich Gespräche zu führen (selbst wenn sie sich auf Litteratur beziehen), es langweilt mich Besuche zu machen, Leiden und Freuden meiner Verwandten langweilen mich in die Seele hinein. Gespräche nehmen allem, was ich denke die Wichtigkeit, den Ernst, die Wahrheit. (…) Mein ganzes Wesen ist auf Litteratur gerichtet.« Was Kafka hier – bewußt pointiert – beschreibt, ist eben dieses Abkommandiertsein aus der ihn umgebenden Wirklichkeit. Die Macht, die Leibeigenschaft in der Gewalt eines Buches: des im Entstehen begriffenen.

Tanz der Vampire oder: Wider den Biographismus

Menschen, deren ganzes Wesen und Wirken auf Literatur geeicht ist, wird von wohlmeinenden Mitmenschen oft Unrecht getan: ihren Biographen. Wenn der Roman »angeboren« ist, wie der Nabokov-Verehrer Andrej Bitow schrieb, wenn das Werk »unter dem Gesetz des Dichters« steht, dann steuert es Tod und Leben, Liebe und Unglück, eben die ganze zivile Biographie des Autors. Er steht gleichsam unter Beobachtung, unter Kuratel seines Werks, des noch zu schaffenden, ein bereits vorsprachlich inaugurierter Prozeß, der sich das Leben des Autors untertan macht und seine Schritte lenkt. Diese zugegeben platonisch-idealistisch anmutende Vorstellung hat – wie mir scheint – einige Plausibilität, sie widerspricht aber den Denkgepflogenheiten der meisten Biographen, die im Leben eines Autors die Urgründe für das Werk suchen wie Livingstone und Stanley einst die Quellen des Nils.

Gegen biographischen Voyeurismus ist – wie wir wissen – kein Kraut gewachsen. William Faulkner verfügte, daß nach seinem Tod alles von ihm, außer seinem Werk, ausgelöscht werde, und als Grabspruch wünschte er sich: »Er schrieb Bücher und starb.« Auch Isaac Bashevis Singer sah sich gelegentlich veranlaßt, die Maßstäbe zurechtzurücken: »Schließlich, was ist denn ein Schriftsteller? Nur seine Werke.« Nur seine Werke? Man kann von einem Biographen schwerlich verlangen, daß er sich aller Human-touch-Bedürfnisse enthält und nur das Werk im Blick hat. Und wer möchte von einem geschätzten oder geliebten Autor nicht vieles wissen, vor allem dies: wie er sein Werk gegen die Zudringlichkeit des Lebens und der Mitwelt hat behaupten können.

Biographien, die vorgeben, »Leben und Werk« eines Schriftstellers vorzustellen, haben oft gehörig Schlagseite. Das Werk ist sekundär, das Leben dagegen ausgewalzt im Breitwandformat. Wie geistreich waren noch Plutarchs oder Vasaris Biographien berühmter Männer, allein mit ihrer Kürze! Unser datenverschlingendes Zeitalter beschert uns dagegen immer aufgeplustertere Zettelkastenbiographien, in denen ein Lebenswerk hinter der minutiösen Chronologie der Ereignisse beinahe verschwindet. Wobei das Ingenium eines Menschen und die Tatsache, daß er schweren Stuhlgang hatte, wie Kunst und Krempel gleichberechtigt nebeneinander stehen. Da werden fleißig Lebensdaten und »Fakten« zusammengelesen, vornehmlich aus früheren Biographien und einem Dutzend durchstöberter Lebenszeugnisse, geführter Telefon-Interviews, und auch das Werk wird, um das Ästhetische verkürzt, zu Rate gezogen. Und was hat uns der fleißige Prokurist schließlich nach vielen hundert Seiten für einen Eindruck vermittelt? Sehen wir den genialen Dichter, der unvergleichliche Verse oder Prosa schrieb, jetzt besser?

Wir sehen vor uns eine wenig imposante Erscheinung mit blassem Teint. Einen schwierigen Menschen, von dem es heißt, er sei auf der Flucht vor sich selbst, vor seinem Scheitern in der bürgerlichen Welt; Brentano, Eichendorff, Heine ... die Liste ist lang: keine Genies also, die der Menschheit etwas Unvergleichliches zu sagen haben, sondern ewig Kränkelnde, die sich in die Dichtung zu retten versuchten.

Vladimir Nabokov wußte, warum er ein grimmiger Widersacher solch dumpfphiliströser Biographik war. »Ich hasse es, im Leben bedeutender Autoren herumzustochern, ich hasse die Gewöhnlichkeit des *human interest,* und kein Biograph wird je den Schleier meines Privatlebens lüften«, verwahrte er sich gegen solche Übergriffigkeit. Er hat dem Thema mit »Das wahre Leben des Sebastian Knight« einen eigenen Roman gewidmet – Auftakt seiner Weltkarriere als amerikanischer Autor.

Die Hauptfiguren dieser geharnischten Satire auf den vampirischen Geist des Biographismus sind anglisierte Russen, Exilrussen natürlich: der eine ein genialer Dichter, der mit 36 Jahren zu früh und ohne Aussicht auf den gebührenden Nachruhm verstarb. Der andere, sein jüngerer Halbbruder, nimmt nun die Biographie des toten Bruders, den er selbst kaum gekannt hat, in Angriff und begibt sich auf die Suche nach dem »wahren Leben« des Dichters. Wie Kollegienrat Tschitschikow in Gogols »Toten Seelen« ist er emsig unterwegs, befragt Gouvernanten, alte Tanten und Schulfreunde Sebastians und stößt überall in ein Wespennest der Banalitäten, der *Poschlost*. Den Vogel schießt Sebastians zeitweiliger Sekretär und Autor einer Schmäh-Biographie ab, die den Dichter als mißmutigen Müßiggänger und Plagiator Prousts, kurz, als Schnorrer im Elfenbeinturm verunglimpft.

Nabokovs Satire sollte ihm selbst leider nichts nützen. Jahrzehnte später fiel auch er solch einem »fidelen Banausen« mit Namen Andrew Field in die Hände, der sich damit großtat, das »geheime Leben« Nabokovs ergründet zu haben. An Spektakulärem hat er unter anderem anzubieten: Nabokovs hochwahrscheinliche Abstammung aus der Zarenfamilie. Ferner die Psychoanalysierung des Autors als »russisch-amerikanischer Narziß« und Ödipussi, der in Humbert Humberts »Nymphchenliebe« zu Lolita in Wahrheit die Sexgelüste gegenüber seiner eigenen Mutter ausagierte.

Solch leutselige Hobbykriminologen wollen wie (die bei Serientätern hinzugezogenen) Profiler in den Romanwerken die Logik der Devianz ihres Schöpfers bloßlegen, der sich in seinen Figuren maskiert, um die Spuren seiner Jekyll-&-Hyde-Existenz zu verwischen. Als ob der Leser nicht längst wüßte, wer der Täter ist. Woraus sonst, wenn nicht aus der biographischen Ursuppe, soll denn ein Werk hervorgehen? Dieses selbst ist aber etwas anderes, aus Lebensstoff nicht Ableitbares, so wie die Erfindung der Dampfmaschine oder die Entdekkung des Penicillins nicht aus biographischen Gegebenheiten zu erklären sind. Auch fragt niemand danach, ob der Erfinder der Heftzwecke ein inhibierter Päderast oder Antisemit gewesen ist oder an depressiven Verstimmungen litt. »Dichtet ein kranker Mann gut«, um noch einmal Robert Walser zu zitieren, »dann gehört er als Dichter zu den Gesunden«, ein einfacher schöner Satz, der Myriaden ahnungsloser Philologen- und Biographenweisheiten zurechtrückt. Wichtig und in seiner einzigartigen Schönheit der Betrachtung würdig sind für die lesekundige Menschheit das geistig-poetische Gepräge des Werks und das Wunder, daß es einem mängelbehafteten Dasein abgetrotzt werden konnte.

Ein Dichter ist etwas anderes als die Summe eines biographischen Scherbenpuzzles. Er steht unter dem *Gesetz* seines Werks, das ihn ausmacht. Oder, um eine Formulierung des Schweizer Literaturkritikers François Bondy aufzugreifen: »Ein großer Schriftsteller ist keine Sphinx, die sich in den Abgrund stürzt, weil ihr Rätsel gelöst wurde«. Das Glück des Lesers, der Leserin besteht schließlich nicht darin, Werk und Autor bis auf die Knochen entzaubert zu sehen, sondern darin, durch die Welt, die der Autor als ein *anderer* geschaffen hat, dem Geheimnis nahe zu sein.

Die Sphinx als Plaudertasche

Manche Schriftsteller trifft eine gewisse Mitschuld an den Dummheiten, die über sie kursieren, zumal wenn sie sie selber in die Welt gesetzt haben. Vielleicht sollten sie sich, wenn so ein famoser Interviewer aufkreuzt, lieber mit Groucho Marx verleugnen lassen: »Der Müllmann ist da, sag ihm, wir brauchen nichts.« Stattdessen reisen sie immer gern auf Promotionstour zur Buchmesse, wo ihnen alle Jahre dieselben Kinderfragen blühen: Warum schreiben Sie? Worum geht es in Ihrem neuen Roman? Tja, wenn man das in ein paar Sätzen sagen könnte, hätte man ihn gar nicht erst zu schreiben brauchen, sagt der Autor. Man kennt das. Es imponiert aber keinem Moderator. Schließlich will er wissen, ob das Buch etwas taugt. Ob sich der Autor darin auch die Sorgen gemacht hat, die wir haben müßten, wenn wir nicht andere Sorgen hätten.

Nun hieße es: stark bleiben. Doch die wenigsten halten das durch, selbst Nabokov hat gelegentlich gegen sein Schweigegelübde verstoßen. Der Romancier aber, der sich zum Pressesprecher seines Romans macht, muß damit rechnen, daß sein Werk nur noch als Anhängsel seiner Erklärungen und Stellungnahmen betrachtet wird, sagt Milan Kundera. Das solle er tunlichst vermeiden, zumal ein Roman, der etwas taugt, allemal intelligenter ist als sein Autor. »Romanciers, die intelligenter sind als ihre Werke, sollten sich nach einem anderen Beruf umsehen.«

Doch für die heute gängige Boulevardisierung des Feuilletons scheint das Wichtigste an einem Werk der Autor selbst zu sein, und an den hält man sich geflissentlich. Das sei eben naiv, meinte Adolf Muschg: »Auch seinen Autor erleuchtet das Kunstwerk nicht. Was hat er den Lesern zu sagen, die sich nicht an sein Buch halten wollen? Die in seiner Person allerlei Lebensweisheit und Seelenstärke vermuten, von der sie sich etwas abschneiden wollen?« Ja, man erwartet von den Schriftstellern immer das Unmögliche. Dabei haben sie es – im Glücksfall – doch schon in ihren Büchern geleistet, aber nur da. In ihrer Kunst, die weder Lösungen noch Erlösung anzubieten hat, nur sich selbst als Medium der Erkenntnis. Tolstoi hat als Person oft törichte Ansichten vertreten. Seine Verehrer wissen das und haben es ihm nicht verübelt, denn sein Werk ist frei davon. Was hätte der Menschheit erspart bleiben können, hätte sie Dostojewskis »Dämonen« zu *lesen* verstanden und den Teufelspakt des Stalinismus, der darin bereits hellsichtig beschrieben ist, beizeiten fürchten gelernt. Hinterher ist man immer schlauer? Die Literatur ist es oft schon vorher, aber die Geschichte lernt nichts aus Geschichten. Sie ist geradezu ein Kontinuum unterlassener Anwendungen.

Im Grunde erwartet man vom Autor, dem man den Galgen hinstreckt, daß er sein Werk dementiert. Wie im Fall dieser preiswürdigen Buchmessen-Frage an einen komischen Autor: »Sie haben so einen kauzig-schelmischen Stil«, sagt die Moderatorin. »Wann schreiben Sie Klartext?« Tolle Frage an einen Satiriker, den der traurige Klartext der Welt erst melancholisch und darüber witzig gemacht hat. Aber seine Antwort hatte Stil: »Wenn ich nicht schreibe, wie ich schreibe, existiere ich nicht.« Und so geht es eben auch den Kindern. Wenn sie nicht frügen, wie sie fragen, wären sie ja keine.

Mit Maske und Abstandsregel – der gute Geist der Ironie

In der turbulenten Kriminalkomödie »Charade« gibt es zwischen Audrey Hepburn und Gary Grant diesen knisternden Schlagabtausch: »Kannst du denn niemals *ernst* sein?« fragt sie mit leicht vorwurfsvoller Miene, worauf der Charmeur kontert: »Was für ein schreckliches Wort!«

Daß das Leben ernst ist (und mit dem Tod endet), wird kaum jemand bestreiten. Ob und wie sehr man es *ernst nehmen* soll, daran scheiden sich die Geister. »There's nothing serious in mortality«, sagt Macbeth, »all is but toys.« Bei Shakespeare behält auch im Tragischen der Geist der Ironie immer die Oberhand.

Vieles kommt so ernst daher und ist es doch nicht. Die Natur selbst treibt ihren Spott, arbeitet gern mit Verstellung, Maskerade, Mimikry, um ihre Zwecke ins Werk zu setzen. Wenn die Gottesanbeterin ihren Partner mit geschlechtlichen

Angeboten lockt, um ihn dann in actu zu verspeisen, wie soll man es nennen, wenn nicht Betrug? Von den mörderischen Anwandlungen mancher Gottesanbeter in unserer eigenen Spezies besser zu schweigen. Der Ironiker gibt zu erkennen, daß er diesen Dingen auf die Schliche gekommen ist, indem er mit den gleichen Waffen kontert: Täuschung, Verstellung, Dissimulation ... Er sagt, wenn er etwas weiß, daß er nichts weiß, und vice versa. Wenn zügellose Einbildungskraft, wie Kant meinte, Unsinn produziert, dann sagt er: wie schön, wie käme der auch sonst ans Licht!

Er kann auch sich selbst nie ganz ernst nehmen. Das trennt ihn von den allzu Ernsthaften, die selbst in den großen Ironikern Taschenspieler und Gaukler sehen – wie beispielsweise Walter Muschg, der gestrenge Basler Ordinarius (Verfasser der »Tragischen Literaturgeschichte«), der gegen das »geistvolle Nichternstnehmen« und »Doppelzüngige« der Ironie, etwa eines Thomas Mann, zu Felde zog. Dieser aber berief sich in seinem Bemühen, nicht unterkomplex zu sein, auf Apollo, den Gott der Distanz (der »Fernhintreffende«) als den guten Geist der Ironie, auf Schlegels »freieste aller Lizenzen«, auf Nietzsches »freien Geist«. Der epische Kunstgeist sei ein Schweben über den Dingen, ein Herablächeln auf sie, kurz: Ironie bedeute Universalität der Perspektive als Ausweis höchster Freiheit, nicht Lieblosigkeit, Spott und Hohn.

Letzteres ist ein verbreitetes Mißverständnis. Spötter wie Morgenstern, Ringelnatz, Schwitters, später Günter Eich und Wolfgang Hildesheimer waren überaus ernste Autoren, sie mußten sich von ihrem Ernst geradezu erst loseisen, um mit den Waffen Spott, Nonsens, Unsinnspoesie ihr »Nichteinverständnis« mit dem gefährlichen Unernst der Welt erklären zu können.

Vielleicht ist es aber gerade dieses »Herablächeln«, dieses Nichtparteiergreifen, diese Arroganz der Ohnmacht, die den Unmut der Ironieverächter auf den Plan ruft – von Platons Kritik an den Sophisten über Hegels Verdikt gegen die »hypochondrische« Ironie der Romantiker bis zu Karl Kraus' Polemik gegen Heine und dem periodisch aufflammenden Anti-Ironie-Affekt unserer Tage, wenn der Zeitgeist wieder einmal das Rezidiv einer »neuen Ernsthaftigkeit« herbeisehnt. Wer ein »System« verteidigt, nach Aktion und Einfluß strebt, möchte ernst genommen werden, er nimmt Anstoß an der Resignation, der leerlaufenden Brillanz des Witzes, mit dem der Ironiker auf seiner skeptischen Dekonstruktion, auf dem Indifferenzpunkt zwischen dem Komischen und dem Tragischen beharrt.

Hier lauert tatsächlich die Versuchung zu übertreiben und sich so gleichsam durch Maßlosigkeit selbst zu schwächen. Vladimir Jankélévitch spricht in seiner virtuosen Studie über »Die Ironie« vom »Taumel der Ambiguität«, dem sie gelegentlich verfalle. Schlimmer steht es aber um die Pseudo-Ironie. Sie täuscht Kritik an ihrem Gegenstand vor, den sie insgeheim um so hemmungsloser feiert,

je lustvoller sie ihn denunziert. Beispiele für solche *fakes* sind in unserer Massenkultur Legion.
Natürlich hat die Ironie stets eine libidinöse Seite, da sie nicht zuletzt auch ein Mittel zur Stimmungsaufhellung ist, die der Witz bewirkt, und – etwa bei Stendhal oder Heine – auch Schutzschild und Tarnmaske eines Empfindsamen gegen die Übergriffigkeit einer grobianischen Welt. Auf die Frage, was das eigentliche Ziel der Ironie sei, hat Jankélévitch eine überraschende Antwort. Das Ziel sei nicht, »uns im Essig der Sarkasmen zu mazerieren, (…) sondern das wiederherzustellen, was, wenn es fehlte, nicht einmal ironisch wäre: einen unschuldigen Geist und ein inspiriertes Herz«.

Manifest der Literaturkritik oder: Von Fehlern, die unser Charakter von uns verlangt

Streng genommen gleicht kein Regenwurm dem anderen. Und das gilt wohl für jede Spezies. Bei Literaturkritikern sind die Unterschiede besonders markant. Die einen können in kurzer Zeit viel Lesestoff aufnehmen und verdauen, andere kauen oder wiederkäuen ihre Nahrung über Tage und Wochen. Es soll Sportskanonen geben, die vormittags ein Buch lesen, um es nachmittags fertig rezensiert in der Pipeline zu haben. Zu diesen schwindelhaften Naturen zählte sie nie, sie gehörte immer eher zu den Säumigen, denen die Redakteurin mit moroser Miene ihr Leid klagte: Wenn alle so spät abliefern würden, könnten wir keine Zeitung mehr machen.
Davon ließ sie sich nicht aus der Fassung bringen. Dann können Sie es eben nicht, dachte sie im stillen. Außerdem sind ja nicht alle wie ich. Sie vertraute auf ihre innere Stimme und die bewährte Maxime: »Man muß verstehen, die Fehler zu begehen, die unser Charakter von uns verlangt.« Fehler schaden nicht. Sie war mit zwanzig durch die Schriften Sigmund Freuds auf die schiefe Bahn geraten: Selbstheilung und Seelendoktorwürde zu verbinden erschien ihr damals verlockend. Spätestens mit dem Dipl.-Psych. wurde ihr klar, in einem so illiteraten Milieu kannst du auf Dauer nicht froh werden. Schon als Kind hatte sie sich als eine geborene Leserin entpuppt mit Lust am Leimgeruch der Bücher und an den diversen literarischen Aromen. Lesen und Schreiben waren ihr Talent und ihre Passion. Das Psychologiestudium beruflich ein Irrweg. Und so lief sie, wie Schwitters' Auguste Bolte, die zehn Menschen in die falsche Richtung gefolgt war, retour bis zur alten schöngeistigen Wegmarke Literatur und Kunst, um von nun an der Maxime zu folgen: Tu was du liebst und liebe was du tust. Sei es, daß sie sich vom munteren Ton ihrer feuilletonistischen Vorbilder hat anstekken und den eigenen Esprit aus der Flasche springen lassen – es öffneten sich

bereitwillig die Türen und Arme von Redakteurinnen und Redakteuren. Sie konnte im Stuhlkreis der Bücher ihre liebste Beschäftigung von nun an professionell ausleben. Lesen und Schreiben. Autoren entdecken, die ihr Staunen und Rätseln über die Wechselfälle der Existenz auf originelle Weise reflektieren zum Staunen und Befremden unseres Exekutiv-Ichs, das sich der Erkundung dieses Phänomens hingab. Literaturkritik als Auseinandersetzung auf Augenhöhe, suaviter in modo, fortiter in re, im Ton heiter ironisch, aber unbestechlich in der Qualitätsprüfung, so verstand sie ihr Metier – als Zweig angewandter Literatur, nicht Serviceleistung für Autor oder Verlag.

Sie war immer mit großem Enthusiasmus bei der Sache, ohne sich durch die Terminvorgaben der Redaktionen allzu sehr beirren zu lassen. Wozu der Erste sein, gut muß es sein. Anfangs versicherte man ihr, das Ergebnis sei den Zeitaufwand allemal wert. Doch peu à peu häufte sich das Drängeln und Mahnen, meistens gerade im Schlußspurt der Prokrastination, die, wie jeder weiß – als Nichtstun getarnt –, in stiller Progression ihr Ziel verfolgt.

Das Prozedere war immer gleich: Es beginnt mit der ersten Lektüre des zu rezensierenden Textes. Staunen, Begeisterung oder Fremdeln gefolgt von Leere, Langeweile (jawohl, Langeweile), Beschäftigung mit anderen Büchern des Autors, Referenztexten, Ausflügen entlang der Flaniermeile der häuslichen Bücherwände, wo einem zum Beispiel Flauberts Briefe in die Hände fallen, was sehr aufhält, aber auch für schöpferische Laune sorgt, wenn der alte Schimpfkanonier wieder wettert (und er wettert viel): »Was mich jeden Tag erneut entrüstet, ist, daß man ein Meisterwerk und eine Schändlichkeit auf die gleiche Stufe stellt. Man preist die Kleinen und erniedrigt die Großen; nichts ist dümmer, nichts unmoralischer« – genau so, verehrter Meister, ist es leider heute noch, und genau das darf einem wirklich nicht passieren! So, jetzt aber! muß die Zelle geschlossen werden, Zwang, Uhrgewalt ausgeübt werden – doch halt, erst noch die zweite Lesung … Das Sesam-öffne-Dich, der erste Satz ist dann irgendwann (meistens morgens beim Aufwachen) plötzlich da und mit ihm Tonlage und Struktur des ganzen Textes. Leider läßt sich dieser triumphale Zeitpunkt nicht exakt bestimmen. Er läßt sich Zeit. (Das Heranreifen eines guten Käselaibs geht auch nicht hoppla-hopp! Er muß mit zartbehandschuhten Händen immer wieder befühlt, besprochen, gewendet und in Ruhe gelassen werden.) Sie erinnert sich noch gut an ihre Anfänge: Geschlagene vier Wochen vertiefte sie sich ins Werk von Joseph Roth, um einen gereiften siebeneinhalbminütigen Rundfunkbeitrag abzuliefern. Mitgerissen von dieser erzählerischen Woge, hatte sie fast alles von ihm gelesen. Man nennt das wohl Lehrgeld zahlen. Und so ging es weiter mit anderen Autoren. Niemand fällt als Kritiker fertig vom Himmel, und je mehr man versteht, desto skrupulöser zuckt man zurück vor schnöden Schnellschüssen.

Und das soll ein tragfähiges Geschäftsmodell sein, mischt sich der gesunde Menschenverstand hier ein. Wer soll das bezahlen … Tja, das ist das Problem. Man muß es sich leisten können und wollen. Sie wollte es. Und sie war sich sicher: Es geht auch nicht anders, will man den Damen und Herren Redakteuren keinen »Analogkäse« liefern. Der fließt wie der süße Brei über die Lande und begräbt gute wie schlechte Werke unter sich. Die Redaktionen lieben eben die flotten Vielschreiber. Darunter hatten schon ganz andere zu leiden gehabt. Tucholsky war mit Anfang dreißig so ausgebrannt, daß er alles hinschmiß und – kaum zu glauben – eine Banklehre anfing. Von Alfred Polgars Schreib-und Termindrangsalen erfahren wir aus seinen überaus heiteren Feuilletons.
Bei einem alten Zen-Meister fand die Rezensentin folgende Anweisung: Um ein Buch zu verstehen, lies es zehn Jahre lang. Werde selber zum Buch. Dann vergiß alles, was Buch heißt, wenn du schreibst. – War das nicht schon längst ihr Weg? Sie mußte ihn also nur weitergehen. Die Zehnjahresfrist ist noch nicht um, das Buch noch nicht ausgelesen. Es dauert noch. Aber es wird.

Poetischer Nährwert

Jeden, der in der Materie halbwegs bewandert ist, schaudert es bei dem Begriff »poetischer Mehrwert«. Was bitte mag das sein? Was ist überhaupt »poetisch«? Auf diesem Feld herrscht große Verwirrung. Manche finden den Titel »Kein Ort. Nirgends« so poetisch, daß sie ihn pausenlos adaptieren. Keine Gnade, nirgends. Andere finden isländische Lyrik naturschön-poetisch. Wieder andere Romane mit Engeln oder Ozeanpianisten. Es gibt eine eigene Klappentext-Poesie, die überhaupt alles poetisch findet.
Aus wohlinspirierten Kreisen (von Puschkin bis zu Raoul Schrott) verlautet aber: Das Poetische ist etwas anderes, beileibe Einfacheres, wenngleich schwer zu Beschreibendes. Es hat etwas mit Dichte und Schwingungsbreite, der Kraft eines lebendigen Tons, eines radikalen Zugriffs auf Wirklichkeit zu tun. Nichts Ornamentales also, sondern der Kern, das, was Literatur erst konstituiert und ausmacht. Auf den Begriff bringen läßt es sich nicht. Kein Grund aber zu kapitulieren und gleich von poetischem Mehrwert zu sprechen oder dem »enigmatischen surplus, das sich nicht mit einem Signifikat identifizieren läßt«. Das klingt sehr gehoben, ist aber nichts als abgesunkener Hegel. Kleiner Exkurs: Als die Frühromantik laufen lernte, war das Poetische noch viel mehr wert. Die Poesie als höchste Form der Erkenntnis, als Lehrmeisterin der Menschheit und so, wir erinnern uns. Hegel fand aber, daß diese Rolle nur ihm zustünde. Daß der Begriff das Primäre sei und die Poesie bestenfalls das zweite, das schöne Geschlecht. Eben poetischer Mehrwert. Eine der großen feindlichen Übernahmen der Berliner

Campusgeschichte. Schlegel meets Hegel – und wird kassiert. Die Folgen spüren wir noch heute.
Wer »poetischer Mehrwert« sagt, entwertet also in Wahrheit, was er aufwerten möchte. Wozu sind poetische Texte überhaupt da? Um Interpretationen anzuregen, wie Umberto Eco meinte? Schön, aber auch ein bißchen wenig, bedenkt man den Aufwand, den der Dichter leistet: »Man muß springend einen Fluß in seiner ganzen Breite überqueren, der voll ist von beweglichen und in verschiedene Richtungen strebenden chinesischen Dschunken – so entsteht der Sinn poetischer Sprache.« So hatte Ossip Mandelstam das halsbrecherische Geschehen vor Augen. Im übrigen meinte er, die Poesie sei ein Luxus, »doch ein Luxus, der so lebensnotwendig ist wie Brot«. Sie hat also einen primären Nährwert und nicht bloß Mehrwert. Der Hymniker Joseph Brodsky setzt noch eins drauf, wenn er in der Poesie sogar die eigentliche Bestimmung unserer Gattung sehen möchte. Soweit muß man nicht gehen. Die schönste Bestimmung der Literatur ist ihre poetische Qualität aber allemal, insofern sie sich um die Restitutionsansprüche kümmert. Denn was sind alle Kränkungen der Kindheit gegen die Kränkung, aus ihr vertrieben worden zu sein. Ein Akt, den die Gesellschaft als Reifungsprozeß verbucht, wobei die Poesie des Lebens, die verbeulte, verbummelte, kindliche Daseinsverliebtheit auf der Strecke bleibt. »Die Ehre zu leben verdient wohl, daß man sich zu beleben bemüht«, mahnte der Dichter Paul Eluard. Man könnte also, leicht pathetisch, sagen: Die Poesie ist ein Sirenengesang, der uns in die mythische Dunstwelt lernender und lärmender Sinne, Richtung Paradiesgarten, zurücklockt – sind das nicht die Momente, derentwegen man liest? – und uns, wie die Musik, daran erinnert, daß wir so etwas wie eine Seele haben.

KORNELIA KOEPSELL

DIE VERSIEGELTE ZEIT

Gedichte

Nach Motiven aus dem Film »Stalker«
von Andrej Tarkowski (1932–1986)

STIMMEN

Manchmal fürchte ich, im Schwirren der Stimmen
zu ertauben, mein Ohr zittert im Schrei
all der Wesen, die von Aufmerksamkeit träumen,
von Bedeutung, von Ruhm, die den Verlust
ihrer Jugend nicht ertragen, sie fühlen,
vage vielleicht, einen Schmerz, während das Kind
über Wasser tänzelt, manche auch jubeln,
weil sich ein neues Idol glanzvoll erhebt.
Im Gewirr solcher Stimmen hatte die Stille
sich in den Pausen versteckt, bis sie auch dort
nicht mehr zu hören war. Da nahm mich der Stalker
mit, die Draisine war alt, zögerlich fuhr
sie ins Gebiet der schon lange verlassenen Zone.
Dort warf der Stalker acht Schrauben ins Gras,
die im diesigen Abend merkwürdig glänzten
wie saturnisches Licht. Manchmal begann
eine Metallschiene aufzublinken im Wasser,
und ein verlorenes Glück streifte uns kurz.

DER HUND

Immerzu eile ich angespannt durch mein Dasein,
immer getrieben – von was? Immer in Angst
stillzustehen. Sobald die Geschwindigkeit nachläßt,
weiß ich nicht: Was ist zu tun? Liege ich schon
auf meinem Grabhügel, während konzentrische Wellen
mich umspülen? Ein Hund nähert sich stumm,
kauert im seichten Wasser, wartend. Ich rufe:
Vater! Doch er ist tot. Alles ist feucht,
frierend lieg ich im Gras, die Beine gewinkelt,
starre ich vor mich hin. Auf meinem Kopf
krabbeln kleine Käfer, ich lasse sie laufen.
Ach, ich kenne das Spiel nicht, ich bin längst
müde, ich möchte weinen, doch seltsame Trägheit,
die aus den Wäldern kommt, zwängt mir das Herz
ein, und weil Vater tot ist, fehlen mir Kräfte,
nur der Hund ist noch da, schwarz wie ein Geist.

IN DER ZONE

Weil es keine Wunder gibt und die wahren
Rätsel verschwunden sind, weil auch das Ich
ausgedehnt wurde wie die Ströme der Scheinwelt,
fürchte ich Langweiligkeit. Tief in mir selbst
ist ja nichts anderes als das Außen, ich frage
lieber nicht, wer ich bin. Manchmal jedoch,
wenn ich mit dem Stalker durch Abwasserrohre
laufe, tief unter dem Grund, stelle ich mir
vor, irgendwann an ein Ende zu kommen, ein festes
Ziel zu erreichen, und doch weiß wohl kein Mensch,
wo eine Kröte hinspringen will, wer am andern
Ende des Telefons spricht, warum das Wort
nichts vom Jenseits erzählt, warum die Gewitter
stattfinden wie im Traum oder im Schlaf.
Aber noch ist es nicht zu spät, vielleicht, und ich fühle,
daß ich ein Teil dieser Welt immer noch bin.

HUNGER UND WAHN

Ratlos sind die Menschen der heutigen Tage,
denn sie müssen ein Kind tragen, ein Kind,
das nicht laufen kann, das gelähmt ist, das schweigsam
wurde, weil niemand, der spricht, Antworten sucht.
Auf seinen Schultern trägt es der Stalker hinunter,
drunten am dunklen Fluß warten sie still,
und sie schauen auf die Chemischen Werke,
uferlose Fabrik, welche im Krieg
bombardiert wurde, bis eine schwarze Ruine
übrigblieb, deren Dach scharf in die Luft
schneidet, wie um der Rache willen. Der Hunger
zehrt ihre Körper auf, zehrt an dem zart
lächelnden Kind, an den härteren Augen des Stalkers.
Selbstbezogener Wahn – endest du nie?

DER STALKER

Durch das matte Fenster fällt Licht auf das Kissen,
fällt auf das Eisengestell, fällt auf den Dreck,
der die unbehauste Stube vergammeln
läßt wie ein Totenhaus. Dieses Gehäus
diente dem Stalker als Fluchtpunkt für seine Gänge.
Helfen kann er nur dann, wenn er im Sumpf
halbverfallener Mauern die schwefligen Säuren
einatmet, wenn der Dunst über dem Farn
niedersinkt wie die frohe Botschaft zu Ostern.
Nur an der Schwelle zum Tod, nur im Verfall
seines Körpers kann er Barmherzigkeit fühlen.
Wenn er die Stimmen hört, wie einen Schwarm
irr gewordener Mücken, wenn er nicht zynisch
wird, wenn er lieben kann, denkender Clown,
wird er vielleicht die Ruhe bewahren und sprechen,
die versiegelte Zeit bräche dann auf.

***

GESCHRIEBEN AM 16. JULI 2020

In schwarzen Wäldern leben Engerlinge,
Asseln, Sperber, Wolf und Nachtigall. Ich sitze
vorm Bildschirm mit gespitzter
Aufmerksamkeit, schräge, scharfe Schatten
schneiden Teile der Gesichter weg,
deren Münder frieren, frieren, frieren.

Die Botschaft ist erlahmt, der Spaß gequält, das Spiel
hat an Lustigkeit verloren, im Vitrinen-Glas
wirken die Grabbeigaben einsam.
Meine Aufmerksamkeit ist gespitzt, die Augen
starren starr auf Rechtecke, wo Münder
Striche sind, die frieren, frieren, frieren.

Es ist die Zeit des stillen Eremiten-Sitzens,
in den Ritzen flitzen Silberfische, weil
die Dusche nicht geputzt ist, meine Lieben
winken aus der Ferne, Engerlinge,
Asseln, Sperber, Wolf und Nachtigall
leben in den dunklen Fichtenwäldern.

Manchmal aber, wenn sich Schmerz und Schwermut
verbrüdern, muß ich nachts im Mondenschein
die Rotoren aktivieren, an der Kuppelgrenze
fühle ich das Weltall, Silberschiffe
schweben in den Weiten still und schön.
Und dort bin ich dem Orion noch nah.

In schwarzen Wäldern leben Engerlinge,
Asseln, Sperber, Wolf und Nachtigall. Ich lebe
in meiner Kammer, in dem stillen Reich
des Geistes, und das ganze große Denken
der Denker schmerzt mich, das sich nicht berühren
läßt, ich weiß auch nicht, wohin es führt.

KORNELIA KOEPSELL

DIE LYRIK VON GERARD MANLEY HOPKINS

Gerard Manley Hopkins ist ein Meister des Rhythmus. Vielleicht war ich deswegen auf Anhieb von ihm fasziniert. Seine Gedichte sind höchst spannungsvoll und durchbrechen oft grammatische Zusammenhänge. Obwohl er in seiner Art einzigartig war, ist er in Deutschland kaum bekannt geworden. Ich vermute, daß dies mit zwei Schwierigkeiten zusammenhängt: Erstens hat man Hopkins aufgrund seiner Thematik wohl zu sehr als religiösen Dichter verstanden. Aber er ist viel mehr als das, denn er thematisiert existentielle Probleme des Menschen und vor allem die drohenden Zerstörungsprozesse der Moderne. Den zweiten Grund sehe ich in der Schwierigkeit, seine komplexe Sprache zu übertragen. Deswegen stelle ich hier einige seiner Gedichte in eigener, neuer Übersetzung vor.

Ein Gedicht hat mich besonders angezogen. Es ist weniger bekannt und hat einen ganz eigenen Reiz, weil es, von Wordsworth und Keats beeinflußt, motivisch noch in der Romantik steckt, dabei aber im Keim schon Hopkins' ganze Poetik enthält. Ich gebe es zunächst im Original, dann in der Übersetzung wieder:

MOONRISE, JUNE 19 1876

I awoke in the midsummer not-to-call night, / in the white and
 the walk of the morning:
The móon, dwíndled and thínned to the frínge / of a fingernail
 héld to the cándle,
Or páring of páradisáïcal frúit, lóvely in wáning but lústreless,
Stepped from the stool, drew back from the barrow, / of dark
 Maenefa the mountain;
A cusp still clasped him, a fluke yet fanged him, / entangled him,
 not quite utterly.
This was the prized, the desirable sight, / unsought, presented
 so easily,
Parted me leaf and leaf, divided me, / eyelid and eyelid of slumber.

MONDAUFGANG 19. JUNI 1876

Ich erwachte in der Mittsommer Nicht-mehr-Nacht, / im Weiß und im
Wandern des Morgens:
Der Mond, dünn und geschrumpft zum Rand / eines Fingernagels
im Kerzenlicht
Oder Schale paradiesischer Frucht, schön im Verschwinden, doch
glanzlos,
Weg von der Wurzel, zurückweichend vom Hügel / des
Berges Maenefa, dem dunklen;
Eine Zacke noch faßt ihn, ein Haken noch fängt ihn, umschlingt ihn,
löst ihn nicht ganz,
Das war die wertvolle, ersehnte Sicht, ungezwungen, leichthin gezeigt,
Blätterte mich auf Blatt für Blatt, trennte mich, Lid um Lid, vom Schlaf.

Als er in den Jesuitenorden eintrat, hatte Hopkins alle bis dahin geschriebenen Gedichte verbrannt, weil er einen Konflikt zwischen seiner Rolle als Dichter und seinem Leben als Priester empfand. Dies änderte sich erst, als ihn sein Prior 1875 aufforderte, ein Gedicht über den Untergang des Passagierschiffs »Deutschland« vor der englischen Küste zu verfassen. »The Wreck of the Deutschland« wurde ein Meisterwerk. Es wirkt eruptiv, als habe es schon lange auf seinen Ausbruch gewartet. Aufgrund seiner komplexen theologischen Thematik und einiger krasser Details wurde es nicht veröffentlicht. Trotz dieser Enttäuschung: Gerard Manley Hopkins war als Dichter wieder zum Leben erwacht.

Es ist wichtig, an dieser Stelle auf Hopkins' besonderen Wortgebrauch hinzuweisen, denn er wählt Worte so aus, daß möglichst vielschichtige Assoziationen erzeugt werden. Ein einziges Wort anders zu übersetzen kann eine weitreichende Verschiebung im Bedeutungsgefüge mit sich bringen. Das Nachdichten läßt sich in diesem Fall am besten mit dem sogenannten hermeneutischen Zirkel beschreiben. Man setzt probeweise Bedeutungen ein, bildet sich eine Vorstellung vom Gesamtzusammenhang, verwirft die Wortwahl, findet eine neue, ändert seine Vorstellung vom Ganzen, und so weiter, bis sich aus dem Hin und Her von Teil und Ganzem eine plausible Fassung herausbildet.

So könnte die erste Hälfte des Verses »Stepped from the stool, drew back from the barrow« (Weg von der Wurzel, zurückweichend vom Hügel) auch ganz anders übersetzt werden: »stieg vom Stuhl/Schemel«. Es fängt schon mit der Unsicherheit über die Wortart an, denn »stepped« könnte adjektivisch gemeint sein, dann müßte man es mit »abgestuft« oder »abgesetzt« wiedergeben, oder es kann als Verb fungieren, dann würde es »gestiegen« oder »geschritten« heißen. Ich habe mich für die adjektivische Bedeutung entschieden und verwende zudem, etwas freier, das Wort »weg« (im Sinne von »fort«), erstens, weil der Text vor allem mit Beschreibungen arbeitet, zweitens, weil »weg« mit »Wurzel« alliteriert, was ja auch im Original der Fall ist, und drittens, weil ich das »weg« als Folge des Vergehens der Paradiesfrucht verstehe. Bei der Wortwahl muß ich aber die im Englischen mitschwingende Körperbewegung unterschlagen.

Auch die Übersetzung von »stool« ist aufgrund der Mehrdeutigkeit schwierig. Da mir die naheliegende Übersetzung »Schemel« oder »Stuhl« hier nicht einleuchtet, habe ich »Wurzel« gewählt, also die botanische Bedeutungsebene beibehalten, die an das vorangegangene Bild der Paradiesfrucht anschließt, ebenso wie an Hopkins' Interesse an Naturphänomenen. Die übliche Übersetzung von »barrow« ist zwar Karren oder Schubkarren, es kann aber auch Trage, Hünengrab oder Hügelgrab meinen. Ich habe mich für »Hügel« entschieden, weil es zu einem stimmigen Bild des hinterm Hügel aufsteigenden Mondes führt. Dabei geht aber das Grab verloren. Wie ich einer Reisebeschreibung und Fotos des Berges Maenefa entnehme, gibt es dort prähistorische Hügelgräber, auf die der Autor angespielt haben könnte.

Eine weitere Schwierigkeit besteht gerade bei Hopkins' Gedichten darin, Rhythmus und Klangwirkung zu bewahren. Ich habe »I awoke in the midsummer not-to-call night« so übersetzt, daß die Alliterationen erhalten bleiben: »Ich erwachte in der Mittsommer Nicht-mehr-Nacht«. Sowohl im Original als auch in der Übersetzung sind die Konsonanten »d« und »t« sowie die Vokale »a« und »i« enthalten, und die deutsche Wendung »Nicht-mehr-Nacht« klingt zwar holprig, aber das kann man auch von der ungewöhnlichen Wortstellung des Originals sagen.

Wie wichtig für Hopkins der Rhythmus ist, sieht man schon daran, daß er Silben durch Akzente hervorhebt. So zum Beispiel in der bemerkenswerten dritten Zeile: »Or páring of páradisáïcal frúit, lóvely in wáning but lústreless« Wie ausdrucksvoll und schön der Rhythmus dieser Zeile ist, empfindet man am stärksten beim lauten Lesen. Die Betonungen drängen sich auf kleinstem Raum, um kurz nach der Beschwörung paradiesischer Früchte über die Schönheit bis ins glanzlose Verschwinden mit einem letzten, kurzen Aufbäumen der Lust (»lust«) vokalisch abzufallen (»less«). Solche Kunstgriffe finden sich in seinem Werk zuhauf, manchmal so spannungsvoll, daß sie jede grammatische und semantische Struktur sprengen.

So auch in »Moonrise«. Die erste Zeile beginnt mit der einfachen Feststellung »I awoke«. Diese drei Silben könnte man so deklamieren: betont-unbetont-betont, oder aber unbetont-unbetont-betont. In jedem Fall muß »woke« stark akzentuiert werden, während »I« selbst dann, wenn man es betonen will, durch das ihm folgende »woke« ein wenig herabgemindert wird. Der Einfluß einer starken

Silbe auf eine andere führt zu dem, was man schwebende Betonung nennt. Man könnte denken, daß meine Detailgenauigkeit zwanghaft und übertrieben ist, aber es handelt sich um Gestaltungsmittel, die weitreichende Auswirkungen nicht nur auf die Schönheit und Musikalität von Gedichten haben, sondern auch auf ihren Inhalt. Es geht hier nämlich darum, daß der Zustand des Wachens (woke) wichtiger ist als das Subjekt (I), das sich zunächst unterordnen muß. Es wird entthront und verharrt zwischen Betonung und Nichtbetonung, also in Unsicherheit. Das ist die hohe Kunst der Poesie.

»Moonrise, June 19 1876« ist wahrscheinlich das erste Gedicht, das Hopkins nach »The Wreck of the Deutschland« geschrieben hat. Das lyrische Ich befindet sich an diesem Tag am Berg Maenefa in Wales, in einer wild hügeligen Landschaft der Clwydian Range nahe des Flusses Dee (wo auch Wordsworth gewandert ist). Es handelt sich um eine schroffe, typisch walisische Berglandschaft mit Hügelgräbern. Hopkins hat als Priester zeitweise dort gelebt und diese Gegend außerordentlich geliebt. Im Unterschied zu vielen anderen, vor allem späteren Gedichten vermittelt »Moonrise« eine hoffnungsvolle Stimmung. Das lyrische Subjekt wird durch ein ersehntes Bild sehend gemacht. Der Vorgang findet in einem Zwischenreich statt, wo die Nacht nicht mehr Nacht genannt werden kann, wo der verblassende Mond und weiße Schwaden den Morgen ankündigen. Der Mond macht eine eigenartige Verwandlung durch, vom Fingernagel über ein Stückchen Paradiesfrucht bis zum Spielball der ihn fassenden Gebirgszacken. Das Bild mündet in eine Interaktion zwischen diesen und dem Mond, der von ihnen umschlungen wird und von ihnen wegstrebt, aber noch nicht ganz gelöst ist. Es ist offenbar dieser Schwebezustand, der den Beobachter tröstet und ihm zum Erwachen verhilft. Die Verbindung zwischen Berg und Mond ist das zentrale Element des allegorisch zu verstehenden Gedichts. Der Mensch Hopkins wird als Dichter erweckt durch einen Naturvorgang, der ihm zeigt, daß er nicht verlorengehen wird, denn der Berg, die tiefe, chtonische Naturkraft, in der Gott lebt, bleibt mit ihm in Verbindung. Der Mond ist frei und gebunden zugleich, er ist leicht und schwer. Indem der Dichter dieses spannungsvolle Verhältnis darstellt und preist, gewinnt er Legitimität und erkennt, daß seine Dichtung keinen Widerspruch zu seinem Gottesglauben darstellt.

Formal ist »Moonrise« ein einfaches Gedicht, es besteht aus zwei Strophen mit vier Versen, aber es ist schon ein richtiger Hopkins – im Sinne einer Abkehr von der lateinisch-jambischen Dichtung, die zu seiner Zeit, dem viktorianischen Zeitalter, vorherrschend war. Er verwendet nämlich nicht den üblichen elfsilbigen Vers der Sonette, der streng zwischen Hebung und Senkung wechselt. Diese Dichtung hat Hopkins wegen seiner abgeklärten »parnassischen« Haltung gelangweilt. Er setzt ihr sein Konzept des »Sprung Rhythm« entgegen. Dieser ist im Grunde mit den »Wortfüßen« Klopstocks identisch, der sich ebenfalls damit auseinandergesetzt hat, wie man das Auf- und-Abklappern der jambisch-alternierenden Verse zugunsten größerer Sprachkraft aufbrechen könnte. Mit »Sprung Rhythm« meinte Hopkins eine neuartige Anordnung von Silben: Es gibt einen Gipfel und drumherum gruppieren sich die Täler. Auf eine Hebung folgen mehrere Senkungen freier Wahl. Diese sogenannte »Senkungsfreiheit« ermöglicht es, den Rhythmus lebendiger und dynamischer zu machen und unterschiedliche Gefühlszustände besser zum Ausdruck zu bringen.

Hinzu kommt, daß Hopkins die traditionelle Langzeile wieder aufnimmt. Diese besteht aus einem Anvers mit zwei Hebungen und einer Zäsur und einem Abvers mit ebenfalls zwei Hebungen, welche untereinander durch Alliterationen verbunden sind. Er dynamisiert selbst dieses Schema noch, indem er die Anzahl der Hebungen stark vermehrt. Im Fall von »Moonrise« ist dieses Verfahren noch nicht so ausgeprägt wie in den weiter unten zitierten Gedichten »The Windhover« und »The Golden Echo and the Leaden Echo«. Im allgemeinen wird in der angelsächsischen Dichtung kein großer Wert auf den Endreim gelegt, dafür werden bedeutsame Worte durch Anfangsreim klanglich miteinander verbunden. Im Grunde ist dieses Konzept oft auch ehrlicher als der Endreim. Man weiß nie so recht, ob es nicht doch der Endreim ist, der über den Inhalt entschieden hat.

In den auf »The Wreck of the Deutschland« folgenden Jahren kommt es zu einer Explosion seiner poetischen Sprache. Meist schreibt Hopkins Sonette, die jedoch wegen ihrer expressiven Rhythmik mit herkömmlichen Sonetten nichts mehr zu tun haben. Seine Gedichte sind voll von originellen, bis dahin in der Poesie nicht existierenden visuellen Ausschnitten aus der Wirklichkeit. Gleichzeitig sind seine Verse semantisch aufregend aufgrund ihrer ehrlichen und wahrheitssuchenden Haltung, der Dichter fängt immer wieder neu an und stellt Fragen, ohne Antworten vorzugeben. Hopkins kennt keine Dogmatik, keine endgültigen Festlegungen. Er schaut sich die Dinge, vor allem die Einzelheiten auf der Suche nach dem »inscape«, genau an. Oft wirkt er von Zweifeln gequält und versucht, diese schwierigen inneren Zustände in neue Worte und Metaphern zu fassen, die manchmal schrill sind, manchmal geradezu abstoßend wirken können, ohne Rücksicht darauf, was im viktorianischen Zeitalter unter Schönheit verstanden wurde. Hier zeigt sich ein Dichter in seinem ganzen existentiellen Ausgeliefertsein.

Ich stelle mir vor, wie Hopkins nach einer Predigt oder nach den Exerzitien (er mußte als Jesuit tagelange Schweigeübungen absolvieren und fasten) in sein Zimmer (oder die Klosterzelle) gegangen ist und dort, auf den weißen Seiten eines Notizheftes, die aufgestaute Energie seines genialen, wortschöpferischen Geistes in Rhythmus umsetzte. Oder er kam von einem seiner stundenlangen

Spaziergänge durch die walisische Landschaft zurück, erfüllt von der Zwiesprache mit Gott oder der Schönheit der Natur, und folgte der inneren Ordnung von Klängen, die so zuvor noch nie gehört worden waren.
Er beklagt die zunehmende Zerstörung der Natur. In »Inversnaid« schreibt er: »O let them be left, wildness and wet; Long live the weeds and the wilderness yet.« (»Ach, laß es nicht enden, Wildes und Nässe; Lang lebe das Gras und die Wildnis auch.«) Das Gedicht mit dem Titel »Pied Beauty« beginnt mit dem Lob Gottes für alle gefleckten Dinge: »Glory be to God for dappled things« (»Ehre sei Gott für alle gefleckten Dinge«), gefolgt von den Eigenschaften ländlicher Geräte und Merkmalen von Tierkörpern und Früchten. Es gelangt zu der Feststellung, daß alle diese Dinge, auch die seltsamsten, wichtig sind: »All things counter, original, spáre, strange.« (»Alle Dinge sind wichtig, echt, selten, fremd.«) Manche Gedichte sind allegorische Darstellungen seiner (sublim erotischen) Beziehung zu Gott:

THE WINDHOVER:
to Christ our Lord

I caught this morning morning's minion, king-
dom of daylight's dauphin, dapple-dáwn-drawn Falcon, in his
riding
Of the rólling level úndernéath him steady áir, and stríding
High there, how he rung upon the rein of a wimpling wing

In his ecstasy! then off, off forth on swing,
As a skate's heel sweeps smooth on a bow-bend: the hurl
and gliding
Rebuffed the big wind. My heart in hiding
Stirred for a bird, – the achieve of, the mastery of the thing!

Brute beauty and valour and act, oh, air, pride, plume, here
Buckle! AND the fire that breaks from thee than, a billion
Times told lovelier, more dangerous, O my chevalier!

No wónder of it: shéer plód makes plóugh down síllion
Shine, and blue-bleak embers, ah my dear,
Fall, gáll themsélves, and gásh góld-vermílion.

DER TURMFALKE
für Christus unseren Herrn

Ich erhaschte diesen Morgen des Morgens Liebling, König-
reich des Licht-Prinz, sprenkel-grau-gezeichneter Falke, bei seinem Ritt
Von der wallenden Höhe, unter ihm ruhige Luft, aufsteigend
Nach oben, wie er an dem Zügel des schwingen Flügels zerrte

In seiner Verzückung! schwang dann hin, hin und her,
Wie ein Schlittschuh in sanften Kurven gleitet, sich wendet
und schwebt,
Vom Wind gestützt. Mein verhülltes Herz
Erregt von dem Vogel. – die Vollendung, die Beherrschung des Dings!

Rohe Schönheit, und Mut, und Tat, Oh, Luft, Stolz, Gefieder, hier
Raste ein! UND das Feuer, das dann aus dir bricht, Billionen
Mal schöner und gefährlicher, O mein Chevalier!

Kein Wunder: schieres Plagen macht den untergepflügten Glanz
der Furche
Frei, und schwach-blaue Aschenglut, ah, mein Lieber,
Fällt, schürft sich selbst, und schlägt Gold-Zinnoberrot.

»Der Turmfalke« ist nicht nur Ausdruck seiner Verehrung Gottes, sondern auch dessen, was Hopkins mit »instress« meint. Alles, was existiert, hat die Kraft einer nur ihm allein gehörenden Wesenseigentümlichkeit, ein »inscape«. In seinen Journalen und seinen Skizzenbüchern hielt er Naturbeobachtungen fest, er übte dort die Wortsuche für eine wesensmäßige, dem Gegenstand gerecht werdende Schilderung später im Gedicht.
Jeder Mensch hat seinen eigenen »inscape« als Echo Gottes, der ihm erlaubt in der göttlichen Musik zu schwingen, diesen als Resonanz an Gott zurückzugeben. Jede Dichtung ist ein Echo der Liebe Gottes. In seinem Gedicht: »Das Bleierne und das Goldene Echo«, das Hopkins zu einem geplanten, aber nicht vollendeten Theaterstück geschrieben hat, vergleicht er zwei Arten von Schwingungen des Menschen. Ich gebe hier kurze Auszüge dieses großartigen Textes wieder, den man sich bei YouTube, gesprochen von keinem Geringeren als Richard Burton, unbedingt einmal anhören sollte:

THE LEADEN ECHO

How to keep – is there ány any, is there none such, nowhere known
some, bow or brooch or braid or brace, lace, latch or chatch or key to
keep
Back beauty, keep it, beauty, beauty, beauty, … from vanishing
away?
No there's none, there's none, O no there's none, …

DAS BLEIERNE ECHO

Wie sie halten – gibt es nirgends nirgends, gibt es nirgends ein, nirgendwo
gekanntes Etwas, Bogen oder Brosche oder Borte oder Band, Schnur,
Sperre oder Schnapper oder Schlüssel
sie zu halten
zurück die Schönheit, halte sie, Schönheit, Schönheit, Schönheit …
zurück vom Verschwinden?

Nein, da ist nichts, da ist nichts, O da ist nichts …

Im Gedicht antwortet Das Bleierne Echo:

Be beginning to despair, to despair,
Despair, despair, despair, despair.

Beginne zu verzweifeln, zu verzweifeln,
Verzweiflung, Verzweiflung, Verzweiflung, Verzweiflung.

Im Gedicht antwortet das Goldene Echo:

The Golden Echo – Spare!
There is óne …

Das Goldene Echo – Schluß damit!
Da gibt es etwas …

Wir sehen hier wieder die für Hopkins typischen Sprung-Rhythmen, die Dynamisierung der Sprache, die meisterhaften, vielschichtigen klanglichen Verbindungen, das Sprengen der Grammatik etc. Eine vollständige Analyse würde den Rahmen dieses Essays sprengen, ich gehe nur auf die folgende, bedeutsame Lautverbindung ein.
»Verzweiflung« (despair), ein zentrales Wort aus dem ersten Teil, dem »Bleiernen Echo«, wird im zweiten Teil aufgegriffen und erhält positive Echos: »there«,

»where«, »spare«, »care«. Man beachte auch die Verwandlung von »none« in »one«. Im »Goldenen Echo« wird Hoffnung geschöpft. Denn während Blei keine Resonanz ermöglicht, ist das Gold ein Medium der klanglichen Verbindung zwischen Gott und Mensch. Schönheit besteht nicht in äußeren Eigenschaften (dem Glanz des Goldes), sondern in der bejahenden Kraft der Liebe. So lautet die zentrale Stelle des Gedichts:

> Give beauty back, beauty, beauty, beauty, back to God,
> beauty's self and beauty's giver.

Der Mensch, der auf die Überhöhung irdischer Schönheit verzichtet und in einen lebendigen Austausch mit Gott (»beauty's giver«) eintritt, indem er die ihm einst geschenkte Schönheit zurückgibt, findet das gesuchte Etwas. Dies läßt sich aber nicht konkretisieren, sondern wird in den letzten – entschwindenden, ersterbenden – Worten des Gedichts ausgedrückt. Hopkins' sensible Wortwahl wird auch hier wieder für ein tieferes, aber nicht festgelegtes Verständnis fruchtbar. Denn das letzte Wort »yonder« bedeutet nicht nur »dort« oder »drüben«, sondern auch »jene« und »Ferne«.

> Yonder. – What high as that! We follow, now we follow. – Yonder,
> yes yonder, yonder,
> Yonder.

> Drüben, – So hoch wie dies! Wir folgen, jetzt folgen wir. – Drüben,
> ja drüben, drüben,
> Drüben.

Hopkins war ein Mensch, dessen Lebensziel in der Liebe und Verehrung Gottes bestand, die er als Jesuit und als Lyriker verwirklichen wollte. Allerdings war dieser für ihn keineswegs nur sanftmütig, sondern auch ein Gott der Zerstörung und des Schreckens, der vom Menschen bedingungslose Hingabe fordert. Auch die Natur wird nicht naiv verklärt, denn in ihr verkörpert sich Gott, sie kennt den Schrecken und kann töten. Es ist die Ambivalenz, die Hopkins interessiert, und die Frage, wie sie auszuhalten sei. In den schönsten Gedichten gibt es mitten in zarten, feinfühligen Zeilen grausame Metaphern und schrille Rhythmen. Alles steht nahe beieinander. Er hat seine inneren Widersprüche wahrscheinlich nie wirklich lösen können. Zeitweise verfiel er in schwere Depressionen. Aber er hat sie in hohe, ergreifende und zutiefst anrührende Poesie umgesetzt und sie an uns weitergegeben.

In einer Zeit, in der man Sorge haben muß, daß Komplexität und Widersprüchlichkeit verlorengehen, sehen wir hier einen Menschen vor uns, dessen

Gottesvorstellung das Böse nicht ausschließt, der den rettenden Gott auch mit dem vernichtenden zusammendenken kann, ohne das eine im anderen aufzulösen. Das zeigt sich auch in seinen formalen Mitteln. Hopkins wollte die positiven und negativen Aspekte, das Erhabene und das Abgründige der menschlichen Existenz nicht in einer vorschnellen Harmonie auflösen. Er hat die negativen Aspekte Gottes trotz seiner Liebe zu ihm nicht verurteilt, sondern sie als Teil der Welt angenommen. Diese Haltung hat ihn viel Kraft gekostet, aber er hat sie menschlich und künstlerisch durchgehalten. Eine Haltung tiefer Einsicht und einer Bescheidenheit aus Stärke, die so gar nichts mit unseren heutigen narzißtischen Lebensformen zu tun hat.

WOLFGANG HARICH

BEMERKUNGEN ZUM PHILOKTET

Zwei Briefe an Heiner Müller und Gisela May

Vorbemerkung

In Sinn und Form 1/2020 wurden vier Briefe Wolfgang Harichs veröffentlicht, die dieser im Zuge der Nietzsche-Debatte an Stephan Hermlin schrieb. In seiner Rede auf dem X. Schriftstellerkongreß der DDR, im November 1987, hatte Hermlin Harich für dessen Nietzsche-Bild hart kritisiert und zudem behauptet, daß dieser schon zuvor ein »Verbot der Stücke Heiner Müllers« gefordert habe (Sinn und Form 1/1988). Er spielte damit auf Harichs Aufsatz »Der entlaufene Dingo, das vergessene Floß. Aus Anlaß der Macbeth-Bearbeitung Heiner Müllers« an (Sinn und Form 1/1973). Harich schrieb unmittelbar, nachdem ihm diese Äußerung bekannt geworden war, an Heiner Müller. Dieser Brief wird im folgenden wiedergegeben.

Andreas Heyer

19. Februar 1988

Lieber Heiner Müller!

Stephan Hermlins gegen mich gerichtete Äußerung auf dem X. Schriftstellerkongreß ist mir jetzt erst aus *Sinn und Form*, Heft 1, 1988, S. 179ff., in vollem Wortlaut bekannt geworden. Hermlin behauptet darin unter anderem, ich hätte »vor fünfzehn oder zwanzig Jahren« einen Beitrag veröffentlicht, worin von mir »das Verbot der Stücke von Heiner Müller gefordert« worden sei. Daraufhin hätte er, Hermlin, mir vor Zeugen gesagt, mein »Ruf nach dem Staatsanwalt oder vielmehr dem Scharfrichter« sei ihm zuwider. An alledem ist kein wahres Wort, und ich hoffe, daß Sie, gegebenenfalls, bereit wären, mir zu bestätigen, daß ich nie in *Sinn und Form* oder sonstwo das Verbot auch nur eines einzigen Ihrer Stücke gefordert habe. (Ich bin doch nicht blöd! Was ich Ihnen von Herzen gönne, ist Ihr Nationalpreis I. Klasse, der Ihnen den Oppositionellen-Nimbus genommen hat!) Im übrigen stellt sich bei mir unsere Beziehung in groben Zügen so dar: 1966 setzte ich mich bei Helene Weigel für die Aufführung von »Philoktet« ein. Da wir, Sie und ich, uns ungefähr zur selben Zeit bei Guy de Chambure, den Sie gern als Regisseur des Stücks gesehen hätten, und seiner damaligen Ehegesponsin

Christine Gloger begegnet und, glaube ich, nähergekommen waren, ließ ich Ihnen eine Kopie meines befürwortenden Gutachtens zugehen. Sie riefen mich daraufhin an und erklärten, noch von keinem Beurteiler eines Ihrer Stücke so gut wie von mir verstanden worden zu sein. Als aus dem Aufführungsplan beim BE nichts wurde, machte ich Hartwig Schmidt vom Fernsehen des WDR auf Sie und Ihren »Philoktet« aufmerksam und empfahl dort dessen Fernsehinszenierung. H. Schmidt bat Gisela May und mich, sich bei Ihnen auf uns berufen zu dürfen, als er Ihre persönliche Bekanntschaft zu machen wünschte, und wir erklärten unser Einverständnis damit. So kam Ihre Beziehung zu H. zustande, der sie, später, uns gegenüber als eine Freundschaft zu kennzeichnen pflegte.
Unsere – Ihre und meine – Beziehung hat sich dann unerfreulicher gestaltet. Aus zwei Gründen: 1) Ich verfolgte mit wachsender Besorgnis Ihre schriftstellerische Entwicklung ab »Ödipus Tyrann«. Als dem Anglisten Prof. Anselm Schlösser von Theater der Zeit 1972/1973 eine Abmilderung seiner Kritik an Ihrer Macbeth-Bearbeitung aufgezwungen und gleich drei gegensteuernde Lobhudler derselben, W. Heise, F. Dieckmann, M. Linzer, in den Spalten desselben Blattes aufgeboten worden waren, motivierte mich das, Ihnen und Ihren Anhängern mit dem Dingo-Aufsatz in Heft 1, 1973, von *Sinn und Form* polemisch auf den Hut zu hauen. Ein Verbot forderte ich darin nicht. Auch hatte mein Beitrag keines zur Folge. Sie nahmen mir offensichtlich auch gar nichts übel. Als ich zwei Jahre später am Herzen operiert werden mußte, da rückten Sie, was ich Ihnen heute noch hoch anrechne, am Lido der Gisela May aufs Badetuch, um ihr zu versichern: »Ich hoffe, daß Harich durchkommt. Ich möchte ihn nicht missen.« 2) Hiervon abgesehen, gab es einmal einen Krach zwischen uns im »Ganymed« in Anwesenheit jenes H. Schmidt. Ich reagierte auf eine negative Äußerung, die Sie sich über Lukács herausnahmen, dermaßen empört, daß das Weinglas, das ich auf den Tisch schlug, mir, zersplitternd, die Hand verletzte. Ich stürzte wutschäumend hinaus, mit umwickelter blutender Hand, und unser Gastgeber lief mir hinterher mit den Worten: »Aber Kinder, was macht Ihr denn nur! Lukács hat Schwierigkeiten, Heiner Müller hat Schwierigkeiten, Sie haben Schwierigkeiten! Warum haltet Ihr denn nicht gegen Eure Obrigkeit zusammen?« Hierfür gab es keine Zeugen, da Sie am Tisch sitzengeblieben waren.
Meine Einstellung zu Ihnen zusammenfassend, möchte ich sagen, daß ich Ihre literarische Produktion seit »Macbeth« in wachsendem Maße abscheulich finde, ein ganz, ganz schlimmes Zeitsymptom, geradezu ekelerregend, daß aber mir nichts ferner liegt, als sie durch Verbote auch noch gefördert zu wissen. Persönlich habe ich Sie, davon abgesehen, bei jeder unserer Begegnungen immer sympathisch gefunden. Hundertmal lieber als Hermlin sind Sie mir sowieso. Aber das soll Sie so wenig bestechen, wie es mich besticht.

Ich werde Hermlin eine Kopie dieses Briefes schicken. Sollten Sie meine Darstellung unserer Bekanntschaft in dem einen oder anderen Punkt unkorrekt finden, so lassen Sie es ihn und auch mich bitte wissen. Mit freundlichem Gruß, auch an Ihren Schatz.

WOLFGANG HARICH: BEMERKUNGEN ZUM »PHILOKTET«

Für Gisela May (14. August 1965)

Vorbemerkung

In seinem Aufsatz »Der entlaufene Dingo, das vergessene Floß. Aus Anlaß der Macbeth-Bearbeitung Heiner Müllers« (Sinn und Form 1/1973) hatte Harich Heiner Müllers Macbeth-Bearbeitung zwar hart und polemisch kritisiert, aber kein Verbot von dessen Stücken gefordert. Außerdem findet sich darin auch ein explizites Lob von Müllers Philoktet-Bearbeitung. Der Aufsatz löste seinerzeit in Ost und West eine intensive Debatte aus, an der sich auch Sinn und Form beteiligte. Harichs damalige Sichtweise kann durch ein Schriftstück illustriert werden, das sich gleichfalls in seinem Nachlaß befindet.
Kurz vor Weihnachten 1963 war Harich etwas vorzeitig nach über acht Jahren Haft aus dem Zuchthaus Bautzen entlassen worden. An Silvester lernte er Gisela May kennen, mit der er viele Jahre liiert war. Bis zu seinem Tod verband die beiden eine enge Freundschaft. »In alter Anhänglichkeit und Herzlichkeit grüßt Dich Dein Wolfgang«, so endeten seit den späten siebziger Jahren viele seiner Briefe. Doch schon 1965 schrieb er ihr mehrere »Briefe über das Theater«. Sicherlich auch mit dem Zweck der intellektuellen Selbstvergewisserung nach den Jahren der Bautzener Isolation. Der achte »Brief über das Theater« ist erhalten geblieben. Er beschäftigt sich mit »Philoktet«.

Andreas Heyer

I. Die Geschichte Philoktets gehört zur Heraklessage, zum Sagenkreis um den Trojanischen Krieg. Als Herakles, gefoltert durch das Nessoshemd, sich mit diesem das eigene Fleisch vom Leibe reißt und schließlich den unerträglichen Schmerzen dadurch zu entrinnen sucht, daß er auf dem Berge Öta einen Holzstoß errichtet, um sich verbrennen zu lassen, da leistet der thessalische Fürst Philoktet – bzw. nach anderer Überlieferung dessen Vater Poias – dem Gemartertem den letzten Liebesdienst, diesen Scheiterhaufen anzuzünden und so den Qualen ein Ende zu bereiten. Als Dank dafür schenkt der sterbende Herakles dem Philoktet (bzw. dem Poias) seinen Wunderbogen, der mit jedem Schuß trifft, und die dazu gehörenden Pfeile. Während der Holzstoß auflodert, senkt sich eine Wolke herab, nimmt Herakles auf und trägt ihn in den Himmel, wo Athena ihn in den Kreis der Götter einführt und mit Hebe, der Göttin der Jugend, Tochter des Zeus und der Hera und Mundschenkin der Götter, vermählt.

Der Trojanische Krieg bricht aus, und zu den Hellenen, die nach Troja in den Kampf ziehen, gehört auch Philoktet. Unterwegs, auf der Insel Chryse, stößt ihm ein Unglück zu: Eine Giftschlange beißt ihn in den Fuß. Dies hat zur Folge, daß sich bei ihm eine nach Verwesung stinkende entsetzliche Wunde herausbildet und ihn überdies von Zeit zu Zeit Krampfzustände heimsuchen, in denen der von furchtbaren Schmerzen Gequälte sich nur durch lautes Schreien Erleichterung zu verschaffen vermag. Der Gestank und das Geschrei des Philoktet werden den Griechen lästig, und ihre Fürsten fassen endlich den Entschluß, sich seiner zu entledigen, und setzen ihn auf der Insel Lemnos aus. Dort haust er zehn Jahre lang. In dieser Zeit gelingt es den Griechen, trotz aller Anstrengungen, nicht, Troja zu besiegen und zu erobern. Da wird ihnen auf einmal die kostbare Waffe des Philoktet ins Gedächtnis zurückgerufen. Ein Orakel belehrt sie, nur der Bogen des Herakles und der inzwischen zum Mann herangewachsene Sohn des toten Achill, Neoptolemos, könnten ihnen zum Sieg verhelfen. Sie rufen den Neoptolemos herbei und erteilen ihm und dem listenreichen Odysseus (der zu den Hauptverantwortlichen für die Aussetzung Philoktets gehört) den schwierigen Auftrag, nach Lemnos zu fahren, dort eine Aussöhnung mit dem so ungerecht behandelten, aufs schwerste gekränkten Philoktet herbeizuführen und ihn, samt seinem nie fehlenden Bogen und den Pfeilen, herbeizuschaffen, damit er vor Troja zum siegbringenden Mitstreiter für die hellenische Sache werde.

II. Dichterisch verwertet wurde dieser Sagenstoff wahrscheinlich zuerst in der sogenannten *Kleinen Ilias* des Lesches von Lesbos, von der aber nur wenige Verse erhalten geblieben sind. Hieraus scheint Sophokles, der größte Dramatiker des Perikleischen Zeitalters, die Erzählungen genommen zu haben, die seiner Alterstragödie »Philoktet« (408 v. d. Ztwd.) zu Grunde liegt. Die Handlung des Sophokleischen »Philoktet« setzt damit ein, daß Odysseus und Neoptolemos auf Lemnos eintreffen, wo nun der Ältere seinen jugendlichen Begleiter gegen dessen Gewissenswiderstände dazu überredet, den ausgesetzten Helden durch eine Täuschung zu gewinnen und sich seines Bogens zu bemächtigen. Odysseus entfernt sich, und schon naht hinkend der unglückliche Philoktet. Der Anblick des Neoptolemos, des ersten Menschen nach so vielen Jahren Einsamkeit und Krankheit, erfüllt ihn mit neuer Hoffnung. Ganz im Sinn der von Odysseus ausgedachten List, erzählt Neoptolemos ihm die erfundene Geschichte, daß die Atriden und Odysseus ihm, als sie ihn nach Troja gerufen, die Waffen seines Vaters, Achills (des besten Freundes von Philoktet), vorenthalten hätten. Auf diese Weise will (und soll weisungsgemäß) Neoptolemos bei Philoktet Sympathie und Vertrauen erwecken: Er ist nicht nur Hellene, nicht nur Sohn des Achill, sondern auch Schicksalsgefährte des Ausgesetzten, da ja auch ihm von Seiten derselben Verderber – angeblich – Unrecht zugefügt worden ist. Weiterhin behauptet Neoptolemos, er habe sich von den Atriden und Odysseus losgesagt und segle nun geradewegs nach seiner Heimat Skyros.

Die List gelingt. Philoktet gewinnt den Jüngling lieb, schenkt ihm Vertrauen, sieht in ihm einen Freund und fleht ihn an, ihn mitzunehmen. Der Chor der Schiffsleute unterstützt diese Bitte, und Neoptolemos stimmt zu. In dieser Situation wird von einem Schiffsmann ein Kaufherr hereingeführt (kein anderer als der verkleidete Odysseus), der eben von Troja gekommen sei und dort gehört haben will, daß die Griechen dem Neoptolemos nachsetzten und daß Odysseus in ihrem Auftrag mit Diomedes ausgefahren sein, um den zur Eroberung Trojas nötigen Philoktet herbeizuholen. Der Zweck dieser zweiten Täuschung ist der, daß Philoktet, nachdem er bereits auf Neoptolemos hereingefallen ist, nun auch noch darauf vorbereitet werden soll, nicht in die Heimat zurückzukehren, sondern, im Gegenteil, im Bund mit den ihm verhaßten Atriden Troja zu erobern. Dieser Schachzug des Odysseus hat indessen zunächst gar keinen Erfolg. Denn bei Philoktet verstärkt sich durch das, was er hört, nur der Haß gegen seine Feinde, namentlich gegen Odysseus. Seine Sympathie für Neoptolemos aber, den er verfolgt glaubt, wächst desto mehr. Als er den Jüngling auffordert, ihn, zum letzten Abschied von seiner unwirtlichen Behausung langer Jahre, in seine Höhle zu begleiten, überläßt er ihm vertrauensselig für kurze Zeit seinen Heraklesbogen, womit er sich dem Neoptolemos geradezu ausliefert.

Beim Verlassen der Höhle befällt den Philoktet wieder einer seiner regelmäßigen Krampfzustände, und er wird schließlich bewußtlos. Als er aus der Ohnmacht erwacht, erst fürchtend, daß der junge Freund ihn verlassen habe, findet er diesen zu seiner Freude immer noch, und teilnahmsvoller denn je, an seiner Seite. In Neoptolemos ist inzwischen aufs Neue das Gewissen erwacht, das ihm von Anfang an den von Odysseus ausgeheckten Betrug nur ungern, zögernd und gegen schwere innere Widerstände hat mitmachen lassen. Unter dem Eindruck des Erlebten, und insbesondere unter dem Eindruck der Qualen, denen der arme Philoktet ausgesetzt ist, hat sich in ihm das Mitgefühl für diesen dermaßen gesteigert, daß er ihm, das Truggewebe zerreißend, freimütig erklärt, es sei seine Aufgabe, ihn nach Troja zu bringen. Wütend verlangt Philoktet seinen Bogen zurück. Neoptolemos lehnt das erst ab, wird aber dann, unter dem Druck seines Gewissens, durch die Bitten, Klagen und Verwünschungen des Getäuschten schwankend. Da greift Odysseus ein und erreicht, daß Neoptolemos sich der Weisung und dem Auftrag der Hellenen (des Staates) wieder unterwirft. Nun erkennt Philoktet, in wessen Hände er gefallen ist. In seiner Verzweiflung will der seiner Waffe Beraubte sich von einem Felsen in die Tiefe stürzen. Odysseus verhindert es, indem er ihn durch

Bootsleute packen läßt. Der Gefesselte rast. Odysseus und Neoptolemos entfernen sich, kehren aber bald in heftigem Wortwechsel zurück.
In dem Augenblick hat die Stimme des Gewissens endgültig den Gehorsam gegenüber der Weisung der Griechen besiegt. Odysseus kann es nicht mehr abwenden, daß der von Reue gequälte Neoptolemos dem Philoktet den Heraklesbogen zurückgibt. Der Gefahr, von Philoktet getötet zu werden, entrinnt Odysseus nur durch rasche Flucht. Nachdem Neoptolemos alle Mittel, mit denen er Philoktet hätte zwingen können, nämlich List und Gewalt (die Gewalt des Bogens), aus der Hand gegeben hat, versucht er nun noch ein letztes Mal, den neu gewonnenen Freund durch Bitten dazu zu bewegen, ihm nach Troja zu folgen und die Feinde der Hellenen besiegen zu helfen. Als auch das zu nichts führt und Philoktet im Übermaß seiner Ehrliebe dabei bleibt, den Atriden, nach allem, was sie ihm angetan haben, seinen Beistand gegen die Trojaner versagen zu wollen, ist Neoptolemos entschlossen, den Alten wirklich in seine Heimat zu bringen. Da schwebt auf einer Wolke der Gott gewordene Herakles hernieder, und erst durch dessen Autorität und sein beredtes Preisen des Ruhms, den Philoktet vor Troja erringen werde, wird dieser schließlich umgestimmt, so daß er sich bereit zeigt, doch die Fahrt anzutreten und sich mit dem unfehlbaren Bogen dem Kampf der Griechen beizugesellen.
In zweierlei Hinsicht ist die Fabel der Sage durch Sophokles vertieft und ästhetisch wie sittlich angereichert worden. Einmal dadurch, daß Sophokles den Philoktet zum einzigen Bewohner der Insel, zum »Robinson« macht und so aus dieser Sagengestalt ein Sinnbild der Einsamkeit werden läßt. Philoktet wächst auf diese Weise tiefer ins Tragische hinein, das Leid, das er erdulden muß, wird um so furchtbarer, der an ihm verübte Betrug um so schändlicher, seine Entschlossenheit, dem Wunsch der Verderber seines Lebens zu widerstehen, damit aber freilich zugleich auch seinem Volk, seinem Staat in bedrohter Lage jeden Dienst zu verweigern, um so begreiflicher. Zum anderen hat Sophokles die Gestalt des Neoptolemos wenn nicht konzipiert, so doch, ähnlich wie seine Antigone, zu einer schlechthin klassischen Verkörperung des Konflikts zwischen der Staatsräson und der Stimme des Gewissens ausgeformt. Der idealische, wahrheitsliebende, freilich auch weltunkundige Jüngling, der für das Vaterland zwar in den Tod zu gehen bereit ist, aber schließlich und letzten Endes, nach schweren Schwankungen und moralischen Krisen, sich nicht bereit zeigt, für das Vaterland ein Verbrechen an einem armen, leidenden, ungerecht behandelten Menschen zu begehen: Darin konzentriert sich die ethische Substanz des Stücks.
Sophokles ist insofern schon Dichter der späteren, nach dem Zerfall der griechischen Polis endgültig obsiegenden Individualethik, als er mit aller Schärfe die Berechtigung des Gewissens herausstellt – unsere Sympathie gehört nicht den

Hellenen, sondern dem hochgesinnten Jüngling, der ihren Betrug an Philoktet nicht mitmachen will. Aber andererseits wieder ist Sophokles noch Dichter der Blütezeit der Polis, Dichter des Perikleischen Athener Staates, und als solcher findet er am Ende eine Lösung, die uns, trotz unserer Sympathie für die Haltung des Neoptolemos, doch wenigstens innewerden läßt, daß die Interessen der hellenischen Gesamtheit jedenfalls höher stehen als das gekränkte Ehrgefühl und das Racheverlangen des Philoktet, diese mögen, nach allem, was dem Armen widerfahren ist, auch noch so verständlich und berechtigt sein. Das eben ist der Sinn des Eingreifens von Herakles und der dadurch bedingten Sinneswandlung bei Philoktet.

Diese Lösung ist aber nur eine ideelle; ästhetisch und dramaturgisch gesehen ist sie völlig mißglückt, weil sie auf nichts anderes als einen Deus-ex-machina-Effekt hinausführt. Gerade die bewunderungswürdige Folgerichtigkeit der auf rein menschliche Motive aufgebauten Handlung, die uns so modern, so shakespearehaft anmutet, und gerade die damit unlösbar verbundene Tiefe in der Gestaltung der berechtigten und sympathischen individualethischen Willensantriebe des Neoptolemos biegen die Fabel in eine Richtung, in die der Dichter gar nicht kommen wollte und kommen durfte, wenn er, der Sage und, mehr noch, dem Geist der antiken Polis folgend, Philoktet versöhnen und in den Dienst der vor Troja kämpfenden Hellenen zurückführen sollte. So blieb Sophokles nichts anderes übrig, als zum Schluß, gegen seine eigene Motivierung, einen höheren Willen eingreifen zu lassen, als dessen am stärksten symbolhafte Verkörperung sich eben Herakles, nicht nur Gott der Griechen und Beschützer ihrer Sache, sondern auch ursprünglicher Eigentümer des Wunderbogens, anbot.

III. Die Bearbeitung durch Heiner Müller nimmt an der Sophokleischen Tragödie gravierende Veränderungen vor. Müller streicht den Chor (der 15 Seeleute des Neoptolemos), den Kaufherren (in dem wir den verkleideten Odysseus vermuten müssen), den Bootsmann und vor allem den Herakles, läßt also von den Personen des Stücks nur drei übrig: Philoktet, Odysseus, Neoptolemos. Er stellt einen Prolog voran, den der Darsteller des Philoktet in Clownsmaske sprechen soll und in dem betont wird, daß das Stück »keine Moral« habe und das für das Leben nichts daraus zu lernen sei (was ironisch gemeint ist). Er gibt auch gar nicht eine Übersetzung des Sophokleischen Textes, auch keine einfache Nachdichtung, sondern dichtet das ganze Stück im Grunde genommen neu, wobei er sprachlich, in der Verwendung bildkräftiger Vergleiche usw., offensichtlich starke Anleihen bei anderen Dichtern der griechischen Antike (Aischylos, vor allem Homer) aufnimmt. (Was der poetischen Substanz des Werkes, mißt man es an den gewöhnlichen Verdeutschungen, übrigens sehr zustatten kommt, denn der

»Philoktet« des Sophokles ist nun einmal ein Alterswerk, geschrieben von einem Fünfundachtzigjährigen, dessen Sprache zwar noch flüssig ist, sich noch jeder Gedankenwendung anschmiegt, aber, verglichen mit seinen früheren erhalten gebliebenen Tragödien, an bildloser Abstraktheit krankt, analog zu der mehr verstandesmäßigen als phantasievollen Durchführung der Handlung.)
Da es mir zeitlich nicht möglich ist, den Vergleich zwischen dem Sophokleischen und dem Müllerschen »Philoktet« ins Detail zu führen, sei hier nur von denjenigen einschneidenden Veränderungen die Rede, die am stärksten den ideellen Gehalt der Tragödie und die innere Logik der Charaktere berühren. Als bei Müller Philoktet durch Neoptolemos den Bogen zurückerhalten hat (gegen den heftigen Widerstand des Odysseus), flieht Odysseus nicht, sondern sucht nunmehr ohne jedes Machtmittel den rasenden und nach Rache verlangenden Philoktet mit Worten dazu zu bewegen, sich doch noch, freiwillig, den kämpfenden Hellenen anzuschließen, und sei es, nachdem er ihn, Odysseus, getötet hat. Dadurch wird die unbedingte Gefolgstreue des Odysseus gegenüber den Hellenen erheblich schärfer hervorgehoben: Es wird deutlich, daß sie die Bereitschaft zum Verzicht auf das eigene Leben ebenso einschließt wie die Bereitschaft zum Verbrechen, wenn »die Sache« das eine oder das andere verlangt.
Philoktet läßt sich auf nichts ein, sondern droht Odysseus, daß er ihn in die gleiche Lage versetzen wolle, in der er, Philoktet, sich zehn Jahre lang befunden habe, das heißt: ihn auf Lemnos auszusetzen und ihn zu zwingen, sich von Geiern zu nähren. Da sticht Neoptolemos hinterrücks den Philoktet nieder. Odysseus ist gerettet, aber der Auftrag der Hellenen nicht erfüllt: Der tote Philoktet wird nicht mehr »für die Sache« kämpfen können, und ohne ihn als Streiter ist seine Wunderwaffe viel weniger wert. Odysseus und Neoptolemos sind nun gezwungen, nach ihrer Rückkehr mit einer Lügengeschichte aufzuwarten. Odysseus schlägt vor, den Hellenen weiszumachen, Philoktet sei von Trojanern umgebracht worden und sie hätten das, in Folge starker Brandung beim Landen, nur von Ferne mit ansehen, aber unmöglich noch verhindern können. Neoptolemos hört sich diesen Vorschlag an, beantwortet ihn jedoch mit der Drohung, jetzt seinerseits den Odysseus töten zu wollen und dann, zurückgekehrt, zu behaupten, die beiden großen Toten seien Opfer der Trojaner geworden. Das redet Odysseus dem Jüngling aus, indem er ihm klarmacht, die Griechen wüßten um den Haß, den Neoptolemos seit langem gegen ihn, Odysseus, hege, und würden sofort annehmen, daß er von seiner Hand gefallen sei. Einen Zeugen aber, der die Lügengeschichte von dem Mordüberfall seitens der Trojaner bekräftigen könne, habe er dann auch nicht mehr. Neoptolemos gibt daraufhin die geäußerte Absicht wieder auf, und beide tragen die Leiche des Philoktet zu ihrem Schiff, nunmehr beide Willens, den Hellenen die von Odysseus ausgedachte Lüge aufzutischen.

Nachdem es Odysseus so gelungen ist, Neoptolemos umzustimmen, erklärt er auf einmal, vor Troja werde er ihm sagen, mit welcher Lüge er sich bei den Hellenen doch hätte reinwaschen können, wenn er ihn, Odysseus, wirklich getötet hätte. Damit endet das Stück in der Müllerschen Fassung.

Der neue Schluß setzt zunächst voraus, daß Odysseus wirklich dem Neoptolemos die Waffen seines Vaters, Achills, vorenthalten hat, daß es sich also bei dieser Geschichte keineswegs bloß um eine Erfindung handelt, mit der Neoptolemos sich bei Philoktet als vertrauenswürdig einschmeicheln soll. Das ist eine in zweierlei Hinsicht äußerst bedenkliche Verschiebung der Fabel und des Sinns der Fabel. Einerseits gibt Müller für dieses in der Vergangenheit liegende Unrecht, das Odysseus bei ihm an Neoptolemos begangen hat, keinerlei Motivierung. Andererseits schwächt er den Gewissenskonflikt des Neoptolemos gegenüber Philoktet dadurch ab, daß er den Jüngling der Notwendigkeit enthebt, sich bei dem Alten mit einer Lüge einzuschleichen: Neoptolemos ist wirklich und mit gutem Grund erzürnt auf Odysseus und die Atriden und täuscht das nicht nur vor. Die Mitschuld, die Neoptolemos auf sich lädt, um sie dann wiedergutzumachen und von sich zu werfen, ist also bei Müller viel geringer als bei Sophokles. Aber Müller baut den Gewissenskonflikt, auf den es in der Tragödie ankommt, gleichzeitig auch von der anderen Seite her ab: Er schwächt (und eliminiert schließlich) die idealen ethischen Antriebe, die in Neoptolemos wirksam sind. Denn Neoptolemos steht bei ihm ja nicht zu der einmal getroffenen Gewissensentscheidung: Er sticht Philoktet nieder, und dadurch, daß er anschließend auch noch die Absicht äußert, sich an Odysseus zu rächen, verliert er moralisch vollends das Gesicht.

Auch die Haltung, die Odysseus bei Müller einnimmt, ist, auf den ersten Blick, unklar und verworren. Was soll man davon halten, daß Odysseus erst (doch offenbar aus übersteigertem Staatsbewußtsein) den Philoktet, nachdem er ihn nicht hat überlisten können, dazu auffordert, an ihm persönlich ruhig Rache zu nehmen, wenn er nur anschließend nach Troja ziehe, mit seiner Wunderwaffe doch den Griechen, dem Vaterland beizustehen, daß eben der gleiche Odysseus dann aber, nachdem Philoktet tot ist, aus rein egoistischen Motiven die Griechen über die Gründe des Scheiterns seiner so kriegswichtigen Mission mit einer sein Versagen beschönigenden Lügenmär hinters Licht führen will (in welcher Absicht wieder ein vollständiger Mangel an Staatsbewußtsein zum Vorschein kommt).

Diese Verschiebungen und Widersprüche lassen sich nur daraus erklären, daß Heiner Müller nicht nur den angeklebten Deus-ex-machina-Schluß des Sophokles irgendwie loswerden, sondern zugleich auch in den »Philoktet« eine ganz neue, spezifisch moderne, »ungriechische« humanistische Problematik und Anklage hineintragen wollte, für die er die vorgefundenen Motivierungen modeln mußte, da sie sich halt mit denen der ursprünglichen Tragödie gar nicht oder nur sehr teilweise zur Deckung bringen ließen.

Worum geht es ihm? Allem Anschein nach darum zu zeigen, daß, wenn eine Gemeinschaft erst einmal einen Einzelnen aus ihrer Mitte dermaßen schnöde behandelt hat wie die Griechen den armen Philoktet, daß dann ihr späterer Versuch, den zu Unrecht Ausgestoßenen und Weggeworfenen wieder zurückzuholen (weil er in einer politischen Zwangslage plötzlich nötig gebraucht wird), notwendig scheitern muß, falls die Aussöhnung mit dem gekränkten Opfer nicht auf radikaler Wahrheit basiert, sondern wieder mit machiavellistischen Mitteln, nämlich mit List, Betrug, Gewalt, zu erheucheln und zu erzwingen versucht wird. Mit dem neuerlichen Verbrechen, eben der List, dem Betrug, der Gewalt, kann das frühere Verbrechen nicht gesühnt und aus der Welt geschafft werden, kann vielmehr im Gegenteil der aus bloßen Zweckmäßigkeitserwägungen zur Rückgewinnung und Wiederbenutzung des beleidigten und gequälten Mannes schreitende Staat (Hellas), können dessen Handlanger (Odysseus, Neoptolemos) nur wieder neues, schlimmeres Unheil anrichten, sich dabei selbst in neue Zwangslagen hineinmanövrierend, gezwungen zu einer unabsehbaren Kette neuer und immer neuer Lügen. Mit Lügen soll das Opfer für die Gemeinschaft wieder zurückgewonnen werden: Das scheitert, und als es gescheitert ist, muß neue Lüge das Scheitern verdecken.

Das ist im Grunde die ideelle Aussage, um die es Heiner Müller geht, und für sie ist der »Philoktet« der Aufhänger. Das bedingt, daß der Schluß für die Griechen eine Perspektive ewigen, unentrinnbaren Lügens eröffnen muß, und das bedingt auch, daß Neoptolemos wie Odysseus in unauflösliche Lügen verstrickt und über neue Möglichkeiten noch besseren Lügens nachsinnend abtreten und ihr Schiff besteigen müssen. Eine »ungriechische« Perspektive, die die Charaktere und Motivierungen eines so durch und durch griechischen Stücks notwendig trüben muß. Aber ich wiederhole: Wenn der Prolog etwas ankündigt, was »keine Moral« habe und woraus fürs Leben nicht zu lernen sei, dann ist das doch wohl Ironie.

Tausend innige Küsse, meine Liebste, Geliebte, Geliebteste, Wolfgang

BASTIAN REINERT

JEDER SCHMERZ SUCHT SICH JEMANDEN, DER IHN HÖRT

Aphorismen

Verstehen heißt vor allem verneinen.

Die Kunst ist der Ort, an dem das Falsche wieder wahr werden kann.

Keine Chancen zu haben, ist dramatisch, sich bietende nicht zu nutzen, tragisch.

Je lauter die Selbstanklage, desto geringer das Eingeständnis.

Man sollte sich lieber einmal zu viel lächerlich als es sich einmal zu oft bequem gemacht haben.

Denken ist ein Selbstgespräch, bei dem sich das Ich mit seinem Selbst zur Dekkung zu bringen versucht.

Durch die letzte Tür paßt keine Lüge.

Das Leben ist eine Beschäftigungstherapie gegen die Ahnung von seiner Sinnlosigkeit.

Phantasmen, zu Ballons aufgeblasen, führen uns an ihren Schnüren spazieren.

Jedem Gedanken geht es wie einem jeden Haus: Er kann sich nicht aussuchen, wer ihn bewohnt.

Die Wahrheit stinkt, die Lüge duftet.

Am Vertrauen hängt noch der Geruch der Angst.

Zeit läßt sich nur verlieren. Selbst Beschleunigung ist Zeitverlust.

Das Grauen ist nicht dafür da, bewältigt zu werden.

Die größten Fragen stellen uns vor keine Wahl, sie stellen uns vor uns selbst.

Zeitgemäßes, das sich zu sehr dem Maß seiner Zeit verschreibt, fällt als erstes wieder aus ihr heraus.

Auch Stilblüten können noch einen schönen Strauß ergeben.

Das Ich ist Erinnerung und Entwurf – im Wechsel zugleich und im Widerspruch zueinander.

Ungeduld heißt, ankommen wollen, ohne den Weg gegangen zu sein.

Was dir zu sicher geworden ist, wirf zurück in die Waagschale!

Ein Ort, den wir aufsuchen, sagt mehr über uns, als wir je über ihn sagen könnten.

Nicht über jeden Abgrund sollte man eine Brücke bauen.

Leben heißt, du mußt der Wald und auch der Förster sein.

Manche gehen immer in dieselbe Richtung, selbst wenn sie sie wechseln.

Der Mensch vernichtet sich, bevor er sich überhaupt verstanden hat.

Demut und Demütigung liegen dicht beieinander.

Eine wiederholte Lüge ist schon eine halbe Wahrheit.

Der Zwang schafft Freiheit, wo er sie verhindern will.

Es gibt mehr Überzeugte als Überzeugendes.

Kunst ohne Geist bleibt Pose, Kunst mit Geist wird Position.

Erst in seinen Widersprüchen bekommt der Mensch einen Fuß in die Tür zu seinem Ich.

Manchmal braucht man den Schatten eines anderen, um über den eigenen springen zu können.

Am berechenbarsten sind wir, wenn wir originell sein wollen.

Kleine Geister haben einen sicheren Stand, nur die großen straucheln.

Jeder Schmerz sucht sich jemanden, der ihn hört.

Hoffnung ist die Anmaßung, wider besseren Wissens an das Gute zu glauben.

Das Ich ist nur der Untermieter des Seins.

Die kleinste Enttäuschung verkraftet man kaum, die Katastrophe aber lacht man weg.

Das Feuer gibt es umsonst, die Verbrennungen kosten.

LAURA BREH

ANGST

Es passiert an dem Tag, als die Vase kaputtgeht.
Eines Nachmittags kippt sie plötzlich hinter Ann vom Schrank, verfehlt nur knapp ihren Kopf und zerschellt am Boden in tausend meeresgrüne Scherben.
Die Vase hatte die Gestalt einer Frau, die die Arme nach oben reckt, als ob sie ein Gefäß auf dem Kopf trägt, und so selbst zum Gefäß wird. Ann hatte sie auf dem Flohmarkt entdeckt und war von ihrer außergewöhnlichen Farbe und der beachtlichen Größe fasziniert. Auf dem Boden stehend, reichte die Vasenfrau Ann bis zur Mitte des Oberschenkels. Da gängige Blumen in ihrer Tiefe versanken und der Flaschenhals so schmal war, daß nur ein einzelner Stengel wirklich hineinpaßte, war sie als Vase eigentlich unpraktisch, aber Ann fand sie perfekt. Sie thronte gut sichtbar auf dem Schrank, eher Jugendstil-Dekoration als Gebrauchsgegenstand. Und jedes Jahr, an Anns Geburtstag, wurde sie mit Wasser und einer einzelnen Gladiole befüllt.

Ann blickt verwundert auf die Überreste – den Torso der gläsernen Frau, den zertrümmerten Hals, den massiven Boden, der ihr, hätte er sie erwischt, wohl den Rest gegeben hätte.
Schlagartig hat Ann das Gefühl, ihr Leben sei auf brüchigen Gedanken errichtet, auf schwachen Gefühlen, auf dem Weltempfinden eines Kindes, dessen vertrautestes Gefühl die Angst ist. Sie muß an einen Abend in ihrer Kindheit denken.
Ann war sechs Jahre alt und weigerte sich einzuschlafen. Um sich von der Müdigkeit abzulenken, hatte sie mit brennenden Augen begonnen, die Tapete von der Wand neben ihrem Bett abzukratzen. Als ihre Mutter kam, erklärte Ann ihr mit ernster Miene, sie fürchte, morgen früh aufzuwachen und der einzige Mensch auf der Welt zu sein.
Am nächsten Tag kaufte die Mutter ein großes Poster, auf dem der Regenbogenfisch zu sehen war, mit Glitzerschuppe und einem Lächeln, genau wie in Anns Buch. Sie hängten es über die malträtierte Stelle an der Wand, und damit war das Thema erledigt.
Doch die Vorstellung der nackten Wand hinter der zerrissenen Tapete, versteckt von einem bunten Bild, setzt Ann jetzt zu und ist ihr plötzlich ebenso unheimlich wie das Scherbenmeer vor ihrem Schrank.

Als sie spätabends vor der Haustür steht und in der linken Jackentasche nach ihrem Schlüssel kramt, ergreift sie ein Eindruck von Leere. *Du hast etwas verloren*, flüstert er. Ann dreht den Kopf, schaut die Straße rauf und runter – nichts. Sie muß die Tür mit beiden Händen aufschließen, weil ein Zittern ihren gesamten Körper ergriffen hat.

Der ganze Abend war ein Kraftakt. Nach dem Vorfall mit der Vase ließ Ann zunächst alles, wie es war, und besuchte ihre Eltern.
Es fiel ihr schwer, den Gesprächen zu folgen, aber die Unbeschwertheit der anderen hüllte sie zumindest für kurze Zeit in ein Gefühl angenehmer Gleichgültigkeit. Als sie nur noch zu zweit waren, schaute ihre Mutter ihr in die Augen:
»Du siehst schlecht aus, Ann. Ist alles gut?«
»Keine Ahnung … mir ist heute meine Vase runtergefallen. Also, genaugenommen, ist die Vase von allein runtergefallen. Sie stand auf dem Schrank und plötzlich lag sie am Boden. Einfach so.«
»Einfach so? Eine Vase fällt doch nicht einfach so vom Schrank. Stand sie vielleicht zu nah an der Kante? Ist sie durch eine Erschütterung runtergefallen?«
Ann starrte aus dem Fenster in den weitläufigen Garten und murmelte: »Ja, vielleicht.«
»Und jetzt?« In der Stimme ihrer Mutter schwang so etwas wie Ungeduld.
»Jetzt? Na ja, jetzt, jetzt hab' ich irgendwie … ich hab' Angst.«

Ann schaltet die kleine Lampe auf ihrer Kommode an. Die Glühbirne braucht lange, um hell zu werden, so als müsse sie sich langsam von etwas erholen. Ann sieht sich im Zimmer um. Ihr Blick streift Gegenstände, die eckige Schatten werfen. Vor dem Schrank liegen noch immer die Scherben. An der Wand über dem Schreibtisch eine wirre Ansammlung von handbeschriebenen Zetteln, Postkarten, Zeitungsartikeln und Fotos. Die Unverbindlichkeit, mit der die Dinge zurückblicken oder Ann zu meiden scheinen, erschüttert sie. In diesem Raum findet sie kein Ich, kein Du und keine Namen. Statt dessen eine fragmentarische Anordnung von Buchstaben, Farben und Formen, mit denen sie nichts anzufangen weiß. Regale, bis unter die Decke mit Büchern vollgestopft. Hat sie das alles gelesen? Anns Augen schmerzen, sie hat den Eindruck, ihre Kurzsichtigkeit ist in den letzten Stunden viel schlimmer geworden. Sie schaltet weitere Lichter an, um besser sehen zu können. Aber das Licht ihrer Wohnung hat sich verändert. Irgend etwas stimmt nicht. Der Farbton scheint nicht mehr der gleiche zu sein, einige Lampen kommen ihr jetzt zu hell vor, andere wieder zu blaß. Sie versucht verschiedene Kombinationen: Das große Deckenlicht und eine kleine Lampe. Nur die Deckenlampe. Nachttischlampe und Kommodenlampe. Aber

alles bleibt fremd und ungemütlich, und Ann fühlt sich auf einmal, als wäre sie völlig gescheitert. Nicht am Licht natürlich, aber an der Unfähigkeit, ihr Zimmer ins rechte Licht zu rücken.
Sie geht in die Küche und füllt ein Glas mit kaltem Wasser, ohne dort Licht zu machen. Eine dumpfe Trägheit breitet sich aus. Es kommt ihr so vor, als ob ihr Kopf seine Denkfähigkeit langsam herunterfährt und ihr Körper gleichzeitig immer unruhiger wird. Eine seltsame innere Verschiebung findet statt.
Während sie das Wasser trinkt, fallen Worte aus ihren Gedanken. Ann stützt sich mit einer Hand auf der Küchenzeile ab. Ihr Arm knickt einfach weg. Außen- und Innenwelt spielen mir einen Streich, sie wollen mich beschützen, denkt sie unwillkürlich, aber gut geht es ihr nicht. Und beschützt fühlt sie sich auch nicht. Eher aus der Zeit gefallen. Der Fähigkeit des Begreifens und Benennens beraubt. Wie einem alles fremd werden kann. Wenn man in die Fremde geht, ist es automatisch so. Vielleicht, überlegt Ann jetzt, wird man auch sich selbst fremd, wenn man zu lange an einem Ort bleibt. Wenn man lange genug wartet, wird alles irgendwann fremd. Der Fremdheit können wir nicht entkommen.
Ann legt sich in zentnerschwerer Erschöpfung auf ihr Bett und wird in einen von Unruhe geschüttelten Schlaf gezogen. Zwei Stunden später wacht sie wieder auf. Deutlich spürt sie im Halbschlaf die altvertraute Sehnsucht nach jemandem, der einem sagt, daß man schon alles richtig macht. Und gleichzeitig weiß sie, daß man es selbst machen muß, weil man sowieso nur sich selbst wirklich glaubt.
Durch die Zimmerdecke dringen bruchstückhafte Laute. Sie sind unverständlich, aber vielleicht gerade deshalb machen sie Ann angst. Sie muß an die Worte ihrer Mutter denken: »Wovor hast du denn Angst?« Ann hat einmal gelesen, daß Menschen sich allein schon durch den Klang der mütterlichen Stimme besser fühlen. Jetzt kann sie sich zwar an die Worte ihrer Mutter erinnern, aber, so sehr sie sich auch anstrengt, nicht an ihre Stimme. »Was *macht* angst?« Was hätte sie darauf antworten sollen?
Ann hat Angst um sich, Angst vor sich, Angst um die anderen und vor anderen. Sie hat Angst davor, daß etwas zu Ende geht, und Angst vor Neuem. Angst vergessen zu werden, Angst verlassen zu werden, Angst andere zu verletzen, Angst sich selbst nicht treu zu sein. Sie hat Angst, etwas nicht getan zu haben, und Angst, etwas zu tun. Angst, daran zu scheitern, etwas genauso zu sagen, wie sie es meint. Sie hat Angst loszulassen, davor, daß die Dinge ihr entgleiten und zu schweben beginnen. Sie hat Angst vor der Angst.
Kein anderes Gefühl ist ihr so vertraut wie die Angst. Die Angst und Ann sind so etwas wie alte Bekannte. Sie lagen zusammen in dem Wärmebettchen, in dem Ann die ersten drei Tage ihres Lebens verbrachte. Sie wurden Gefährtinnen in einem Zustand vermeintlicher Gefahr, in dem man Ann in warmer Sicherheit

wog, aber die Angst brauchte noch nie große Worte, um überzeugend zu sein. Eigentlich braucht sie kein einziges Wort. Und darin liegt ihre Kraft. Die Angst schweigt alles weg und alles hin und übertrumpft die Wärme leicht. Es war ohnehin ein Zustand ohne Worte, denn Ann war neu auf der Welt. Worte konnten ihr noch nichts anhaben. Aber beruhigen, beschützen konnten sie sie auch nicht. Was passiert mit unseren Gefühlen, wenn wir sie nicht denken können, weil wir noch nicht gelernt haben, was Sprache ist? Jedes Gefühl ist dann zeitlos, ewig, alles umfassend. Die Angst aus alten, sprachlosen Zeiten hatte sich als Gefühl ohne Worte irgendwo tief in Ann eingenistet und war wiedergekommen an dem Abend, als sie die Tapete von der Wand kratzte, und war heute auferstanden aus den Scherben einer grünen gläsernen Frau.

Ann kann nicht länger liegenbleiben und streift wie ein ausgehungertes Tier durch die Wohnung. Es ist ein Hunger nach irgend etwas Vertrautem oder Vertrauenswürdigem. Aber die beunruhigende Fremdheit legt sich wie eine Plastikfolie über alles. Über ihren Kopf, ihren Körper, über die Wohnung. Das Gefühl, daß jeden Augenblick etwas Schlimmes passieren könnte, läßt sie nicht zur Ruhe kommen. Sie sagt sich auf, an welchem Tag sie geboren wurde, welches Datum heute ist, ihr Alter, ihre Hausnummer, ihre Handynummer. Sie will sich mit diesen Zahlen etwas beweisen, aber es funktioniert nicht. Dann wird ihr klar, daß sie nicht Zahlen, sondern Worte finden muß. Zusammenhängende Worte für beruhigende Gedanken.

In Anns Wunschvorstellung eines Weltzustands ist alles in Schweigen versunken. Die Dinge stehen zwischen den Zeilen, was ihrer Unaussprechlichkeit entspricht. Es gibt Menschen, die sie faszinieren, weil sie diesen idealisierten Wunschzustand verkörpern. Sie sagen nicht viel, leben im Unausgesprochenen. Worte müssen in ihrer Gegenwart erkämpft werden. Ihre genau bemessenen, wohlüberlegten Formulierungen geben so kostbare Innenansichten preis. Immer, wenn Ann in ihrer Nähe ist, fühlt sie das Geheimnis, das unausgesprochene Wissen, das bedeutungsschwere Nichtgesagte. Meist liegt es an der Art, wie die Menschen schauen, an ihren Luchsaugen – immer aufmerksam, manchmal angriffslustig.

In ihren Gedanken an das Schweigen gerät Ann jetzt in Seenot. Keine Worte. Keine Luft. Nichts sagen. Gefühle so oft fühlen, bis sie nicht mehr weh tun. Menschen so lange nicht denken, bis man sie vergißt. Gedanken so oft wiederholen, bis sie bedeutungslos sind. War das nicht ihre Taktik? Hat sie vielleicht so viel gefühlt, daß sie nun nichts mehr fühlen kann? So viel gesagt oder nicht gesagt, daß nur noch ihr Körper spricht? Aber ist sie nicht auch ihr Körper?

Reiß dich zusammen, Ann. In ihrer Lunge ist nur noch ein Rest Luft, in ihren Ohren nur noch Rauschen und Piepen. Wieder das grauenvolle Gefühl, von einer Folie bedeckt zu sein. Dann ein Kribbeln in den Füßen, den Unterschenkeln, den Händen. Ann steht auf, schüttelt die Arme. Es hilft nichts. Da hört sie ihr Herz. Es läuft los, will weg, will raus, raus aus ihrem Körper. Es hämmert gegen Anns Brust, als würde es jeden Moment in klaustrophobischer Panik zerspringen.

P

A

N

I

K

Ann geht von Raum zu Raum, öffnet alle Fenster. Ihr Atem geht schnell, ihre Knie zittern. Eine Tür schlägt zu. Ann wird schlecht. Ihr wird kalt. Ihr wird heiß. Sie will weg. Sie ist der einzige Mensch auf der Welt. Und nicht einmal ihr Herz will bei ihr bleiben. Das Licht macht ihr angst. Sie schaltet es aus. Steht im Dunkeln. Doch in der Dunkelheit schlägt ihr Herz noch lauter. Es ist, als habe jemand ein Neonlicht in ihr angeschaltet. Und ihre Gefühle bis ins kleinste Detail ausgeleuchtet. Dieses verdammte wilde Herz. Wörter fallen durch die Zimmerdecke, Ann kann sie nicht verstehen. Auch ihr entfallen Wörter. Ganze Teile ihres Wortschatzes fallen aus ihr heraus. Ann weiß ihren Namen nicht mehr. Sie kennt keinen einzigen Buchstaben mehr. Sie glaubt, sich übergeben zu müssen, und hat gleichzeitig Angst zu ersticken. Im dunklen Badezimmer sinkt sie auf die Knie, rollt sich auf den Rücken und streckt, um mehr Luft zu bekommen, die Arme über den Kopf, bis sie mit den Fingerspitzen die kalten Wandfliesen berührt. Bilder und Geräusche schießen ihr durch den Kopf. Die grünen Scherben, die zerrissene Tapete, ein Knacken, ein Splittern, ein Schaben, ein Reißen. Sie spürt, wie ihre Kiefer sich aufeinanderpressen. Ihr Herz trommelt immer noch. Ann wartet auf die Bewußtlosigkeit. Ihr ganzer Körper ist schweißnaß. Sie hebt ihre unendlich schweren Arme, legt eine Hand auf ihren Bauch, die andere auf ihre Brust. Dann schafft sie es, einen kleinen Satz zu denken. Sie wispert: »Ich bin da.« Ihre Unterlippe zittert, ihre Hände drücken Nässe durch das dünne Baumwollshirt. Unerträglich lange dauert es, bis ihr Herz hört, was Ann sagt. *Ich bin da*, flüstert sie immer wieder. Auf einmal gelingt ihr ein tiefer Atemzug. Ein schluchzendes Husten entfährt ihr. Endlich Tränen. Sie laufen ihr über die Wangen und tropfen auf ihre Schultern, laufen in ihre Ohren. Durch das offene Fenster weht kühle Morgenluft. Sie hört das Rauschen der Bäume. Ab und zu fährt ein Auto vorbei.

Ich bin da, flüstert Ann. *Ich bin da, ich bin da.*

UMSCHAU

VILLÖ HUSZAI: DROSTE-HÜLSHOFFS »JUDENBUCHE«

Stellen Sie sich einen »Tatort« vor, und zwar einen richtigen; mit vielen Wendungen und einem dramatischen Schluß. Sie ersehnen die Auflösung – und stattdessen erklärt man Ihnen, daß dieser Krimi gerade vom Nichtverstehen handle. Vielstimmigkeit sei sein Prinzip, ein widersprüchliches und undurchdringliches Gewirr von Figuren und Ereignissen. Genau so ergeht es Schülerinnen und Schülern, die die 1842 veröffentlichte Novelle »Die Judenbuche« von Annette von Droste-Hülshoff lesen – sofern ihre Lehrer dem aktuellen Forschungsstand vertrauen. »Dunkle Polyphonie« mache die Novelle aus, behaupten etwa die Germanisten Ulrich Gaier und Sabine Gross in ihrer gründlichen und vielschichtigen Monographie zur »Judenbuche« (2018); womit auch sie sich einem Aufsatz des Germanisten Heinrich Henel anschließen, der die wirkmächtigen Deutungskategorien grundsätzlicher »Dunkelheit« und »Unbestimmtheit« der Novelle schon 1967 geprägt hatte. Droste-Hülshoffs Meisterwerk, einer der seltenen Klassiker des 19. Jahrhunderts aus Frauenhand, ist aber nicht heillos »dunkel«, sondern nicht zuletzt ein genial konstruierter Krimi. Warum verkennt die Mehrheit der Experten und Expertinnen so hartnäckig diese – nicht nur für junge Leser – attraktive Qualität der Novelle? Und warum nimmt man in Kauf, daß eine so »dunkle« Novelle gleichsam unwiderlegbar von »heimtückische[m] antisemitische[m] Diskurs« (Martha Helfer) durchdrungen sein soll? Schließlich wäre das doch ein Grund mehr, den Schülerinnen und Schülern die Lektüre des Werks zu ersparen. Auch das ist ein Krimi, der erzählt werden will. Doch zuerst zur eigentlichen »Criminalgeschichte des 18ten Jahrhunderts«, wie Droste-Hülshoff ihren literarischen Stoff in einer frühen Fassung betitelt.

Der doppelte Schuldspruch des Gutsherrn

Ein jüdischer Händler namens Aaron stellt Friedrich Mergel, den jugendlichen Protagonisten, während einer Dorfhochzeit bloß, indem er ihn lautstark an eine ausstehende Schuld von zehn Talern erinnert. Als Aaron drei Tage darauf tot im Wald aufgefunden wird, fällt der Verdacht auf Friedrich. Der Gutsherr, Inhaber der niederen Gerichtsbarkeit, ordnet »in derselben Nacht noch« die Verhaftung an. Friedrich kann jedoch, zusammen mit seinem Halbbruder Johannes, fliehen. Ein halbes Jahr später gesteht ein jüdischer Wegelagerer, genannt »Lumpenmoises«, den »Mord eines Glaubensgenossen, Aaron, den er im Walde erschlagen« habe. Während die Gerichtsbeamten zu Mittag essen, erhängt sich der reuige Gefangene und kann somit nicht weiter befragt werden. Trotzdem verbreitet der Gutsherr Lumpenmoises' Geständnis »geflissentlich«, um »den Fleck von Mergels Namen zu löschen«. Er, der Friedrich durch seinen offenkundig übereilten Haftbefehl in die Flucht getrieben hat, hält ihn aufgrund von Lumpenmoises' Geständnis nun für unschuldig. Nach achtundzwanzig Jahren kehrt Friedrich Mergel als gebrochener alter Mann aus türkischer Gefangenschaft zurück, gibt sich als sein Halbbruder Johannes Niemand aus und erhängt sich schließlich an der »Judenbuche«, in deren Nähe Aaron erschlagen worden war. Der Baum wird so genannt, weil die jüdische Gemeinde ihn kurz nach dem Tod Aarons dem Gutsherrn abgekauft und folgende hebräische Inschrift in ihn geritzt hat: »Wenn du dich diesem Orte nahest, so wird es dir ergehen, wie du mir gethan hast.« Als der Gutsherr an einer charakteristischen Narbe erkennt, daß es sich bei der Leiche um Friedrich Mergel handelt, ändert er noch einmal seine Meinung, und diesmal endgültig: Friedrich Mergel, so verkündet er nachdrücklich, ist der Mörder Aarons. Die Leiche des vermeintlichen Selbstmörders Johannes hatte er eben noch respektvoll behandeln lassen: »nun herunter! – sacht! sacht! laßt ihn nicht fallen!« Sobald er jedoch Mergel erkennt, läßt er die Leiche auf dem Schindanger verscharren.

Diesem Schuldspruch ist die ältere Forschung vorbehaltlos gefolgt, der Germanist Emil Staiger stellt 1933 entschieden fest: »Die Novelle endet in einer klaren, gerechten Situation.« Aber was ist mit dem Schuldgeständnis von Lumpenmoises? Diesen naheliegenden Einwurf dokumentiert etwa die »Zeitschrift für Deutsche Bildung« (1931); ein Gymnasiast hatte ihn vorgebracht. Gymnasiallehrer Schneider vermerkt jedoch im Protokoll des Unterrichtsgesprächs, daß der Schüler von seinem Einwand wieder abrückte, »als ich mich selbst für die Täterschaft Mergels aussprach«. Argumente gegen Lumpenmoises' Täterschaft gibt der Lehrer nicht an; für so selbstverständlich muß er seine Lösung des Kriminalfalls gehalten haben. Mit derselben Seelenruhe erklären Gaier und Gross 2018 Lumpenmoises' Täterschaft für eine »respektable Minderheitenposition« ohne Konsequenz. Denn wenn alles dunkel ist, darf nun auch ein anderer als Friedrich der Mörder sein; oder eben auch nicht, oder vielleicht beide zugleich ein bißchen? Droste-Hülshoffs Konstruktion, ihr »Entweder-Friedrich-oder-Lumpenmoises«-Krimi, löst sich in der Formel »dunkle Polyphonie« wie in einem Säurebad auf.

Gewiß, die Novelle ist insofern »dunkel«, als es keinen Detektiv gibt, der den Schuldspruch des Gutsherrn bestätigt oder widerlegt. Und Droste-Hülshoff erzählt so, daß die Leser ständig selber Schlüsse ziehen müssen. Gerade deswegen wäre das Vernunftprinzip *tertium non datur* der bitter nötige kriminalistische Lotse: entweder Friedrich oder Lumpenmoises. Doch warum sollte die Autorin ihre Leser überhaupt vor diese harte Wahl stellen? Und dann offenbar die Gewichte so verteilen, daß bis heute fast niemand auf Lumpenmoises setzen mag?

Voreilig und abergläubisch: Der Gutsherr am Pranger

Wenn wir annehmen, daß Friedrich der Mörder ist (oder auch nur sein könnte), entscheiden wir uns zugleich dafür, daß der Schuldspruch, den der Gutsherr am Ende der Novelle fällt, »gerecht« ist, wie Staiger in seiner Dissertation schreibt. Wir erkennen damit auch jenen fatalistischen Zusammenhang an, der von der Handlung scheinbar bestätigt wird: Denn Friedrich erhängt sich ja an dem Baum, dessen Inschrift dem Mörder Aarons Vergeltung verspricht. Das überzeugt den Gutsherrn, der sich schon bei seinem für Friedrich so folgenreichen Haftbefehl von abergläubischen Knechten hatte leiten lassen. Lastet der Leser aber Lumpenmoises den Mord an, ist der gutsherrliche Schuldspruch durch die fiktiven Fakten nicht mehr gedeckt, und damit steht der Gutsherr – garnichtdunkel-unbestimmt, sondern in grellstem Licht – am Pranger: als einer, der sich von einer obskuren Inschrift noch einmal zu einem Fehlschluß verleiten läßt.

Doch natürlich hängt die Plausibilität der »Lumpenmoises-Mörder«-Lesart davon ab, ob es für den Selbstmord Friedrichs an der Buche eine alternative Begründung gibt.

Wirklich verwunderlich an der gegenwärtigen Forschungslage ist, daß diese klar vorliegt: Die »Judenbuche« ist der einzige Baum des einstigen »Brederholz«-Waldes, der noch steht. Und jenes Brederholz ist in der Tat Schauplatz eines früheren Mordes, bei dem Friedrich zumindest mitschuldig geworden ist: In diesem Wald hatte Friedrich den Förster Brandis, mit dem er in Streit geraten war, durch eine falsche Wegangabe in die Arme von Holzdieben getrieben. Am nächsten Morgen hatte man den Förster erschlagen aufgefunden. Daß Friedrich seine Mitschuld am Tode von Brandis anerkennt und bereut, bringt er in einem nächtlichen Zwiegespräch auch unmißverständlich zum Ausdruck: »›Ich habe schwere Schuld‹, seufzte Friedrich, ›daß ich ihn den unrechten Weg geschickt (...)‹«. Nach dieser Lesart erhängt sich Friedrich nicht deswegen an der Buche, weil sie für ihn eine besondere Bedeutung oder weil die Inschrift ihn magisch herangezwungen hätte, sondern weil die Buche der einzige Baum des ganzen Brederholzes ist, der noch steht. Ins Brederholz, nicht an die »Judenbuche«, zwingt Friedrich das belastete und durch keine Beichte erlöste Gewissen.

Die deutsche Aristokratie als Holzfrevler mit legalen Mitteln

Die alternative Erklärung für Friedrichs Suizid genau an dieser Buche klagt also wiederum den Gutsherrn an: Die sogenannte Judenbuche hat dieser nur deshalb geschont, weil er sie sich von den trauernden Juden für viel Geld hatte abkaufen lassen. Der Gutsherr betreibt nichts anderes als Holzfrevel mit legalen Mitteln, wodurch er die Landschaft rücksichtslos verwüstet: »Es war alles gleich unerträglich, das Arbeiten durch den kniehohen Schlag sehr beschwerlich. Rings umher kein Baum außer der Judenbuche«, heißt es gegen Ende der Novelle. Der Herr Baron handelt aber ganz im Sinne des Zeitgeists: Die Grundherren machen Anfang des 19. Jahrhunderts Ernst mit ihrem Eigentumsrecht und mißachten althergebrachte Nutzungsrechte der Bevölkerung. 1842, im Erscheinungsjahr der Novelle, kritisiert Karl Marx im Essay »Debatten über das Holzgesetz«, daß als Holzfrevel kriminalisiert wird, was früher nur einfacher Holzdiebstahl oder, mehr noch, geduldete Nutzung des Waldes gewesen war. Droste-Hülshoff läßt die Mutter Friedrichs genau diesen sozialkämpferischen Standpunkt vertreten: »›Höre, Fritz, das Holz läßt unser Herrgott frei wachsen und das Wild wechselt aus eines Herren Lande in das andere; die können Niemand angehören.‹«

Der Gutsherr, der Exponent der christlichen Herrschaft, steht also auch wegen seiner Geldgier am Pranger. Sieht so eine Novelle aus, die – noch einmal die Germanistin Helfer – als »kleiner, aber bedeutungsvoller Beitrag zu jenem nationalistischen Eifer gelten [kann], der sich zum Dritten Reich auswuchs«? Mit Lumpenmoises als Täter prangert die aristokratische Autorin Droste-Hülshoff den eigenen Stand an: wegen seines Aberglaubens, wegen seiner Geldgier, wegen seiner falschen Ausübung der Gerichtsbarkeit. Es ist also nur vernünftig, daß die Autorin die Gewichte so verteilte, daß ihre biedermeierlichen Zeit- und Standesgenossen eher auf Friedrich als Täter tippten. Aber selbst wenn ein Zeitgenosse auf Lumpenmoises gekommen wäre: Droste-Hülshoff hätte ihm, um ein späteres Nietzsche-Wort vorwegzunehmen, klar entgegenhalten können: »Nun wähle!« Jeder muß – und kann – zwischen den zwei möglichen Tätern wählen, und niemand könnte die Autorin auf die für den Gutsherrn so demaskierende Lumpenmoises-Version festnageln. Nicht »dunkle Polyphonie«, sondern strategische Zweideutigkeit macht die Novelle aus. Ein genialer Schachzug Droste-Hülshoffs, um es sich nicht mit dem eigenen Stand zu verderben.

Der Germanisten-Krimi

Sie wolle erst in hundert Jahren gelesen werden, ist ein vielzitiertes Diktum Droste-Hülshoffs. Zu dieser Zeit gelangten in Deutschland aber die Nationalsozialisten an die Macht. Die Autorin konnte nicht voraussehen, daß ihre zukünftigen Leser allen Grund haben würden, sich nach den einstigen Baronen zurückzusehnen; daß der Gutsherr als moralische Autorität aus besseren Zeiten (siehe Staiger) unanfechtbar sein würde. Auch die Adenauerzeit ging bekanntlich nicht daran, Autoritäten zu hinterfragen. Es bedurfte eines Anstoßes von außen: Die amerikanische Germanistik kam darauf, daß dem Gutsherrn nicht zu trauen sei. Als dann der Münsteraner Germanist Herbert Kraft 1987 endlich explizit, aber noch zu beiläufig für Lumpenmoises' Täterschaft plädierte, wäre die Zeit reif gewesen, Droste-Hülshoffs kriminalistisches Doppelspiel in den Blick zu nehmen. Aber Henels schon in den sechziger Jahren etablierte Deutungskategorien »Dunkelheit« und »Unbestimmtheit« der Novelle erwiesen sich als stärker: Krafts Vorschlag, wie auch die Arbeiten der wenigen Nachfolger, die die Randfigur des Lumpenmoises ernst nahmen, konnten sich kein Gehör verschaffen.

Damit ist aber noch lange nicht erklärt, warum Droste-Hülshoffs kriminalistischer Plot – entweder Lumpenmoises oder Friedrich – auch noch 2018 von der Forschung beschwiegen wird. Ein erster Erklärungsversuch ist literaturtheoretischer Natur. Obwohl Henel die Formel »Unbestimmtheit« durchaus nicht im Sinne der späteren Dekonstruktion verstanden wissen wollte, läßt sie sich doch bestens an dekonstruktivistische und aktuelle Literaturtheorien anschließen. Deren gemeinsamer Nenner ist eine Art Generalverdacht gegen »die Interpretation« und die Angst vor dem »Vorwurf des ›Substantialismus‹« (Hans Ulrich Gumbrecht). Nichts wäre für den Profi beschämender, als dabei entlarvt zu werden, bloße Zeichen mit fester Bedeutung zu verwechseln. Die kriminalistische Frage »Lumpenmoises oder Friedrich?« dagegen stellt in ihrer Fokussierung auf die Handlung ja gleichsam einen Gipfel an Substantialismus dar. Es paßt nicht zum germanistischen Berufsethos, ja, es ist nachgerade unfein, sich zu intensiv mit einer bloßen Plot-Frage zu beschäftigen. Ebenso unzeitgemäß ist der Anspruch, sich mit einem Text »als Ganzem« auseinanderzusetzen. Bei der kriminalistischen Frage »Lumpenmoises oder Friedrich?« geht es aber um den Text als Ganzes, um seine Gesamtkonstruktion – was sich pragmatisch damit belegen läßt, daß sich in der Lumpenmoises-Lesart genau solche Textteile als zentral erweisen, die in früheren Kommentaren als unnötig (Theodor Fontane taxiert so die Förstermord-Geschichte) oder gar als »Erzählfehler« (so der Germanist Hans Zeller) kritisiert worden waren. Die Kategorie des »Ganzen« ist womöglich noch mehr in Verruf gekommen als die Interpretation.

Doch etwa bei Robert Musil läßt sich nachlesen: »Es ist sehr anmaßend; ich bitte mich zweimal zu lesen, im Teil u im Ganzen.« Als Musil in den dreißiger Jahren diese Notiz zum »Mann ohne Eigenschaften« schrieb, durfte er noch hoffen, sein Hauptwerk fertigzustellen. Zerstückelt meinen Text nicht nach Belieben, sondern sucht danach, was er »im Ganzen« ist; so könnte man Musils Bitte deuten. Musil meinte vielleicht auch: Sucht nach seiner (möglichen) Gestalt. Auch Droste-Hülshoffs Novelle braucht Leser und Leserinnen, die diesem Text zutrauen, ein kühn konstruiertes Ganzes zu sein, nur dann zeigt sich die scheinbare Randfigur des Lumpenmoises in ihrer Schlüsselstellung.

Der zweite Erklärungsversuch für das hartnäckige Ignorieren einer möglichen Täterschaft des Lumpenmoises hängt mit dem

Thema Antisemitismus zusammen. Daß die deutsche Nachkriegsgermanistik sich nicht berufen fühlte, den Schuldspruch des Gutsherrn zu revidieren, liegt auf der Hand: Der Titel der Novelle (er stammt nicht von der Autorin, sondern vom herausgebenden Redakteur des »Morgenblatts für gebildete Leser«, in der die Novelle in sechzehn Fortsetzungen zuerst erschien) ist ja prekär genug; außerdem geht es um die Ermordung einer jüdischen Figur. Wer wollte da noch dafür plädieren, den christlichen Mörder freizusprechen und den Mord einer zweiten jüdischen Figur anzulasten?

Fest steht: Daß Droste-Hülshoffs kanonisierter Text dem Antisemitismus auch nur teilweise das Wort redet, bestätigt die Lumpenmoises-Lesart nicht, ganz im Gegenteil. Denn in ihr handelt der Baron, der exemplarische Vertreter der christlichen Elite, gerade so, wie es dem antisemitischen Klischee entspricht: abergläubisch und geldgierig. Diese Lesart leitet die christliche Mehrheit vielmehr dazu an, das verfemte andere in sich selbst zu erkennen – kritische Selbsterkenntnis statt Stereotypisierung der jüdischen Minderheit. Nicht die jüdische Witwe, die in ihrer Verzweiflung Rache fordert, nicht die jüdische Gemeinde, die aus Solidarität mit dem ermordeten Glaubensgenossen den Rachespruch in die Buche ritzen läßt, nein, der christliche Gutsherr ist es, der unbarmherzig nach dem Prinzip »›Aug um Auge, Zahn um Zahn!‹« vorgeht, indem er Mergel das ersehnte christliche Begräbnis verweigert. Und daß er dies in der Lumpenmoises-Lesart tut, ohne daß die fiktive Wirklichkeit ihn dazu legitimiert – auf diese Klarheit kommt es an!

Überdies lehrt Droste-Hülshoff ihre »gebildeten Leser«, egal ob jüdischer oder christlicher Herkunft, im vermeintlich »anderen« das Eigene zu erkennen. Denn der jüdische Wegelagerer Lumpenmoises und der katholische Mergel erweisen sich in der Lumpenmoises-Lesart nicht als rassistisch karikierte Antipoden, sondern als »Schicksalsbrüder«: Beide sind auf der sozialen Leiter zuunterst angelangt, beide haben schwere Schuld auf sich geladen, beide gestehen ihre Schuld ein und bereuen zutiefst, wie die parallelen Geständnisse und Selbstmorde anzunehmen erlauben. Die symbolische Erhöhung, die der Selbstmörder Friedrich erfährt (der Gutsherr muß zu ihm hinaufschauen), gilt bei der zweiten Lektüre (es sei an Musils »anmaßende« Bitte erinnert) auch für den jüdischen Selbstmörder. Beider Geständnis wird von der christlichen Elite nicht erhört: Während der Gerichtspräsident zu Mittag speist, erhängt sich Lumpenmoises, »der Hund von einem Juden«, so der Gerichtspräsident ungerührt, und den Heimkehrer Friedrich läßt der Gutsherr wie einen Hund verscharren.

Mit Lumpenmoises als Totschläger wider Willen – der Text erlaubt den Nachweis, daß Lumpenmoises Aaron nur hatte bewußtlos schlagen wollen – läßt sich der Novelle kein »heimtückische(r) antisemitische(r) Diskurs« unterstellen; Antisemitismus ist vielmehr Gegenstand ihrer aufklärerischen Kritik. Sowohl der Lumpenmoises genannte Jude wie der Katholik Friedrich Mergel erweisen sich als Opfer einer christlichen Herrschaftselite, die ihren Untertanen, gleichviel ob Jude oder Christ, nicht gerecht wird. Die Figur des Lumpenmoises – der Spitzname kann durchaus sozialkritisch gelesen werden – ist es, die Droste-Hülshoffs Meisterwerk ins 21. Jahrhundert retten wird. Es ist an der Zeit, sie endlich zur Kenntnis zu nehmen.

LOTHAR MÜLLER: LOB DES LITERATURBETRIEBS

Laudatio zum Kurt-Wolff-Preis 2021

Meist schwingt ein leicht verächtlicher Unterton mit, wenn jemand vom »Literaturbetrieb« spricht. Kaum ist das Wort gefallen, ruft es Mißtrauen wach gegen Kommerz und Kalkül, Intrigen und Seilschaften, gegen die große gefräßige Maschinerie, die alles verschlingt, was ihr Funktionieren aufrechterhält.

Es gibt diese Maschinerie, und doch muß, wer Verleger ehren will, das prosaische Kompositum Literaturbetrieb gegen seine Verächter retten. Im Betrieb steckt der Antrieb, die Energie, die es braucht, um Manuskripte in Bücher zu verwandeln.

Wenn Autoren wie Lessing und Wieland in den Zeiten der Herausbildung selbständiger Schriftstellerexistenzen »Betrieb« sagten, meinten sie diesen Antrieb. Und eine saloppe Umschreibung für die Verleger, mit denen Autoren verhandeln, hadern, abrechnen, wäre: Sie sind Leute, die Literatur unter die Leute bringen, Manuskripte zu Markte tragen.

Manchmal entsteht der Antrieb dazu dadurch, daß die Literatur sich mit der Sprachmagie verbündet und junge Menschen mit ihrem Zauberstab berührt. So war es im Fall von Ulrich Keicher, 1943 in Stuttgart geboren, Enkel eines Eisenschmieds und eines Bauern, Sohn eines Vaters, der als Maler sein Geld verdiente, aufgewachsen im ländlich-bäuerlichen Milieu, Einzelkind in einer Familie, in der es außer Bibel und Gesangbuch kaum Bücher gab, aber in die Vorschule von Mickymaus und Westernheftchen war er gegangen, im übrigen eher der Musik als dem Lesen zugetan. Als er auf die achtzehn zuging, so hat er es in dem Gesprächsband »Die Straße ist nicht meine Welt« berichtet, packte ihn im Wirtschaftsgymnasium in Stuttgart Jean Pauls »Rede des toten Christus vom Weltgebäude herab, daß kein Gott sei«.

Die Hand, die den Zauberstab führte, gehörte einem Aushilfslehrer. Der Text, den er vorlas, schlug, so dürfen wir vermuten, eine gespannte Saite im Innern des Oberstufenschülers an, der schon bald nach der Konfirmation begonnen hatte, unchristliche Gedichte zu verfassen, in denen er die Frömmelei attackierte.

Die Rede des toten Christus kam dem jungen Mann, ohne daß er das schon wissen konnte, auch auf andere Weise entgegen. Sie ist nämlich recht kurz, auf wenigen Druckseiten unterzubringen und dadurch ein prophetischer Vorausblick auf das Format, das Keicher ins Zentrum seiner Verlegertätigkeit gestellt hat.

Umfangreiche Romane und Erzählungen sind bei ihm nicht zu finden, dafür viele kleine Prosastücke und Gedichte, Essays, Gespräche, Kommentare, Briefe und Briefentwürfe, Gebrauchstexte der besonderen Art wie die Klappentexte Albrecht Fabris oder die Autorenankündigungen, die Richard Pietraß für die von ihm betreute Lesereihe im Literaturforum des Brechthauses in Berlin veranstaltete, Spielformen der Literatur, in denen Schrift und Zeichnung, Bilder und Buchstaben sich durchdringen.

Die Kurt Wolff Stiftung hat sich der »Förderung einer vielfältigen Verlags- und Literaturszene« verschrieben, und wenn sie nun Ulrich Keicher für sein Lebenswerk auszeichnet, so ist das ganz im Sinne dieser Zielsetzung. Denn wie gesagt, der Literaturbetrieb besteht nicht nur aus den unter Hochdruck arbeitenden Pumpwerken und der großen Umsatzmaschinerie, er ist zugleich ein organisches Wesen, in dessen Kapillaren und Verästelungen des Nervensystems schmale Bücher mit geringen Auflagen kursieren. In diesem Kapillarsystem hat Keicher seinen Verlag angesiedelt und Hunderte von Büchern herausgebracht, nicht etwa in einem exklusiven oder eigenbrötlerischen Abseits, sondern im Kontakt mit prägenden Autoren der Gegenwartsliteratur, darunter Büchnerpreisträger, die es oft noch nicht waren, als er sie druckte, auch die Lyrikerin Elke Erb.

Wie aber wurde der junge Mann, den Jean Pauls toter Christus in seinen Bann schlug, zum Büchermacher? Auf Wegen, die zu schildern sich lohnt. Denn sie führten durch den Antiquariatsbuchhandel und das Archiv, zwei Regionen, die häufig so starke Bindungskräfte entfalten, daß manche auf immer in ihnen verschwinden. Beide, Archiv und Antiquariat, gelten als Institutionen, die mit der Vergangenheit im Bunde sind. Dem Archiv fällt es seit je schwer, die Staubmetaphern abzuschütteln, das Antiquariat erscheint mal als Sammelstelle des literarischen Strandguts, mal als Tempel der bibliophilen Jäger nach verlorenen Schätzen. Die Archive aber sind voller Lunten, die darauf warten entzündet zu werden, die Antiquariate voller Vergangenheitsfragmente, die in der Gegenwart Funken schlagen können. Als Keicher in den sechziger Jahren des vergangenen Jahrhunderts in Leonberg seine Buchhandelslehre machte, war das Schiller-Nationalmuseum in Marbach gerade dabei, zum Deutschen Literaturarchiv und Schauplatz der literarischen Moderne zu werden.

Ein unüberhörbarer Startschuß dafür war die Ausstellung zum Expressionismus in Literatur und bildender Kunst, die Paul Raabe 1960 kuratiert hatte. Keicher kam 1966 nach Marbach, um den Nachlaß von Christian Wagner zu sichten, dem Dichter aus Warmbronn, der ihn durch seine Außenseiterposition anzog und zu dessen Herausgeber er wurde. Da lag Kurt Wolff bereits seit drei Jahren auf dem Marbacher Friedhof, nachdem er im Herbst 1963 in Ludwigsburg einem Verkehrsunfall zum Opfer gefallen war. Viele seiner Bücher waren in der Expressionismus-Ausstellung gezeigt worden, er hatte sich mit Bernhard Zeller, dem Direktor des Schillermuseums, treffen wollen. Wolffs geplanter Besuch in Marbach stand im Zeichen der Rückkehr der Exilliteratur nach Deutschland und der Öffnung des Deutschen Literaturarchivs für die Welt der Emigranten. Zeller wurde für Keicher zu einer Brückenfigur ins Archiv, und Wolff zu einem Fixpunkt, was Buchgestaltung und Buchformate betraf. Zur Albert'schen Buchhandlung in Freiburg, in der Keicher ab 1970 arbeitete, gehörte ein Antiquariat. Nicht nur Martin Heidegger – übrigens einer der Hauptverantwortlichen für den verächtlichen Beiklang des Wortes »Betrieb« im deutschen Geistesleben – verkehrte in dieser Buchhandlung, sondern auch Kurt Heynicke, Beiträger der berühmten Anthologie »Menschheitsdämmerung«, einer der letzten überlebenden Expressionisten. Es bestand damals eine enge Verbindung zwischen Antiquariat und Exilliteratur.

Als Keicher in Warmbronn sein eigenes Antiquariat gründete, war der günstige Aufkauf einer Privatsammlung zum Expressionismus das Fundament. Zum Verleger wurde er 1983, zunächst mit Sitz im Schloß von Scheer an der Donau, ab 1985 wieder in Warmbronn. Da war er bereits mit Cornelia Vierthaler verheiratet, seiner Mitarbeiterin über Jahrzehnte, in denen er auf kleinem Terrain, ohne Angestellte, einem Prinzip folgte, das es auch expansiver, großflächiger gibt: Diversifizierung. Über zehn Jahre hinweg, von 1986 bis 1996, erschien die Reihe »Roter Faden«, schwarze Hefte mit roten Titelschildchen, wie die Quarthefte Klaus Wagenbachs erkennbar an Wolffs Reihe »Der jüngste Tag« orientiert, größtenteils im Bleisatz, als Broschur in handgefertigter

Fadenheftung. Ab 1993 kam die »Warmbronner Edition« hinzu, mit aufwendiger Typographie und dichtem Grenzverkehr zwischen Literatur und Grafik, später die »Bibliothek Jannowitz«, herausgegeben vom langjährigen Direktor der Museumsabteilung in Marbach, Friedrich Pfäfflin, ein Kompendium zur Welt von Karl Kraus und seiner »Fackel«, gespeist aus den Quellen der Archive.

Es war aber eine Diversifizierung unter weitgehendem Verzicht auf Arbeitsteilung. Ulrich Keicher agierte als Verleger und Buchhersteller in Personalunion, machte die Broschuren und Hefte mit und ohne Umschlag, die Vorsatzblätter und seitlichen Heftungen, die eingearbeiteten Laschen und eingefügten Bilder, die handkolorierten Linolschnitte oder Originalholzschnitte zu seinen Markenzeichen. Der Modernisierung des Druckhandwerks verweigerte er sich nicht, gab den Bleisatz auf, ging über zu Fotosatz, Offsetdruck und Laserdruck. Wenn er Modernisierungsverweigerer war, dann im Vertrieb, da blieb er im Kern bei Kundenkartei und Kundenstamm, der sich an den Prospekten, später an der Website orientiert. Bei Auflagen zwischen zweihundert und dreihundert, heute angeboten vor allem im Bereich zwischen acht und fünfzehn oder sechzehn Euro, war das nicht ganz abwegig. Es setzte allerdings starke Autoren und enge Autorenbindungen voraus. Bei ihm erschien 1987 der zweite Lyrikband von Hermann Lenz, zu dessen hunderterstem Geburtstag der »Schwäbische Lebenslauf« und wenig später die »Altersnotizen«, in kunstvoller Zusammenheftung mit dem Kommentar von Hans Dieter Schäfer. Das Augenmerk auf den Nahbereich war aber früh mit dem Ausgriff in die weiten Räume der deutschsprachigen Gegenwartsliteratur verbunden, von Wolfgang Hildesheimer bis Zsuzsanna Gahse, von Brigitte Kronauer bis Walter Kappacher, nicht zu vergessen die Essayisten und Kritiker von Sibylle Cramer bis Peter Hamm. Sarah Kirsch fand 1992 mit dem Gedichtband »Eiszeit« ins Programm, Wulf Kirsten, der Dichter aus Weimar, öffnete Türen, nach der Jahrtausendwende kamen Volker Braun und Lutz Seiler, ein Stammgast blieb Christoph Meckel, Autor und Grafiker, bis zu seiner letzten, kurz vor dem Tod im Januar 2020 noch geschriebenen, aber nicht mehr gehaltenen Dankesrede für den »Antiquaria-Preis«.

Da waren zu den Autoren und Autorinnen der Gründerjahre längst jüngere gestoßen, etwa in der kleinen Reihe »Unter Sternen«, in der Gegenwartsschriftsteller über Wahlverwandte, Anreger, Vorbilder Auskunft gaben, jeweils zwei Autoren in einem Buch: Durs Grünbein und Dagmara Kraus, Monika Rinck und Marion Poschmann, Oswald Egger und Ulf Stolterfoht, Ilma Rakusa und Orsolya Kálasz. Die Reihe entstand in Kooperation mit dem Literaturhaus Stuttgart. Die Rede, die W.G. Sebald zu dessen Eröffnung im September 2001 hielt, erschien als Einzeldruck erstmals bei Keicher.

Es ist im Verlag Ulrich Keicher in den vergangenen Jahrzehnten ein Kosmos der deutschsprachigen Gegenwartsliteratur ganz besonderer Art entstanden, mit Ausflügen ins Europäische, wenn Richard Pietraß die Nobelpreisrede von Seamus Heaney übertrug oder Rosemarie Still Gedichte und Zeichnungen aus dem Nachlaß des Niederländers Lubertus Jacobus Swaanswijk herausgab, der sich Lucebert nannte, und Christoph Meckel dazu das Nachwort schrieb. In diesem Kosmos fehlt der mächtige, übermächtige Roman, er ist allein aus dem Spektrum der kleinen Formen hervorgegangen. Die Briefe, Essays, Notizen oder Beschreibungen von Bildern stehen in diesem Kosmos für sich, sind nicht Teil von Sammelbänden. Natürlich publizierten und publizieren die Autoren, die das Verlagsregister Ulrich Keichers umfaßt, nicht nur bei ihm. Aber sie wollten und wollen Teil dieses Kosmos der kleinen Formen in schöner Gestalt sein. Damit das weithin sichtbar wird und weitergeht, hat die Kurt Wolff Stiftung Ulrich Keicher ihren Hauptpreis zuerkannt.

Und sie hat ihm mit Bedacht die noch junge Edition Converso als Förderpreisträgerin an die Seite gestellt. Die Verlegerin und Übersetzerin Monika Lustig hat sie 2018 gegründet, 2019 erschien das erste Programm, und doch zeichnet sich schon jetzt ab, daß auch hier ein Kosmos ganz eigener Art entsteht, erzeugt durch einen einfachen, produktiven und erhellenden Gedanken: die Kulturen des Mittelmeerraums abzuschreiten und in Belletristik, Essay und erzählendem Sachbuch, aber auch in der Lyrik zu versammeln. Nur auf den ersten Blick sieht dieser Gedanke aus, als liege er auf der Hand. Auf den zweiten Blick erweist er sich als Anschlag auf liebgewordene Parzellierungen. Denn hier soll tatsächlich der gesamte Mittelmeerraum einschließlich der Adria ins Auge gefaßt werden, ohne die perspektivischen Vorgaben der französischen »Mediterranée«, der deutschen Italiensehnsucht, der normativen Rückblicke auf das »Abendland« der griechisch-römischen Antike.

In der Geschichtsschreibung ist seit längerer Zeit die geographische Dimension der Landschaftsformationen, die politische und kulturelle Bedeutung von Flüssen, Gebirgen, Ebenen immer stärker hervorgetreten, der physische Atlas hinter dem politischen Atlas mit den monochromen Flächen staatlicher Territorien. Imperien brauchen Zentralperspektiven. Sprachen, Erzählungen und Gedichte nicht. »Mediterrane Sprachwelten« im Deutschen zu spiegeln, das ist ein großes Übersetzungsprogramm und ein multiperspektivisches Unterfangen, in dem die Sizilianerin Maria Attanasio mit ihrem zum Abschied von der Lira verfaßten Buch über den kunstfertigen Geldfälscher Paolo Ciulla nicht nur an der Seite ihres Landsmanns Leonardo Sciascia steht, sondern auch der Slowenin Maja Gal Stromar, der in Tunesien geborenen französischen Autorin Bellinda Cannone und der Libanesin Chaza Charafeddine mit ihrer literarischen Autobiographie »Beirut für wilde Mädchen«.

Fische sind die Embleme der Edition Converso, die Meeresgöttin Amphitrite führt im Verlagslogo den Dreizack, und schon eines der ersten Bücher war ein Großprojekt, Stefan Weidners »1001 Buch. Die Literaturen des Orients«. Über das Mittelmeer, Nordafrika, Ägypten und die Levante führt es weit hinaus bis in die persische Dichtung und tief hinab bis ins Mittelalter. Amphitrite macht sich in der Edition Converso selbständig, löst sich vom griechischen Poseidon und römischen Neptun, lernt arabisch und holt den syrischen Dichter Hussein bin Hamza ins Programm, der 2017 nach Deutschland floh. Das Raumkonzept führt sie hinab in die Geschichte und in die aktuellen Konfliktregionen vom Baskenland und dem Balkan bis nach Israel und Palästina, und der albanische Autor Gazmend Kapllani hat gute Gründe, seinem autobiographischen Essay den Titel »Unentbehrliches Handbuch zum Umgang mit Grenzen« zu geben. »Alltagshelden« heißt eine Reihe der Edition Converso, ihre Fischzüge zwischen Slowenien, Kairo und Gibraltar verbindet sie mit dem Prinzip Bodenhaftung, etwa in den Plädoyers »für eine neue Gebrauchslyrik«.

Amphitrite ist eine alte Göttin, die Edition Converso, deren Schirmherrin sie nun ist, ein noch junger Verlag. Damit er weiter Fahrt aufnimmt, erhält er den Förderpreis der Kurt Wolff Stiftung.

GURMEET SINGH: BRUCHSTÜCKE DER GESCHICHTE

Zehn Tage im Archiv des Literaturhauses Berlin

Im März 2021 ging ich ins Literaturhaus Berlin, um dessen Archiv in Augenschein zu nehmen. Das Anliegen des Hauses: Man wollte Schriftsteller abseits des Mainstreams einladen, die Fülle von Material und Dokumenten aus vierzig Jahren zu erkunden und einen »frischen Blick« auf die Geschichte des Hauses zu werfen. »Bleiben Sie eine Woche, vielleicht finden Sie ja etwas Interessantes«, hieß es von seiten der Leitung.
Schon *das* war interessant. Ich lebte seit acht Jahren in Berlin, und so etwas war mir noch nicht passiert. Institutionen fordern einen sonst nicht einfach dazu auf, sich mit ihrer Geschichte zu beschäftigen. Aber auch der Hintergedanke war ein besonderer. Mein Blick sollte »frisch« sein. Was wohl hieß, daß noch nicht allzu viele People of Color (POC), also nicht der weißen Mehrheitsgesellschaft angehörende Menschen, an Veranstaltungen mitgewirkt hatten. Ich bin 1987 geboren, Brite, POC, aus der Arbeiterklasse: Reicht das, um etwas Stichhaltiges über das Archiv zu sagen?
Doch vielleicht konnte ich es wie ein Instrument bedienen, hier oder dort eine Taste drücken und hören, wie es klingt. Oder es wie den Chor im Theater etwas fragen und schauen, was es antwortet. Ich bin in der Nähe von Fabriken in Handsworth, Birmingham aufgewachsen. Deutsch ist meine dritte Sprache. Und ausgerechnet ich sollte das Archiv einer literarischen Institution Berlins durchstöbern? Lächerlich!
»Na klar«, sagte ich, »mache ich!«
»Das Literaturhaus ist eröffnet, und was sich da öffnet, soll ein Haus für die Literatur sein, ein Haus, in dem Literatur geachtet und geliebt wird, ein Haus auch, in dem für diese Liebe geworben wird.« Das sagte Herbert Wiesner, der erste Leiter, zur Eröffnung am 29. Juni 1986. Seine Rede ist eines der ersten Dokumente, die ich fand.
Das Archiv ist ein kleines dunkles Zimmer ganz oben in dem Haus in der Fasanenstraße. Zwei Wände mit Regalen voller alter Ordner. In der Mitte ein Tisch: Computer, Kabel, Telefon, Wasserflaschen. Ringsum Schachteln, Papier, Bücher, Kassetten, Bilder. Die kahlen Zweige des großen Baumes vor dem Haus schlucken jedes noch so trübe Licht.
Auf den Ordnern steht »Ausstellung«, »Briefe«, »Aktivitäten«, »Presse«, »Vorstand«. Es sind rund hundert Stück, geordnet zwar, aber nicht einheitlich. Manche sind voll, andere enthalten bloß an die zwanzig Blätter. Ich frage mich: Was kommt ins Archiv? Und überlege, was ich mit all den Bruchstücken, den Papierfetzen anfangen soll. Läßt sich damit wirklich eine Geschichte erzählen? Wie kann man daraus etwas zusammensetzen?
»Spiel einfach damit. Benutze es wie ein Instrument, erinnerst du dich? Schau, was für Töne dabei herauskommen. Leg einfach ein Bruchstück neben das andere. Vielleicht entsteht daraus eine Geschichte.«
Eine brauchbare Strategie. Keine wissenschaftliche zwar, doch am Ende des ersten Tages werden einige Themen angeschlagen, die mich während der restlichen Zeit im Archiv beschäftigen: das Haus als Institution, Deutschland, wie Autoren gefördert und erinnert werden.
Also, noch einmal von vorn: die Eröffnung des Hauses. Die Rede wurde getippt und handschriftlich korrigiert. Wiesner spricht überraschenderweise von »Widerständen« gegen das Haus. Welche mögen das gewesen sein? Es hat etwas mit Auseinandersetzungen in der literarischen Öffentlichkeit der Vergangenheit zu tun.

Anscheinend ging es um folgendes: Zum Zeitpunkt der Gründung gab es in Westberlin mehrere Schriftstellerorganisationen. Eine davon, der Verband deutscher Schriftstellerinnen und Schriftsteller (VS), war Teil der Gewerkschaft IG Druck und Kunst, und deren Erweiterung zu einer IG Medien gestaltete sich schwierig. Einige VS-Mitglieder verwickelten sich in ideologische Grabenkämpfe (»Gewerkschaftsfeinde«, »Gewerkschaftsbürokraten« etc.). Man empfand die Notwendigkeit, sich zu organisieren und die Sache der Literatur zu vertreten, ohne sich den Diktaten der Gewerkschaftspolitik zu unterwerfen. Günter Grass forderte ein neues »Romanisches Café«, einen Ort, wo Schriftsteller sich treffen und frei von ideologischen Auseinandersetzungen diskutieren konnten. Friedrich Christian Delius forderte eine neue »Schriftstellerlobby«. In den Briefen, Leitartikeln, Reden dieser Zeit ging es stets darum, alte »dogmatische« Auffassungen beiseite zu lassen und die Literatur als solche zu würdigen. Grass wandte sich zudem gegen die aus seiner Sicht zu lasche Haltung des VS gegenüber den Diktaturen Osteuropas. Der rumäniendeutsche Schriftsteller Rolf Bossert hatte in Westdeutschland Asyl erhalten. Zwei Monate später wurde er an seinem neuen Wohnort Frankfurt tot aufgefunden. Ob Mord, Selbstmord oder Unfall, blieb unklar. Es gab den Wunsch, in Diktaturen lebende Autoren zu schützen, was die eher linken westlichen Organisationen nach Grass' Ansicht nicht ausreichend taten.

Das war die Atmosphäre, in der das Literaturhaus Berlin entstand: normale Probleme der politischen Organisation und Streitpunkte zwischen Ost und West. Auch die Mißbilligung seiner Gründung könnte politisch motiviert gewesen sein: Das Haus könnte wie eine Art Gewerkschaft ohne politisches Programm gewirkt haben. Vielleicht mißfiel der Presse aber auch, daß dem Trägerverein eine schöne Gründerzeitvilla mitten in Westberlin zugesprochen wurde. Durch die Angriffe entstand eine chaotische Situation. Aber Herbert Wiesner verteidigte das Haus eisern. Dessen Daseinsberechtigung lag schließlich auf der Hand: Die Schriftsteller brauchten Unterstützung. Im Westen brauchten sie Schutz vor der freien Marktwirtschaft (»Es müßte jemand verdammt schnell schreiben, wenn er damit auf den Stundenlohn einer Schreibkraft kommen wollte«), im Osten vor repressiven Regimes.

Die Eröffnung wurde auf denselben Tag wie das Endspiel der Fußballweltmeisterschaft gelegt. Man konnte zwar nicht voraussehen, daß Westdeutschland im Finale stehen würde, aber wann es stattfinden würde, war immerhin bekannt. Warum eröffnet man an einem solchen Tag sein Haus und plant um 17:30 Uhr eine Lyriklesung und um 22:30 Uhr eine Diskussion über Fußball, Kultur und Literatur? 22:30! Im Programm steht, diese Runde finde nach »dem letzten Spiel der Fußballweltmeisterschaft statt«. Ich gewinne den Eindruck, daß Chaos und die Notwendigkeit zur Selbstrechtfertigung für die ersten Jahre des Hauses prägend waren.

Das Literaturhaus rechtfertigte seinen Zweck (und die empfangenen Fördergelder) mit seinen Vorhaben, mit Ausstellungen und Veranstaltungen. Das zeigt sich deutlich am Umgang mit der DDR. Das Haus »konfrontierte« sich mit dem Osten. Im November 1987 fand eine Veranstaltung statt, die »Begegnungen« mit Kinderbüchern aus der DDR versprach. Das zeigt, wie das Haus sich selbst und sein Publikum wahrnahm. Schließlich gibt es Konfrontation nur dann, wenn etwas anders ist. Dann fiel die Mauer, das wiedervereinigte Deutschland war geboren und tiefergehende Fragen über die frühere DDR wurden gestellt. Was war das für ein Land? Was hatte es seinen Schriftstellern angetan? Und wie konnte der Westen überhaupt mit diesem Regime kooperieren?

Als Außenseiter berührten mich die materiellen Aspekte des Archivs, die »Made-in-Germany«-Plastikhüllen, die Umschläge mit dem DDR-Poststempel. Die Tatsache, daß man Briefe schrieb und Faxe sendete. Mich erstaunten auch die kleinen Briefumschläge, A5 oder A6. A4-Briefe wurden zweifach gefalzt und hatten so genau wie das alte Berlin vier Sektoren.

Obwohl das Literaturhaus nun eines für das wiedervereinigte Deutschland war, betrachtete es den Osten immer noch als etwas anderes. Es war nach wie vor eine Westberliner Institution. Die Falzungen waren immer noch sichtbar, obwohl das Papier nun aufgefaltet dalag.

Nach dem Fall der Mauer konnte man die Archive der ehemaligen Staatsapparate einsehen, auch die der literarischen Zensurbehörde. In den frühen neunziger Jahren gab es im Literaturhaus eine Ausstellung über »Zensur in der DDR«. Damit tat das Haus zweierlei. Es machte die Autoren bekannt, die im Osten bedroht waren, und fragte zugleich danach, was dieses neue, wiedervereinigte Deutschland eigentlich sei. Für die Ausstellung wurde gründlich recherchiert, unter den aus den DDR-Behörden beschafften Unterlagen finden sich auch Einschätzungen von Romanen. Christa Wolfs »Nachdenken über Christa T.« bereitete den Zensoren besondere Kopfschmerzen. Es erhalte viel Aufmerksamkeit in »kapitalistischen Ländern«, heißt es in einem Schreiben an den Kulturminister Gysi. Es stammte aus der HV, der Hauptverwaltung Verlage und Buchhandel, faktisch die Zensurbehörde im Osten. Erfüllte ein Buch nicht die ideologischen Standards, wurde es nicht veröffentlicht.

Der bedeutendste Einwand der Zensoren bei Christa Wolf war, daß ihre Protagonistin sich schwertat, in der Gesellschaft ihren Platz zu finden. Der Zensor hob ein Zitat besonders hervor: »Dann wieder muß ich allein sein können.« In seiner Rede zur Ausstellung spricht Wiesner vom Zensor im Kopf der Schriftsteller und bezieht sich damit auf einen Brief Helga Schuberts an das Literaturhaus. Sie habe das Regime überlebt, weil sie es durchschaut, nicht, weil sie Widerstand geleistet habe. Widerstand, heißt das implizit, wäre selbstmörderisch gewesen. Der Osten zwang die Leute dazu, ihre Kreativität zurückzuhalten.

Draußen rief ein Zilpzalp unaufhörlich wie der morgendliche Wecker. Als ich endlich zum Fenster ging, war er weg.

Ich setzte mich wieder, um mich mit der schriftlichen Produktion des Hauses von 1987 bis 1995 zu beschäftigen (beworben als »Texte aus dem Literaturhaus«). Fünf von elf Bänden handelten explizit von der deutschen Vergangenheit: von den idealisierten Zwanzigern über die Nazizeit bis zu den Exklaven deutscher Literatur. Diese Bücher waren Begleitpublikationen zu Ausstellungen, das Publikum mußte also ein besonderes Interesse an diesen Themen haben.

Warum geht es immer um Deutschland? fragte ich mich. Warum handeln diese Ausstellungen immer wieder davon, was Deutschland eigentlich ist?

Es leuchtete mir ein, daß das Haus sich in der Zeit des Mauerfalls für die DDR interessierte. Aber warum ging es auch in den 2000er Jahren noch so sehr um Deutschland, um die Frage, was es war und was es sein könnte?

Dann ging es mir ganz plötzlich auf, das Offensichtliche: Das Land hatte jahrelang schwer an seiner Nazivergangenheit zu tragen gehabt. Ich weiß, daß Deutsche den Holocaust sehr ernst nehmen. Aber zuletzt hatte ich den Eindruck gewonnen, daß man allmählich damit zu leben gelernt hat. Im Archiv dagegen sah ich eine Nation, die beständig mit ihrer Vergangenheit und ihrer Zukunft rang. Durch das Archiv begriff ich, daß Deutschland sich nicht nur irgendwie mit seiner Vergangenheit beschäftigte. Diese Vergangenheit machte es vielmehr

notwendig, aber auch äußerst schwierig, dauernd über das eigene Land und seine Rolle in der Welt zu reden. Ich fing an zu verstehen, warum das Literaturhaus sein Programm auf eben diese Weise zusammenstellte: weil Deutschland Millionen Menschen umgebracht und Bücher verbrannt hatte.
Um mir über das Haus und sein sakrales Verständnis von Büchern klarzuwerden, mußte ich mich damit auseinandersetzen. Durch die permanente Aufarbeitung der Geschichte, die andauernde Selbstreflexion wurde das Literaturhaus für mich zur Verkörperung der nationalen Frage: Was ist Deutschland? Erinnern wir uns an Grass' Ruf nach einem neuen Romanischen Café. Oder an Wiesners Klage in der Eröffnungsrede, daß es kein bibliophiles Bürgertum und keine akademische Öffentlichkeit mehr gebe. Es schien, als würde man frühere Epochen der deutschen Gesellschaft idealisieren. Grass und Wiesner wollten in das Deutschland vor der Nazizeit zurückspringen, als Politik und Literatur angeblich noch Teil einer gebildeten und vernünftigen Gesellschaft waren.
Mit der Wiedervereinigung veränderte sich die Perspektive. Und auch neue Ausstellungen wurden möglich. In den späten Neunzigern wurde die Frage danach, was Deutschland sei, auch auf die Prager deutsche Literatur und deutschsprachige Autoren aus anderen Ländern erweitert, wie Paul Celan und Max Frisch. 2001 nahm das Literaturhaus in dem Versuch, im Chaos der Moderne einen Sinn zu entdecken, 1929 in den Blick, ein Jahr, das in Deutschland trotz des Aufstiegs der Nationalsozialisten radikal andere Optionen geboten habe.
2006 schien Deutschland noch einmal über sich und seine Rolle in der Welt nachzudenken. Vermutlich aufgrund der hier stattfindenden Fußball-Weltmeisterschaft, die eine etwas entspanntere Einstellung zum Nationalgefühl mit sich brachte. Kurz darauf präsentierte das Literaturhaus die Doppelleben-Ausstellung »Literarische Szenen aus Nachkriegsdeutschland« und schuf damit einen Raum, in dem man über Autoren und Werke aus der Mitte des vergangenen Jahrhunderts nachdenken konnte – und nicht nur über die Greueltaten jener Zeit.
Nichts von all dem ist neu für deutsche Leser. Aber für jemanden wie mich, einen Außenseiter, ist genau das interessant. Als ich durch das Archiv ging, die Regalmeter des Materials sah, aus dem die Ausstellungen entstanden waren, die unentwegten nationalen Bezüge, die entscheidenden Autoren – begann ich zu verstehen, warum Deutschland ein Land der Krise war. Und es noch immer ist: Eine neuere Publikation des Literaturhauses antwortet den Parolen von AfD und Pegida mit »Wir sind ein Volk?«
Ob sich das Literaturhaus dessen nun bewußt war oder nicht, es gestaltete, wie andere kulturelle Institutionen auch, durch das, was es förderte und ausstellte, die offizielle Geschichte mit. Und in seinen Ausstellungen widmete es sich vornehmlich den berühmten deutschen Autoren des 20. Jahrhunderts. Mit anderen Worten, das Literaturhaus präsentierte eine ziemlich geläufige Version der deutschen Geschichte. Größere Ausstellungen oder Veranstaltungen, die sich schwarzen oder queeren deutschen Schriftstellern gewidmet hätten, sucht man jedenfalls vergebens.
Aber gab es auch Unterstützung für unbekanntere Autoren? Ernest Wichner, eine der wichtigsten Figuren in der Geschichte des Literaturhauses, kam beispielsweise aus Rumänien. Mitte der achtziger Jahre saß er in der DAAD-Jury, die Stipendien vergab. Neben Norman Maneas Name steht ein dickes »Ja«, die Herkunftsbezeichnung »rumänisch« ist unterstrichen. Rumänien war eine Herzensregion des Literaturhauses. Man wollte Schriftsteller von dort vor einem Schicksal wie dem von Rolf Bossert bewahren.
Mein letzter Abend. Ich wollte gerade aufbrechen. Da kamen mir plötzlich diese

Worte einer Berliner Gedenktafel in den Sinn: »Joseph Roth, Radetzkymarsch«. Ich hatte versucht, das Archiv wie ein Instrument zu bedienen. Statt dessen war eine Geschichte voller Fragmente entstanden.
Ich ging zum Fenster. Eine Feder hatte sich in den Zweigen des Baums verfangen. Es war wie ein Bild für das, was ich im Archiv erlebt hatte. Der Versuch, aus ein paar Federn einen Vogel zusammenzusetzen, obwohl man noch nie einen gesehen hat.

Aus dem Englischen von Gernot Krämer, Elisa Primavera-Lévy und Matthias Weichelt

TOMASZ RÓŻYCKI: DICHTER DER VERGEGENWÄRTIGUNG

Laudatio auf Durs Grünbein

Wenn Lesen bedeutet, einem anderen die eigene, innere Stimme zu leihen, sich einen bestimmten – verschriftlichten – Code anzueignen, die in ihm gespeicherte Information zu entpacken, wodurch die im Text kodierte Stimme des Autors ein neues Instrument gewinnt, nämlich den Leser, dann erhält das Abwesende die Chance, gegenwärtig zu werden. Wenn aber der Leser zugleich Schriftsteller ist und seine Lektüren zu neuen Texten verarbeitet, wird das Instrument für andere hörbar und weitere Leser werden zum Teil der Übertragungskette, die den abwesenden, vielleicht schon toten Autor mit der Gegenwart verbindet. Wenn das so ist, dann ist Durs Grünbein, ähnlich wie Zbigniew Herbert, ein Dichter der Vergegenwärtigung.
Die Bandbreite seiner Lyrik ist enorm: Aus ihr spricht eine Stimme, die von den grauen Tagen der DDR und vom zerschlagenen Porzellan des im Krieg verbrannten Dresden erzählt, die Stimme des Naturforschers und sardonischen Anthropologen, des Erkunders der Antike, des eifrigen Belauschers der Vergangenheit und der Gegenwart. Es sind höchst unterschiedliche Stimmen – von metaphorischen bis hin zu alltäglichen und verblüffend direkten –, die sich oft in unerschrocken modernisierten, aber im Grunde klassischen Formen artikulieren: Elegien, Oden, Versepen. Um von der Gegenwart zu erzählen, tritt Grünbein in Kontakt mit Kunst und Philosophie, zitiert Seneca, Pascal, Hölderlin und andere. Beharrlich unterzieht er unsere Existenz einer poetischen Analyse und versucht, die irgendwann gesprengte Brücke zwischen Dichtung und Philosophie wiederaufzubauen. So etwa in seinem Gedicht über Descartes, worin das Zwiegespräch mit dem Philosophen zum aus Versen gebauten Vehikel des Intellekts wird. George Steiner wußte genau, warum er sein Buch »Gedanken dichten« gerade Descartes widmete.
Durs Grünbein gilt als einer der größten lebenden Dichter deutscher Sprache, und auch wenn es heißt, über die Größe eines Dichters solle allenfalls sein Schneider sprechen, braucht es doch zweifellos Raum, um die Stimmen der verschütteten Pompejer in sich aufzunehmen.
Im Gedicht »An Seneca. Postskriptum« schreibt Grünbein:

»Verzeih mir, Toter. (…)
So sehr gefesselt hat, verzeih mir, mich dein Brief,
So sehr bezaubert, okkupiert, im Eigensinn bestärkt.
Ich bin der eine, Seneca, nach dem du schreibend suchtest.
Der späte Lauscher, der ihr zuhört, deiner Geisterstimme.

Es braucht mich nicht. Auch nach mir liest man noch dein Buch.
Ich leb nur kurz, ein Weilchen nur, doch du lebst ewig.«

Homer führt Odysseus ins Totenreich, Vergil Aeneas. Katabase ist das Anhören der Toten. Die zu uns sprechenden Seelen der Toten verfolgen noch immer das Geschehen in der Welt, ganz als wäre der Tod unvollständig – sie sind immer noch dort, unter der Erde, hinter Toren aus Elfenbein und Horn, die Kontinuität des Daseins ist nicht abgerissen. Doch die Sache ist die, daß wir, wenn wir den Toten lauschen, in Wirklichkeit uns selbst lauschen. In einem dialogischen Monolog sprechen wir mit uns selbst, geben dem Unsichtbaren eine Stimme – wie in einer spiritistischen Séance, wenn sich der Teller auf dem Tisch bewegt und einer von uns zum Bauchredner wird. Wir brauchen unbedingt den Widerhall, das Gefühl, daß wir nicht allein sind und der Tod nicht die Grenze zum Schweigen ist. Schweigen schließt jede Hoffnung aus.

Wenn Odysseus – und mit ihm Homer – in den Hades hinabsteigt, ist das Höllentor näher als wir denken, und schon das Schreiben eines Gedichts kann eine kleine Katabase sein. Zbigniew Herbert war dort: Er sprach mit der Stimme Caligulas oder der Stimme Kants in dessen letzten Tagen. Oder im Gedicht »H. E. O.«, in dem Hermes Eurydike einige Schritte hinter Orpheus zum Ausgang aus der Unterwelt führt. So wie Herbert schaut auch Grünbein immer wieder im Hades vorbei, indem er diese oder jene Gestalt evoziert – Seneca, Lukian oder den eines Winters in einem beheizten Zimmer in Quarantäne sitzenden Descartes. Ein Akt des Widerstands gegen die geheimnisvolle Sterblichkeit und die Beschränkungen der Zeit, wie jener des Orpheus. Wie auch all jener, die dem gelesenen Text ihre innere Stimme leihen. Das Jenseits ist ein Ort tief in uns, an dem sich die Stimmen aufhalten. Die Hölle ist in uns, sie ist ein Kästchen voller Klänge, eine sprechende Schachtel.

In diesem Sinne steht Durs Grünbein der poetischen Tradition Zbigniew Herberts nahe: Die Universalkultur ist für ihn noch immer ein Bezugspunkt, ein Ort, an dem wir alle leben, unabhängig von der Zeit und vom Wechsel der Moden und Kommunikationsweisen. Sie ist für ihn ein unerschöpfliches Reservoir von Fragen, die zu stellen sich noch immer lohnt, eine Möglichkeit zum Aufspüren von Verwandtschaften in einer unruhigen Gegenwart. Ein Element der Kontinuität, etwas, das für einem Moment die Zeit und den Raum vergessen läßt, die uns trennen.

Der Brief Senecas, von dem Grünbein in seinem Gedicht schreibt, ist die Abhandlung »Von der Kürze des Lebens«. In ihr lesen wir (in der Übersetzung von Otto Apelt): »Wenn wir im Geistesflug uns über die Schranken menschlicher Schwachheit erheben wollen, so öffnen sich uns lange Zeiträume, die wir durchwandern können. Wir können mit Sokrates Zwiegespräche führen, können mit Cameades zweifeln, mit Epikur die Ruhe pflegen, mit den Stoikern die menschliche Natur überwinden, mit den Zynikern über sie hinausgehen. (...) Von ihnen wird keiner dich zu sterben zwingen, aber alle werden es dich lehren; von ihnen wird keiner dir deine Jahre zunichte machen, wohl aber die seinigen dir zugute kommen lassen (...). Das ist die einzige Möglichkeit, die Grenzen der Sterblichkeit zu erweitern, ja sie in Unsterblichkeit umzuwandeln. Ehrungen, Denkmale, alles was dem Ehrgeiz huldigt, sei es in öffentlichen Anerkennungen, sei es in Werken der Kunst, ist raschem Verfalle preisgegeben, alle zerstört der Zahn der Zeit und läßt nichts unberührt. Aber dem, worauf die Weisheit ihr Siegel gedrückt hat, kann die Zeit nichts anhaben. Keine Flucht der Jahre wird es vertilgen, keine es mindern«.

Aus dem Polnischen von
Bernhard Hartmann

JÜRGEN GLOCKER: DAS AMPUTIERTE REICH ODER DIE SCHÖNEN BEINE DER MARY K.

Anmerkungen zu Doderers »Strudlhofstiege«

Er war einer der Großen der österreichischen Literatur des 20. Jahrhunderts und ein Sprachmaler von hohen Graden. Als die Nachricht vom Tod Doderers (1966) über das Fernsehen verbreitet wurde, soll Thomas Bernhard wie elektrisiert aufgesprungen sein und gerufen haben: »Der Doderer ist gestorben ... Doderer war doch in Österreich das Renommierpferd, und solange der lebte, konnte kein anderer was werden, es konnte keiner hochkommen. Jetzt ist die Bahn frei, jetzt komme ich.« Das berichtet zumindest Franz Ignaz Hennetmair in seinem berühmten Tagebuch.

Heimito von Doderers Werke zählen zum Kanon der modernen deutschsprachigen Literatur. Der Schriftsteller wird längst als einer »der größten Großstadtromanciers des 20. Jahrhunderts (mindestens)« (Klaus Nüchtern) und als »immens komischer Autor, einer der komischsten der Literaturgeschichte« (Henner Löffler) wahrgenommen. Zugleich gilt Doderer meist als konservativ, wenn nicht gar als reaktionär. Hier ist nicht der Ort, ein weiteres Mal auf Doderers Beitritt zur NSDAP am 1. April 1933, seine Distanzierung von der Partei wenige Jahre später und seinen Übertritt zur katholischen Kirche 1940 einzugehen. Mit seinen inhaltlich wie formal verknüpften Romanen »Die Strudlhofstiege oder Melzer und die Tiefe der Jahre« (1951) und »Die Dämonen« (1956) lieferte er dem Lesepublikum nach dem Untergang des braunen Regimes und dem Ende des Zweiten Weltkriegs Identifikationsangebote, die die Wunden der Vergangenheit verdeckten und nicht weh taten, denn er vermittelte Perspektiven auf private Welten und ihre vergleichsweise widerständige Stabilität. Doderer, der von 1916 bis 1920 in russischer Kriegsgefangenschaft in Sibirien gewesen war, ging es in seinem fiktionalen und theoretischen Werk darum, die Bedeutung historisch-politischer Umwälzungen in den Hintergrund treten zu lassen oder gar herunterzuspielen und, im Gegenzug, die ungebrochene Kontinuität des Alltags jenseits aller Haupt- und Staatsaktionen herauszustellen. Die Doderer-Forschung konnte für dieses Phänomen leicht Belege beibringen, etwa den berühmten Satz aus der »Athener Rede« von 1964: »Für den Österreicher ist die Zeit bald reif, zu erkennen, daß jener Einhieb von 1918 gewaltig überschätzt worden ist.« Man ist geneigt, sich die Augen zu reiben: Die Zerschlagung der riesigen Doppelmonarchie gewaltig überschätzt?

Die Germanistik hatte keinerlei Mühe, das Kleinreden historischer und politischer Umwälzungen auch im erzählerischen Werk aufzuzeigen, nicht zuletzt am Beispiel des Romans »Die Strudlhofstiege«, mit dem Doderer seinen späten Durchbruch erreichte. Es versteht sich von selbst, daß bei einem Großroman von über neunhundert Seiten, der zwischen 1910 und 1925 spielt, der Erste Weltkrieg nicht ganz ausgespart werden kann. Doch er wird mit Hilfe aufwendiger narrativer Mittel auf äußerst kunstfertige Weise in den »toten Winkel« (Wendelin Schmidt-Dengler) befördert. Dank einer komplexen Erzählstrategie, die auf wiederholte, teilweise ineinander verschachtelte Rückblicke mit diskreten Übergängen und auf diffuse Zeitstrukturen setzt, gelingt es dem Autor, die historische Entwicklung im Hinblick auf das öffentliche Leben weitgehend auszublenden. Unterstützt wird dieses Verfahren dadurch, daß die Handlung des Romans vor dem Hintergrund eines gewissermaßen ewigen Sommers abläuft, wodurch eine atmosphärische Einheitlichkeit hergestellt wird: »Über der Stadt und ihren weit ausgestreuten Bezirken stand auf goldenen Glocken der Spätsommer, noch nicht Nachsommer, noch trat der Herbst nicht sichtbar ins Spiel. / Die Windstille war eine so vollkommene, daß eine leichte schwebende Luftgondel, die man sich im schwindelnden Blau etwa genau über der Strudlhofstiege hätte denken können, durch Stunden wäre am gleichen Punkte dort oben verblieben, ohne abgetrieben zu werden«. In der sichtbaren Welt scheint, ähnlich wie in Adalbert Stifters »Nachsommer«, nur wenig der Veränderung zu unterliegen: »Die lange Zimmerflucht lag, wie sie auch früher gelegen hatte. Die Möbel standen, wie sie auch früher gestanden waren.« Und Probleme werden gleichsam entsorgt. Die zahllosen Opfer, die der Weltkrieg fordert, finden keine Erwähnung, die Folgen von Wirtschaftskrise und Inflation bleiben für die handelnden Personen weitgehend vernachlässigbar. Zwar gibt es Modifikationen gegenüber »früher«, aber es sind »vor allem die Veränderungen im Alltag« (Schmidt-Dengler).

Und dennoch hat Heimito von Doderer in der »Strudlhofstiege« an entscheidenden Stellen sehr bewußt auf den sogenannten Einhieb von 1918 und seine grundstürzende Bedeutung für Österreich verwiesen. Er hat jedoch auch diese Signale im Bereich der Alltagswelt gesetzt, und er hat es symbolisch getan. Der Untergang der Doppelmonarchie erscheint in einem individuellen Format, in der Kollision von zwei, drei privaten Schicksalen.
Die Forschung ist sich darin einig, daß das zentrale Ereignis des Romans das Straßenbahnunglück der Mary K. ist, einer schönen Jüdin aus wohlsituierten Verhältnissen. Mit diesem Unfall, von dem zunächst allerdings nur wie nebenbei, in Parenthese, berichtet wird, setzt die Handlung ein: »Als Mary K.s Gatte noch lebte, Oskar hieß er, und sie selbst noch auf zwei sehr schönen Beinen ging (das rechte hat ihr, unweit ihrer Wohnung, am 21. September 1925 die Straßenbahn über dem Knie abgefahren), tauchte ein gewisser Doktor Negria auf, ein junger rumänischer Arzt, der hier zu Wien an der berühmten Fakultät sich fortbildete und im Allgemeinen Krankenhaus seine Jahre machte.« Der um ein Haar tödliche Verkehrsunfall bildet dann auch den multiperspektivisch erzählten Zielpunkt, auf den der Roman zusteuert. Zwischen diesen beiden bedeutenden Textmarken entfaltet sich die Handlung des Romans. Was dann noch folgt, ist ein komödienartiger Schluß.
Melzer, dessen »Menschenwerdung« eines der Themen ist, um die sich der Roman dreht, ist ein ehemaliger Offizier, der inzwischen als Amtsrat in der Tabakregie arbeitet. 1910 hätte er Mary heiraten können, wenn er aus diversen Gründen nicht zu lange gezögert hätte. Fünfzehn Jahre später begegnet er Mary wieder, als sie den belebten, von Verkehr überfluteten Althanplatz zu überqueren versucht. Bereits auf Seite 48, also sehr früh, im Nachsommer 1923, wie wir *en passant* erfahren, werden der Ort des Unfalls und die Verkehrssituation dort eingeführt: »Der Platz vor dem böhmischen Bahnhof, dem Franz-Josefs-Bahnhof in Wien, war damals mit der Zeit schon eine Art Rangiergeleise der Straßenbahn geworden (ähnlich wie der Domplatz in Mailand), die da von allen Seiten mit den verschiedensten Linien eintraf: das jaulte und rollte durcheinander, klingelte, drehte überraschend in eine Seitenstraße ab oder sauste gradaus über die Brücke davon. Mary stand am Ufer dieses Sees von Verkehr, darin die rotweiße Straßenbahn noch das Bescheidenste, die Fülle der Lastautos aber das Anspruchsvollste war, während alles zusammen durchfädelt wurde von einer nicht abreißenden Kette der Taxis«.

Zu diesem Zeitpunkt geht die Sache noch gut aus, Mary »bockt innerlich« und wendet sich ohne »irgend eine Raison« ab, sie überquert nicht den Platz, sondern geht ihres Wegs.

Knapp achthundert Seiten später, im September 1925, kommt es dann zur Katastrophe: »Mary stand am Ufer dieses Sees von Verkehr, darin die rot-weiße Straßenbahn noch das bescheidenste war, die Fülle der Kraftfahrzeuge aber am meisten Aufmerksamkeit erforderte.« Doch die schöne Mary ist unkonzentriert, obwohl sie spürt, daß sie »gesammelt und planvoll« vorgehen müßte, unter dem Schutz der Verkehrsregeln. Aber sie erfaßt die Situation nicht klar genug. Sie weicht nochmals auf den Gehsteig zurück, »während gleich danach, als eine unvermutete Eigenmächtigkeit ihrer Glieder, als Welle von unten her durch den Körper laufend, schon der Start erfolgte«. Sie begibt sich auf den Platz, und bald schon befindet sie sich »sozusagen bereits im Gefechte. Hier zurück, dort vor, jetzt Halt. (...) Ein Straßenbahnzug fuhr gegen die Alserbachstraße hinauf, mit einem ganz altmodischen kleinen Anhänger, der stark schaukelte.« Auf dessen rückwärtiger Plattform erkennt sie die »prangende Figur« des Doktor Negria »in hellem beige-farbenen Anzuge« und mit seinem »kühnen und grundlosen Adlerblick«. Kurz darauf erfolgt ein Perspektivenwechsel, über mehr als zehn Seiten hinweg werden andere Personen in den Blick genommen. Und dann tritt Melzer auf den Plan. Auch er sieht, innerlich mit ganz anderem beschäftigt, Negria, auch er nimmt dessen »Adlerblick« wahr, und kurz darauf sieht er gleichfalls Mary: »Sie rannte eigentlich in den Zug hinein. Noch bevor das schütternde äußerste Anziehen der Bremsen erfolgte und das Schreien von Passanten, welche den Vorgang erfaßten, warf sich Melzer halb links und gegen die Mitte des Platzes zu. / Ganz und gar so, wie man sich in die Schlacht wirft beim Sturm-Angriffe: sich selbst wirft, als wär' der eigene Wille eine riesenhafte haarige Faust (...) Schon bei ihr. Schon im Blute, dessen Rot ihm entgegenspringt, jetzt den Knienden bespritzt. Jedoch, hier war ja ein Soldat von Beruf, ein Soldat vieler wechselnder Schlachten.« Plötzlich ist Thea Rokitzer, Melzers künftige Frau, neben ihm und unterstützt ihn. Die gemeinsame Erste-Hilfe-Aktion wird zur Basis ihrer Verbindung: »Damit aber, daß sie nun nebeneinander im Blute knieten, war, nach dem Stoß der Katastrophe, schon eine verhältnismäßig stabile Lage eingetreten (und in mancher Hinsicht).« Marys spritzendes Blut tritt in Kontrast zu ihrem totbleichen, unverletzten Fleisch. Etwas später ist nochmals von Melzers »Hauptgefecht« die Rede. Melzer weiß: »Was um dieses zarte Haupt stand war (...) eines kommenden Lebens ganze Schwere. / Und während er sie betrachtete, wußte er doch mit einer Sicherheit ohne jeden Zweifel, daß sie darüber würde siegen. Es war nicht irgendeine. Es war Mary.« Derweil läuten permanent Kirchenglocken, die Glocken »von der Kirche zu den Vierzehn Nothelfern«. Doderer hat die Szene, ihrer Bedeutung entsprechend, voll instrumentiert.

Mary überlebt dank des geistesgegenwärtigen Handelns des früheren Majors, der, anders als seine Jugendfreundin, die Lage auf dem Platz sofort richtig eingeschätzt hat; in den viel früher begonnenen, aber später abgeschlossenen »Dämonen« wird dann erzählt, wie Mary, deren Nachnamen wir ebenso wenig erfahren wie Melzers Vornamen, über eine lange, schmerzvolle Zeit hinweg lernt, mit ihrer Bein-Prothese zu leben, und wie sich die noch immer schöne Frau schließlich mit dem Bibliothekar und ehemaligen Arbeiter Leonhard Kakabsa in einer Liebesbeziehung verbindet.

Daß Doderer an so eminent wichtigen Positionen seines Romans jedes Wort genau abgewogen und abgeschmeckt hat, dürfte klar sein. Der Verständnisrahmen, den er uns in seiner dichten Textur vermittelt, ist unübersehbar, wenngleich, dank der zeichenhaften, symbolischen Sprechweise, ohne Zweifel eine Grauzone des Uneindeutigen bleibt. Die »rotweiße« beziehungsweise »rot-weiße Straßenbahn« sowie der Kontrast zwischen rotem Blut und totbleichem Fleisch und der Adlerblick verweisen auf die Farben und das Wappen Österreichs, also auf Österreich selbst. In den »Dämonen« verwendet Doderer die Farbkombination Rot–Weiß im Zusammenhang mit den gleichfalls multiperspektivisch erzählten gewalttätigen Unruhen im Kontext des Wiener Justizpalastbrands vom 15. Juli 1927; das erste Opfer ist eine alte Frau, die erschossen wird. Sie hatte auf ihrem Fahrrad zwei große Milchflaschen transportiert: Die beiden Glasbehältnisse gehen zu Bruch, die Farbkombination Rot – Weiß entsteht hier aus Blut und Milch. Der altmodische Straßenbahnanhänger mit dem Doktor Negria und seinem Adlerblick ist ebenso absichtsvoll gesetzt wie die Aktivierung eines militärischen Wortfelds im Kontext des Unfalls: Gefecht, Hauptgefecht, Schlacht, Sturm-Angriff und Soldat. Es ist, bei genauer Betrachtung, kaum zu übersehen: An zentralen Stellen des Romans, zu Beginn und im Finale, wird der Untergang des kakanischen Vielvölkerstaats ins Bild gesetzt – im Gewand des Alltags und auf einer symbolischen Ebene. Doderer stellt ihn als einen selbstzerstörerischen Vorgang dar, der vermeidbar gewesen wäre. Der Zusammenbruch wird *en miniature*, als Unglück, inszeniert. Mary K.s Unfall und ihr einstmals schönes, nun schwer verletztes rechtes Bein, das abgenommen werden muß, stehen stellvertretend für die schmerzhafte Amputation, die Österreich als Folge des Ersten Weltkriegs erlitten und die es zu einem verhältnismäßig kleinen Land gemacht hat. Man könnte beinahe so weit gehen zu sagen, Marys verletzter Leib stehe für den Staatskörper. Ihr Weiterleben und ihre künftige Verbindung mit dem sozial aufgestiegenen Leonhard verweisen auf die Erste Republik, auf ihre sozialen Strukturen und vielleicht mehr noch auf Doderers gesellschaftliche Wunschphantasien. Melzer, der kurzzeitig wieder zum »Soldat« gewordene Zivilist, hat zwar die »Schlacht« auf dem Althanplatz verloren, zugleich aber Marys Leben gerettet – wie auch Österreich nach 1918 trotz der Niederlage eine Zukunft hat. Ich will die Interpretation nicht überstrapazieren, aber selbst Marys Unaufmerksamkeit beim Betreten des Platzes vor dem »Franz-Josefs-Bahnhof« (!), an dem ihre Wohnung liegt, die »unvermutete Eigenmächtigkeit ihrer Glieder, als Welle von unten her durch den Körper laufend«, muß nicht, aber sie kann durchaus im Hinblick auf die Art und Weise gelesen werden, wie der Vielvölkerstaat Österreich gewissermaßen schlafwandlerisch in den Weltkrieg taumelte. Einer, der die politische Lage vor Beginn des Kriegs in der Rückschau richtig auffaßt, ist Doderers Alter ego im Roman, der Historiker René Stangeler: »Es gab nie eine europäische Situation«, sagt er, »die früher oder später zum Kriege führen mußte. Das sind feierliche Erfindungen von Interessierten, von Berufspolitikern, Generälen, G'schaftlhubern oder Historikern, oder Ausdünstungen jener Leute, denen die Sprache der Zeitungen durch's Hirn schwappt, wie das Spülwasser durch eine Clo-Muschel. Damit bringen sie dann freilich immer alles hinunter.« Die Beine der Mary K. sind nicht nur schön, sondern machen augenfällig, daß der Krieg und seine Folgen in der »Strudlhofstiege« vor allem in der Darstellung des privaten Lebens der Romanfiguren greifbar sind; es ist an der Zeit, frische Blicke auf Doderers Schreibweise zu werfen.

ANMERKUNGEN

Jürgen Overhoff, geb. 1967 in Lippstadt, Professor für Historische Bildungsforschung an der Westfälischen Wilhelms-Universität Münster. Veröffentlichungen u. a.: Charles-Louis de Montesquieu, »Meine Reisen in Deutschland, 1728–29« (Hg., 2014) und »Johann Bernhard Basedow. Aufklärer, Pädagoge, Menschenfreund. Eine Biografie« (2020). Siehe auch Sinn und Form 1/2021.

Róža Domašcyna, geb. 1951 in Zerna/Oberlausitz, arbeitete als Ingenieurökonomin im Braunkohlenwerk Knappenrode, 1985–89 Studium am Leipziger Literaturinstitut, lebt in Bautzen, schreibt in deutscher und sorbischer Sprache Lyrik, Dramatik, Essays. Zuletzt erschienen die Gedichtbände »die dörfer unter wasser sind in deinem kopf beredt« (2016) und »stimmen aus der unterbühne« (2020). Siehe auch Sinn und Form 5/2003 und 3/2009.

Günter Kunert (1929–2019), Schriftsteller, Mitglied der Akademie der Künste. Zuletzt erschienen der Roman »Die zweite Frau« und der Gedichtband »Zu Gast im Labyrinth« (beide 2019). Die Typoskripte mit handschriftlichen Verbesserungen des Autors wurden aus dem Nachlaß herausgegeben von Wolfram Benda, Unterstreichungen wurden in Kursiva umgewandelt. »Capri« erschien zuerst in dem Band »Im toten Winkel« (1992), die anderen Texte sind unveröffentlicht. Siehe auch Sinn und Form 6/2019 und 2/2021.
Erläuterung: S. 462 *Fassbinder* Der Film trägt den Titel »Warnung vor einer heiligen Nutte« (1971).

Zsuzsa Takács, geb. 1938 in Budapest, Übersetzerin u.a. von Fernando Pessoa, Jorge Luis Borges, Federico García Lorca, Elizabeth Barrett Browning; zahlreiche eigene Gedicht- und Prosabände. Auf deutsch liegt ihr Werk bisher nur in Anthologien vor. Aus dem Band »A Vak Remény« (Die Blinde Hoffnung, 2018). Das Gedicht »Verwandlungen« erschien in der Zeitschrift »Műút« (April 2020).

Szilárd Borbély (1963–2014), ungarischer Schriftsteller, Lyriker, Hochschullehrer und Übersetzer aus dem Deutschen und Englischen. Auf deutsch erschienen zuletzt der Gedichtband »Berlin Hamlet« (2019) und der Prosaband »Kafkas Sohn« (2020). Aus dem Band »Árnyképrajzoló« (Silhouettenfotograf, 2008). Mit freundlicher Genehmigung von Frau Agnes Borbélyné Mészáros.

Christian Lehnert, geb. 1969 in Dresden, Lyriker und Theologe, lebt in Rötha/Sachsen. 2018 erschienen der Gedichtband »Cherubinischer Staub«, 2020 der Prosaband »Ins Innere hinaus. Von den Engeln und Mächten«. Siehe auch Sinn und Form 3/2020 und 4/2020.

William Beckford (1760–1844), englischer Schriftsteller und Millionenerbe, sein Roman »Vathek« wurde vielfach ins Deutsche übersetzt. Briefe Nr. I–IV aus »Dreams, Waking Thoughts and Incidents«, ed. by Robert J. Gemmett, Stroud/Gloucestershire 2006. Siehe auch Sinn und Form 4/2018 und 4/2020.

Erläuterungen: S. 481 *Smelfungus* Anspielung auf Tobias Smolletts vielgelesene Reisebeschreibung »Travels through France and Italy« (1766), die Laurence Sterne zwei Jahre später in »A Sentimental Journey through France and Italy« parodierte. Smollett wird dort als Misanthrop Smelfungus karikiert; S. 487 *Ludwig der Affe* Louis XIV; S. 491 *wo lang gehegte Düfte …* Ilias VI, 358f. in der freien Übersetzung von Alexander Pope, bei Homer VI, 288f.; S. 492 *Sir Joseph Yorke* In Den Haag lebender britischer Diplomat, ab 1761 Botschafter seines Landes; S. 493 *Griffier Fagel* Hendrik Fagel (1706–1790), Sekretär (Griffier) der niederländischen Generalstaaten.

Durs Grünbein, geb. 1962 in Dresden, Mitglied der Akademie der Künste, lebt in Rom und Berlin. Zuletzt erschienen der Band »Aus der Traum (Kartei)« (2019) und die Oxforder Vorlesungen »Jenseits der Literatur« (2020). Siehe auch Sinn und Form 6/2019 und 1/2020.

Gaito Gasdanow (1903–1971), russischer Exilautor. Auf deutsch erschienen zuletzt der Roman »Nächtliche Wege« (2018) und der Erzählungsband »Schwarze Schwäne« (2021). Die Übersetzung folgt dem Abdruck in Sobranige sotschninenij w pjati tomach, Bd. 1, Moskau 2009. Erstveröffentlichung in der Zeitschrift Wolja Rossii Nr. 11/12, 31927. Siehe auch Sinn und Form 6/2013 und 4/2020.

Ioan Es. Pop, geb. 1958 in Vărai in Nordsiebenbürgen, diplomierter Lehrer, seit 1995 freier Schriftsteller in Bukarest; zahlreiche Gedichtbände. Aus dem Band »un somn pe scaunul electric« (Schlaf auf dem elektrischen Stuhl, 2020).

Gabriele Helen Killert, geb. 1956 in Münster, Kolumnistin und Literaturkritikerin, Lyrik, Essays, künstlerische Arbeiten, lebt in Berlin. Siehe auch Sinn und Form 5/2019 und 3/2020.

Kornelia Koepsell, geb. 1955 in Gießen, Psychoanalytikerin in Höchberg bei Würzburg. Zuletzt erschienen die Gedichtbände »Epiphanien« (2019) und »Die Mundharmonika« (2020). Siehe auch Sinn und Form 2/2020 und 4/2020.

Wolfgang Harich (1923–1995), Philosoph und Journalist. Eine von Andreas Heyer herausgegebene Nachlaßedition erscheint seit 2013 im Tectum-Verlag. Die Briefe befinden sich in Harichs Nachlaß im Internationalen Institut für soziale Geschichte in Amsterdam. Abdruck mit freundlicher Genehmigung von Frau Anne Harich. Siehe auch Sinn und Form 6/1998 und 1/2020.

Andreas Heyer, geb. 1974 in Halle-Dölau, Politikwissenschaftler, lebt in Braunschweig. Veröffentlichungen u.a. »Die französische Aufklärung um 1750« (2 Bde., 2005) und »Der gereimte Genosse. Goethe in der SBZ / DDR« (2017). Siehe auch Sinn und Form 1/2020.

Bastian Reinert, geb. 1979 in Wolfsburg, Literaturwissenschaftler, Kritiker und Schriftsteller, lebt in Berlin. Siehe auch Sinn und Form 5/2018 und 3/2019.

Laura Breh, geb. 1990 im Markgräflerland, Literaturwissenschaftlerin, lebt in Heidelberg.

Villö Huszai, geb. 1965 in Zürich, Literaturwissenschaftlerin, unterrichtet Deutsch an einem Zürcher Gymnasium. Zuletzt erschien »Literatur als Streitfall. Debattenkultur für den Literaturunterricht« (2020).

Lothar Müller, geb. 1954 in Dortmund, Redakteur im Feuilleton der Süddeutschen Zeitung, lebt in Berlin. Zuletzt erschienen »Freuds Dinge. Der Diwan, die Apollokerzen und die Seele im technischen Zeitalter« (2019) und »Adrien Proust und sein Sohn Marcel« (2021). Laudatio zur Verleihung des Preises und des Förderpreises der Kurt Wolff Stiftung am 28. Mai 2021 in Leipzig. Siehe auch Sinn und Form 2/2010 und 5/2017.

Gurmeet Singh, geb. 1987 in Leicester/Großbritannien, Schriftsteller, lebt in Berlin.

Tomasz Różycki, geb. 1970 im oberschlesischen Opole, wo er auch lebt, Lyrik und Prosa. Auf deutsch erschienen zuletzt der Gedichtband »Der Kerl, der sich die Welt gekauft hat« (2018) und »Über die Farben. Berliner Notizen« (2020). Laudatio zur Verleihung des Zbigniew-Herbert-Preises an Durs Grünbein am 15. September 2020 in Warschau. Siehe auch Sinn und Form 1/2020 und 2/2021.

Jürgen Glocker, geb. 1954 in Pforzheim, Germanist und freier Autor, lebt in Waldshut-Tiengen. Zuletzt erschienen »Hans Thoma in Bernau. Ein Essay« (2017) und »Der Amerikaner. Eine Weihnachtsgeschichte« (2020).

Alle Beiträge sind, soweit nicht anders angegeben, Erstveröffentlichungen oder Erstübersetzungen.